달려라, 모터사이클

옮긴이 박정화
숙명여대 영어영문학과를 졸업하고 번역가로 활동하면서 어린이와 청소년을 위한 좋은 책을
꾸준히 소개하고 있다. 옮긴 책으로《두 친구 이야기》,《아이들이 꿈꾸는 학교》등이 있다

달려라, 모터사이클

1판 1쇄 발행 2008년 12월 30일
1판 6쇄 발행 2018년 7월 2일

지은이 벤 마이켈슨 | 옮긴이 박정화
펴낸이 조재은 | 펴낸곳 (주)양철북출판사
등록 제25100-2002-380호(2001년 11월 21일)
편집 박선주 김명옥 | 디자인 육수정 | 마케팅 조희정 | 관리 정영주
주소 서울시 마포구 양화로8길 17-9
전화 02-335-6407 | 팩스 0505-335-6408
ISBN 978-89-90220-92-9 03840 | 값 9,500원

Rescue Josh McGuire by Ben Mikaelsen
Copyright ⓒ 1991 by Ben Mikaelsen
All rights reserved.
Korean translation copyright ⓒ 2008 by Tin Drum Publishing Co.
This edition is published by arrangement with Ben Mikaelsen, 223 Quinn Creek Rd.,
Bozeman, Montana 59715 through KCC(Korea Copyright Center Inc.), Seoul.

이 책의 한국어판 저작권은 (주)한국저작권센터(KCC)를 통해 저작권자와 독점 계약한
도서출판 양철북에 있습니다. 저작권법에 의해 한국 내에서 보호를 받는 저작물이므로
무단 전재나 복제를 금합니다.

카페 cafe.daum.net/tindrum
블로그 blog.naver.com/tin_drum
페이스북 facebook.com/tindrum2001
잘못된 책은 바꾸어 드립니다.

달려라, 모터사이클

벤 마이켈슨 장편소설 ★ 박정화 옮김

 양철북

달려라, 모터사이클   **차례**

어미 곰을 쏘다 7
새끼 곰을 찾아서 19
새끼 곰의 저항 27
집으로 31
새끼 곰의 운명 42
한밤중의 도망 53
다시 산으로 63
샘과 리비 72
브루스터 빙엄 81
폭풍 속에서 91
퍼즐 조각들 97
멈춰선 안 돼! 105
폭풍은 물러났지만 119
첫 번째 불 131
머드플랩 139
가디너의 상점 146
어업수렵관리소의 대답 152
전화 161

170	무키맨이 아니야
186	모터사이클
199	단서
211	곰의 습격
221	오두막
235	미행
242	꺼져 가는 생명
251	절망
263	다가오는 사람들
272	엄마의 자리
284	발견
294	다시 산 아래로
306	조쉬의 상처
316	생명
329	해고
336	텅 빈 마음
347	포키는 네 것이 아니야
360	작가 노트

어미 곰을 쏘다

사시나무 사이로 모습을 드러낸 어미 곰은 유령처럼 날렵하게 움직여 수정같이 맑은 계곡물로 향했다. 뒤에 처진 새끼 곰은 떨기나무 아래서 뛰놀며 나뒹굴었다. 그 위로는 박새 두 마리가 이 가지에서 저 가지로 사뿐사뿐 날아다녔고 새들의 노랫소리는 이내 높은 가지를 어루만지는 부드러운 바람 소리에 묻혔다.

그때 벼락같은 총소리가 시린 봄 공기를 갈랐다. 가파른 골짜기 사이로 메아리치던 총소리는 서서히 잦아들었고 고요해진 협곡에는 긴장감이 감돌았다.

저 아래 개울에서, 검은 곰은 걸음을 옮기다가 비틀거렸다. 곰은 중심을 잡으려고 했지만 얕게 흐르는 찬물에 고개를 박고 쓰러지고 말았다. 어미 곰은 물도 마실 겸 하나뿐인 새끼가 물장구를 치며 놀게 하려고 거기로 왔었다. 이제 생명을 붙잡으려 안간힘을 쓰던 어미 곰은 마지막으로 숨을 크게 한 번 들이쉬더니 더 이상 꼼짝하지 않았다.

열세 살 난 조쉬 맥과이어는 개울에서 40미터쯤 떨어진 통나무 뒤에 쪼그려 앉아 있었다. 소년은 눈이 휘둥그레져서 라이플총을 가만히 내리는 아빠, 샘을 몰래 올려다보았다.
"맞았다!"
샘이 나지막이 말했다.
가쁘게 숨을 쉬는 조쉬의 마음속에서는 아직도 천둥 같은 총소리가 메아리치고 있었다. 조쉬가 고개를 끄덕였고 아빠는 곰을 향해 걸음을 뗐다.
샘이 고개를 돌려 말했다.
"넌 가만히 있어. 녀석이 확실히 죽었는지 확인해야 하니까."
조쉬가 자신 없는 목소리로 말했다.
"아빠, 아직 살았을지도 모르니까 기다리는 게 어때? 아빠가 항상 그렇게 말했……."
"시끄러!"
샘은 이렇게 소리를 지르고 계속 앞으로 나아갔다.
조쉬는 어리둥절했다. 총에 맞아 쓰러진 동물에게 다가가기 전에 잠시 기다려야 한다고 늘 강조하던 사람은 바로 아빠였다. 곰은 특히 조심해야 했다. 한번은 사슴을 맞혀 쓰러뜨린 다음 두 시간을 앉아서 기다린 적도 있었다. 아빠랑 앉아서 농담을 하고 이야기를 주고받으며 보내던 시간은 즐거웠다. 아빠는 그렇게 이야기를 주고받는 것을 '거짓말 교환'이라고 불렀다. 조쉬는 하릴

없이 눈을 내리깔고 풀밭에서 나뒹구는 빈 위스키 병만 쳐다보았다.
 아빠는 개울을 향해 비틀거리며 걸었다. 아빠의 울퉁불퉁 불거진 근육은 빛바랜 오렌지색 셔츠 속에서도 도드라졌다. 색깔이 워낙 환해서 멀리서도 눈에 띄던 그 셔츠는 이제 동물 피로 얼룩덜룩해졌다. 요즘에 와서는 위스키를 흘린 자국도 생겼다.
 조쉬는 개울에서 꼼짝 않고 뻗어 있는 검은 형체를 바라보았다. 곰이 살아서 고개를 젖히고 두리번두리번 주위를 경계하며 나무 사이를 돌아다닐 때는 지금보다 훨씬 커 보였다.
 곰에게 다가간 아빠는 언제라도 쏠 수 있도록 라이플총을 겨누고 바짝 긴장하며 나무 막대기로 곰을 찔렀다.
 계곡 상류에서 작고 검은 동물이 쓰러진 나무들 사이로 뛰어들었다. 그 움직임이 조쉬의 눈에 띄었다. 조쉬가 소리쳤다.
 "아빠, 저 위쪽에 새끼가 있어. 어미를 쏜 거 아냐?"
 아빠는 아무 말 없이 차가운 눈으로 돌아보더니 침착한 몸짓으로 조쉬를 불렀다.
 조쉬가 달려와서 말했다.
 "새끼 곰을 봤어, 아빠? 아빠, 봤냐고?"
 샘은 팔을 뻗어 조쉬의 가는 팔을 움켜 잡았다. 조쉬는 얼굴을 찡그렸다. 다른 사람에게 아픈 내색을 하는 건 질색이었다. 샘은 조쉬를 돌려세우고 다그쳤다.
 "이 자식, 아빠가 총 맞은 사냥감을 건드릴 때 또 그렇게 소리쳤단 봐라. 시퍼런 멍이 들도록 패 줄 테니. 내 말 알아듣겠어?"

조쉬는 자신의 실수를 뼈저리게 느끼며 고개를 끄덕였다.
아빠가 명령했다.
"자, 자루를 가져와서 가죽 벗기는 걸 도와라."
조쉬는 어깨를 문지르며 울음을 잘 참았다고 생각했다. 자기든 누구든 우는 모습은 꼴사나웠다. 타이 형은 가끔 호되게 매 맞을 때 말고는 거의 울지 않았다. 형은 매를 맞더라도 웃긴 장난을 도저히 멈출 수 없는 듯했다. 문득 형이 벌이던 익살맞은 짓이 생각났다.

한번은 소가 새끼를 낳을 때 타이가 아빠를 도와 송아지를 잡아당겨 꺼내고 집에 돌아왔다. 타이는 씻지도 않은 손으로 쿠키 단지에서 쿠키 몇 개를 몰래 집어냈다. 그날 밤 엄마는 무척 화를 냈다. 형이 과자를 몰래 훔쳐 먹어서가 아니라 남은 과자에 소의 태반을 묻혀 놓았기 때문이었다.

또 다른 사건은 우드워드 목사가 조쉬네 목장을 방문했을 때 벌어졌다. 목사가 길을 나서자 타이는 곧장 그 뚱뚱한 남자를 개울로 안내했다. 조쉬는 자기 눈을 믿을 수 없었다. 타이가 목사를 낡은 통나무 위로 데려갔기 때문이다.

타이는 그 낡은 통나무가 썩었기 때문에 그 나무를 다리 삼아 개울을 건너는 것이 얼마나 아슬아슬한 일인지 알고 있었다. 우드워드 목사는 도살장에 끌려가는 소처럼 어쩔 수 없이 타이를 따라 그 다리에 발을 올려놓았다. 타이가 쏜살같이 앞서 달려 건넌 뒤 나무는 무게를 이기지 못해 부러졌고 목사는 개울물로 곤두박질하고 말았다. 물론 타이는 그 일로 죽도록 얻어맞았다.

"서둘러!"

아빠의 고함 소리에 조쉬는 형 생각에서 퍼뜩 깨어났다.

조쉬는 자루를 가지러 달려가는 동안 내내 계곡 상류를 보며 새끼 곰을 찾았다. 아빠는 벌써 곰을 개울물에서 끌어냈다. 털이 엉겨 붙은 목의 상처에서 솟아나온 피가 봄의 새싹과 썩은 나무 이파리 위에 선명한 빛깔로 고였다.

조쉬가 자루를 내리며 떨리는 목소리로 물었다.

"아까 본 새끼 곰의 어미일까?"

아빠가 맹세하듯 말했다.

"암컷이긴 하지만 어미는 아니다."

아빠는 성을 내며 퉁명스럽게 말했다.

"네가 본 건 새끼 곰이 아니야. 이 암놈은 젖이 말랐잖아. 불쏘시개처럼 바싹……."

샘은 피에 젖은 손을 뻗어 곰의 큰 젖꼭지 하나를 집었다. 그러자마자 하얀 액체가 뽀글뽀글 흘러나왔다. 샘은 기침을 하더니 거칠어진 목소리로 말했다.

"이건 젖이 아니다."

조쉬는 입을 다무는 편이 낫다는 것을 알고 있었다. 그래도 곰의 가죽을 벗겨 손질하는 것을 거드는 동안 흘끔흘끔 뒤를 보았다. 아빠가 어미 곰을 죽인 것일까? 새끼가 있는 곰을 죽이는 것은 불법이다. 어쩌면 돌덩어리나 가시도치가 움직였던 것인지도 모른다. 아빠는 사냥이 금지된 짐승은 절대로 쏘지 않았다. 또 자기가 잘 모르는 사실은 입 밖에 내지 않는 사람이었다. 적어도 일 년 전까지는 그랬다.
　이제 살점이 붙은 뼈와 창자 무더기, 피가 흥건한 엄청난 양의 저민 고깃덩어리, 접은 털가죽만 남았다. 샘은 털가죽을 편 보자기에 싸서 자루에 집어넣었다. 샘이 명령했다.
　"들 수 있겠는지 봐라."
　조쉬는 짐을 어깨에 짊어졌다. 뼈만 앙상한 어깨가 쓰라렸지만 아무렇지 않은 표정을 지었다.
　"에이, 이 정도야 거뜬히 들지."
　조쉬는 천 걸음쯤 걸어야 톰 마이너 분지의 풀밭에 도착하고 거기서 다시 3킬로미터를 가야 트럭이 있는 곳에 닿는다는 사실을 알고 있었다. 하지만 아무리 힘들어도 아빠가 자신을 자랑스럽게 여기게 하고 싶었다. 그러나 그것은 갈수록 어려워지는 듯했다.
　언제나 지금 같았던 것은 아니다. 작년 사냥철 전에는 이렇지 않았다. 타이 형은 스페니시 봉우리로 야생 양 사냥을 가는 아빠를 따라가겠다고 졸랐다. 아빠는 어른들의 여행이라며 안 된다고 했다. 아빠의 사냥 친구들과 가는 여행이었기 때문이다. 아빠는 다음 해에는 타이와 조쉬를 데려가겠다고 약속했다.
　아빠가 그 약속을 지킬 기회는 오지 않았다. 아빠가 여행을 떠난 주말에 타이는 시내 서쪽의 자갈길에서 교통사고로 죽었다. 형은 어둠 속에서 급히 꺾인 길을 보지 못했다.
　그 사고는 아빠의 잘못이 아니었다. 아마도 타이가 난폭하게 운전을 했을 것이다. 그런데 아빠는 왜 자기 탓을 할까? 타이가 죽은 후 아빠는 술을 점점 더 많이 마시게 되었다. 그리고 사냥 여행 때마다 조쉬를 꼭 따라오게 했다. 지난 한 해 동안 조쉬는 그 무엇으로도 아빠를 흡족하게 하지 못했다. 조쉬는 겨우 열세 살이었다. 아직 키도 작고, 힘도 약하고, 모르는 것도 많았다. 고등학생이던 타이는 미식축구 선수였다. 형은 언제나 아빠의 자랑거리였다.

조쉬가 그리워하는 지난날에 그들은 자주 말을 타고 경주 삼아 카운티 도로까지 번개처럼 달려 나갔다가 돌아오곤 했다.

타이가 죽은 후로 아빠는 갈수록 화를 많이 냈다. 집에서 아빠는 엄마한테 소리를 치기 시작했다. 전에는 한 번도 엄마한테 소리를 친 적이 없었다. 사실 엄마와 아빠는 언제나 다정하게 지냈다. 아빠는 엄마를 간지럼 태웠고, 엄마는 장난삼아 아빠의 양쪽 신발 끈을 한데 묶어 버렸다. 그러고 나서는 껴안고 뽀뽀를 했다. 그러나 이제 아빠는 욕을 하고 조쉬에게 매를 들었다. 그리고 점점 더 아프게 때렸다. 조쉬는 아빠를 행복하게 할 수 있을까? 아빠의 친구가 될 수 있을까? 타이처럼?

해가 6월의 하늘 위로 더 높이 올라가면서 뿌연 공기를 데웠다. 샘은 피가 뚝뚝 떨어지는 고깃덩어리를 봉지에 넣어 자루에 집어넣은 다음 산등성이로 가는 길을 앞서 나갔다. 이상하게도 아빠가 허든거렸다. 아빠답지 않았다. 하도 또박또박 걷는다고 아빠의 친구들은 아빠에게 '염소 빌리'라는 별명을 붙여 주기도 했었다.

아빠가 낮은 목소리로 말했다.

어미 곰을 쏘다 13

"따라오고 있는 거냐?"

조쉬는 서둘러 아빠 뒤에 따라붙으며 자루에 든 창자에서 풍겨 나오는 역겨운 냄새 때문에 코를 찡그렸다. 내일이면 냄새가 더 진동을 할 것이다. 산등성이에 다다른 조쉬는 어깨에 멘 짐이 한층 힘에 겨웠다. 마침 산길이 가팔라졌고, 조쉬는 아래쪽으로 느슨하게 걸쳐 있던 바위를 딛고 비틀거리다가 넘어져서 무릎을 다쳤다. 바지 안에서 핏방울이 뚝뚝 떨어졌지만 조쉬는 한마디도 하지 않았다.

마음에 걸리는 것이 하나 있었다. 조쉬는 아빠가 오늘처럼 숨을 힘겹게 쉬고 땀을 많이 흘리는 것을 본 적이 없었다. 버팔로 혼 산의 등성이를 따라서 16킬로미터를 걸을 때에도 지금처럼 이마에 굵은 땀방울이 맺혀 번들거리지 않았다.

조쉬는 점차 다리가 저리고 발걸음이 무거워졌다. 흘러내리는 땀방울이 따가워 눈을 깜빡였다. 혀는 바싹 마른 돌멩이처럼 목구멍에 착 들러붙었다. 다리를 다치고 나서 30분이 넘도록 조쉬는 앞으로 꼬꾸라질 듯 비틀거렸고 한 걸음을 내디딜 때마다 자신을 땅으로 더 세게 잡아당기는 것만 같은 보이지 않는 커다란 손과 싸워야 했다.

결국 샘이 멈춰 섰다.

"왜 그러니, 죠슈아. 엘리베이터라도 필요한 게야? 그러고도 타이의 동생이라고 할 수 있을지 모르겠구나."

아빠의 말은 그 어떤 것보다 날카롭게 조쉬의 마음을 파고들었다.

아빠가 말했다.

"자, 네 짐을 줘."

조쉬는 잠자코 고개를 끄덕였지만 심장은 마구 방망이질 치고 속이 타 버릴 것 같았다. 정말 애를 쓰긴 했지만 조쉬는 한계에 다다라 있었다. 아빠가 시선을 돌릴 때 조쉬는 소매로 이마의 땀을 재빨리 훔쳤다. 몸을 식히려고 셔츠 단추를 풀었다. 조쉬는 자신의 빈약하고 창백한 가슴과 빨래판 같은 갈비뼈를 부끄러운 마음으로 내려다보았다. 그다지 근육이 없는 조쉬와 달리 아빠는 우람한 근육으로 탄탄한 몸집이었다.

조쉬는 고개를 살짝 뒤로 돌려 산 위를 쳐다보았다. 나무 사이로 폴짝 뛰어들던 검고 털이 보송보송한 동물을 본 기억이 머릿속에서 사라지지 않았다. 그게 새끼 곰이라면 어쩌지? 우리가 죽인 게 그 녀석의 엄마라면 어쩌지?

샘이 말했다.

"가자."

다시 걷기 시작한 조쉬는 한결 편했다. 하지만 자신이 들었던 자루를 아빠가 들고 가는 모습을 보자니 목이 메었다. 제 몫을 해내지 못해서 분했다. 조쉬는 아빠가 그 많은 짐을 다 지고 걷는 것을 보면서 길을 걷는 내내 눈물이 나오려는 것을 억지로 참았다. 두 시간 걸려 산길을 내려오는 동안 오후 한나절이 거의 다 지나갔다.

마침내 야영지에 도착했다. 샘은 고기와 털가죽을 냉각기에 넣고 얼음을 채운 다음 저녁을 준비하기 시작했다. 조쉬는 몸이 쑤시고 정신이 희미했지만 이제 적어도 숨은 제대로 쉴 수 있었다. 입안에 가루를 뿌려 놓은 것 같은 느낌도 사라졌다. 해가 저물어 가자 공기가 싸늘해졌다. 조쉬는 아빠가 시키기 전에 서둘러 땔감을 모으기 시작했다.

아빠는 저녁을 먹고 있었다. 커다란 돌 세 개 위에 얹은 무쇠 팬이 이글거리는 불의 열기를 빨아들였다. 조쉬는 언제나 그랬듯이 모닥불 가에 술병이 있는 것을 보았다. 아빠는 벌써 몇 번이나 술을 길게 들이켰다. 이래도 저래도 아빠는 곧 화를 낼 것이다. 왜 그렇게 화를 내고, 술을 마시는 것일까?

조쉬는 위스키 맛이 좋아서 그러는 게 아니라고 생각했다. 아무도 집에 없던 어느 날 밤에 조쉬는 위스키 병을 열어서 한 모금 마셔 보았다. 입이 화끈거렸고 귀와 얼굴까지 확 타들어 가는 것 같았다. 조쉬는 얼굴이 정말 뜨거운지 만져 보기까지 했다. 그런 것을 아빠가 좋아할 리 없었다.

땔나무를 모은 후에 조쉬는 미리 아빠의 기분을 누그러뜨려 보려고 했다. 조쉬가 말했다.

"있잖아, 아빠. 나는 불 지필 때 성냥을 한 개비밖에 안 써."

샘은 술병을 느슨하게 쥐고 흔들며 노려보았다.

"무슨 소리냐? 저번에는 성냥 반 갑을 다 버리던걸."

조쉬가 부인했다.

"아냐. 그런 적 없어. 꽤 많이 버리고 나서야 불을 지필 수 있긴 하지만, 불을 지피는 성냥은 결국 하나잖아."

조쉬는 자기가 한 말이 우스워 낄낄거리다가 아빠의 멍한 시선을 보았다. 조쉬는 입을 다물었다. 왜 예전과 같지 않을까?

　예전에는 엄마, 아빠, 형, 조쉬 네 식구가 늘 함께 있었다. 식구들은 웃고 떠드느라 자정을 넘기기도 했다. 한번은 야영을 나가서 타이 형이 아빠의 물병에 피라미를 넣었다. 아빠가 입에서 살아 있는 피라미를 꺼내자 온 가족이 땅바닥에 나동그라져 풀을 쥐어뜯으며 웃어 댔다. 지금 조쉬가 그런 짓을 한다면 실컷 두들겨 맞으리라.

　샘이 별안간 말을 내뱉었다.

　"조쉬, 물을 떠 와."

　조쉬는 작은 양동이를 들고 개울로 달려갔다. 그리고 맑은 웅덩이에 조심스레 양동이를 담갔다. 앙금이 일지 않게 하려고 애썼지만 약간 섞여 버리고 말았다. 돌아왔을 때 아빠는 뻔하다는 표정으로 양동이 속을 들여다보았다. 아빠가 말했다.

　"타이는 언제나 수돗물처럼 깨끗한 물을 받아 왔다. 넌 내 눈치를 보지 않았으면 아예 진흙을 퍼 왔겠구나."

　그렇지 않아, 하고 조쉬는 생각했다. 왜 아빠는 저런 식으로 말을 할까? 하지만 조쉬는 아빠에게 말대꾸하지 않는 것이 좋다는 사실을 알게 되었다. 습관이 되어 아예 몸에 배어 버렸다.

　샘이 물었다.

　"왜 그래? 꿀 먹은 벙어리라도 된 거냐?"

　조쉬는 아무 말 없이 고개를 숙였다.

　저녁을 먹고 나서 조쉬는 그릇을 모아서 다리를 절뚝거리며 개울로 갔다. 다리의 벗겨진 상처 때문에 바지가 피로 얼룩졌다.

아빠는 그걸 알아차리지도 못했다. 그저 모닥불 가에 앉아서 위스키 병을 손에서 굴리고 있었다. 아빠의 눈은 벌써 초점을 잃어 흐려졌고 조쉬는 그 눈길을 피하는 법을 알았다.

 조쉬는 다 씻은 그릇을 나무 밑에 가지런히 늘어놓고 개울을 따라 더 아래로 내려갔다. 머지않아 캄캄해질 터이니 그 전에 야영지로 돌아가는 것이 안전했다. 지금쯤 아빠는 불을 쬐다가 그대로 곯아떨어졌거나 캠핑카 안에서 자고 있을 것이다.

 오늘 하루 동안 있었던 일을 떠올려 보니 눈물이 나올 것 같았다. 조쉬는 반들반들한 돌 위에 앉아서 흘러가는 냇물을 우두커니 내려다보았다. 가까이 있는 나무에서는 다람쥐 두 마리가 쉴 새 없이 지껄이며 가지를 타고 서로 쫓고 있었다. 조쉬는 조심스레 바지를 벗고 생채기 난 무릎을 얼음처럼 찬 물에 담갔다. 쓰라린 살갗을 찬물에서 부드럽게 만지자 곧 얼얼해져서 아픔이 가셨다. 흘러나온 피가 빨간 실이 되어 개울물에 실려 갔다.

 조쉬는 바지를 다시 입고 나서 물결 속에서 일그러져 가물거리는 제 얼굴을 바라보았다. 그러고는 야영지 뒤로 솟은 산으로 눈길을 돌렸다. 저기 어딘가 엄마를 잃은 새끼 곰이 있을까? 새끼 곰은 엄마를 찾아 울부짖으며 아무것도 먹지 못해 괴로워하며 며칠 동안 헤맬 거야. 그러고는 죽을 테지. 아무도 모르는 사이에. 그 생각에 마음이 무거워졌다. 조쉬는 다시 기억을 더듬어 보았다. 내가 정말 새끼 곰을 봤었나? 그래! 진짜 봤어! 그리고 아빠가 그 새끼 곰을 고아로 만들었어.

새끼 곰을 찾아서

조쉬는 깜깜해진 뒤에도 한참이나 개울가에 있었다. 그러다가 돌아와서 차 안으로 살며시 들어갔다. 이층 침대의 위 칸에서 거친 숨소리와 코 고는 소리가 울려 왔다. 조쉬는 꼼지락거리며 옷을 벗고 침대 아래 칸으로 기어들어 갔다.

아빠는 밤마다 잠자리에서 조쉬를 토닥거려 주곤 했다. 조쉬가 꽤 큰 다음에도 아빠는 조쉬 방으로 와서 여행자에게 작별 인사를 하듯이 잘 자라고 말해 주었다. 아빠는 잠자는 것이 위대한 모험인 것처럼, 알지 못하는 세계로 떠나는 여행인 것처럼 말했다.

조쉬는 아직도 아빠의 목소리를 생생하게 떠올릴 수 있었다.

"조쉬, 이제 가서 천사들과 잠들어야 해. 천사들이 기다리고 있으니까 실망시키면 안 되겠지. 아침에 돌아와서 나를 보게 될 거야. 그러면 그동안 본 것을 전부 얘기해 다오. 자, 이제 서둘러! 가서 천사들과 함께 자거라."

기대에 한껏 부푼 아빠의 표정이야말로 가장 멋진 인사였다.

하지만 오늘밤은, 그리고 지난 한 해 동안 아빠는 그전처럼 인사를 하지 않았다. 조쉬는 오늘 밤 천사들과 함께 잠들지 않을 터였다. 그 대신, 새끼 곰에 대한 생각이 머릿속에서 들끓었다. 그 작은 곰은 어딘가에 혼자 움츠린 채 겁에 질려 엄마를 찾으며 젖을 달라고 울부짖겠지?

조쉬는 그 생각을 털어 버리려고 했지만 몇 시간 동안 엎치락뒤치락하고서도 잠을 이룰 수 없었다. 몰래 가서 새끼 곰을 잡을 수 있을지도 모른다. 그 일 때문에 매를 맞는다고 해도 그냥 죽게 내버려 둘 수는 없었다. 그 새끼 곰을 찾아 나서려면 쪽지를 남겨야 할까? 어쩌면 쪽지 때문에 아빠가 더 화를 낼지도 모른다.

결국 조쉬는 침대 모서리에 걸터앉았다. 칠흑 같은 어둠이 조쉬의 가냘픈 몸을 덮어 버렸지만 다리의 상처까지 지우지는 못했다. 조쉬는 하품이 나오려는 것을 막으면서 눈을 비벼 졸음을 쫓아냈다. 두 가지 생각이, 너무 커서 도저히 못 보고 지나칠 수 없는 표지판처럼 머릿속에 머물렀다. 저 산 어딘가에 구해야 할 새끼 곰이 있다. 그러나 그렇게 하면 아빠가 엄청나게 화를 낼 것이다. 두 생각은 서로 밀어내려고 하고 있었다.

조쉬는 구겨진 옷을 집어 들고 손전등을 더듬어 찾았다. 연필과 종이도 찾았다. 그러고는 밤공기가 차가운 바깥으로 몰래 빠져나왔다.

조쉬는 덜덜 떨면서 플란넬 셔츠와 찢어진 청바지를 입었다. 작은 손전등을 입에 어설프게 문 다음, 망설였다. 새끼 곰, 아빠,

타이에 대한 모든 생각, 지난 몇 시간 동안 잠을 못 이루게 만든 여러 생각이 지친 마음속에 웅크리고 있었다. 하지만 딴생각이 들기 전에 조쉬는 이렇게 휘갈겨 썼다.

아빠, 화내지 마세요.
전 새끼 곰을 구하러 갑니다. 빨리 돌아올게요.
조쉬가

조쉬는 차 안으로 다시 기어들어 가서 탁자 위에 쪽지를 놓고 위스키 병으로 귀퉁이를 살짝 눌러 놓았다. 이렇게 하면 아빠가 쪽지를 보지 못할 리 없다. 조쉬는 조용히 옷장에서 작은 배낭을 꺼내어 들고 어둠 속에 우두커니 서 있었다. 무엇이 필요할까?
 우선 밧줄 한 묶음과 엄마가 만든 오트밀 쿠키 큰 봉지를 하나 넣었다. 아빠는 곰에게 쿠키를 먹인다는 것이 말도 안 된다고 생각하겠지만 엄마는 그러지 않을 것이고, 무엇보다도 그건 엄마가 만든 음식이었다. 아침에 추울지도 모르니까 깃털로 속을 채운 두터운 재킷을 골랐다. 날씨가 좋으면 이 재킷은 너무 더울 것이다. 하지만 6월 초에 높은 산악 지대의 날씨는 험악하게 변할 수도 있었다.
 조쉬는 어둠 속에 잠들어 있는 아버지를 올려다보았다. 조쉬는 멍청한 짓을 하려 하고 있었다. 이런 어리석은 생각은 다 잊어버리고 침대로 돌아가야만 했다. 하지만 침을 꿀꺽 삼키고 나서 차가운 바깥으로 살며시 나가서 문을 꼭 닫았다.

밤하늘에 낮게 걸린 반달이 뿌리는 빛은 썩 밝지 않았다. 머지않아 해가 뜰 터이니 서둘러 출발해야만 했다. 가벼운 배낭을 등에 메고 조쉬는 언덕을 향해 갔다. 온몸이 쑤셨고, 다친 다리 때문에 제대로 걸을 수가 없었다.

조쉬가 지나쳐 가는 나무, 쓰러진 통나무, 바위의 육중한 형체는 달빛이 미치지 않는 어둠 속에서는 사람이 숨어 있거나 동물이 웅크리고 있는 것 같았다. 조쉬는 눈을 가늘게 뜨고 앞길을 잘 살펴 걸었다. 보통 때 다니는 오솔길을 놔두고 아래쪽 풀밭을 가로질러 좁은 계곡으로 올라갔다. 재킷이 가지에 걸렸고 쓰러진 나무에 걸려 몇 번이나 넘어졌다. 길을 잃거나 다치지만 않으면 이 지름길로 거의 한 시간은 더 빨리 갈 수 있었다.

조쉬는 암흑의 바다를 걸으면서 들려오는 온갖 소리에 신경을 곤두세웠다. 물이 똑똑 떨어지는 소리가 밤공기에 빨려 들어 사라졌다. 멀리 북쪽에서 코요테 무리가 높은 소리로 컹컹 짖었다. 머리 위에서는 바람이 그칠 새 없이 나뭇잎들을 휩쓸고 다녔고 쿵쿵거리는 소리가 나무 사이로 멀어지기도 했다. 놀란 사슴인 것 같았다.

조쉬는 어둠이 좋았다. 아주 어렸을 때부터 밤에 목장 집에서 멀리 떨어져 돌아다니기를 좋아했다. 들판의 커다란 돌무더기 위에 앉아서 뒤를 돌아보곤 했다. 어둠 속에선 집과 마당이 또렷하게 떠올랐다.

어느 날 밤에는 현관에 불을 켜고 나와 있는 형이 보였다. 조쉬가 외쳤다.

"형!"

하지만 타이는 아무것도 보지 못한 채 어디서 그 소리가 들려오는지 가늠하지 못해 어둠 속을 응시하고 서 있었다. 다시 조쉬가 불렀다.

"형!"

하지만 형은 엉뚱한 방향으로 고개를 돌릴 뿐이었다. 이렇게 해서 조쉬는 대단한 발견을 하게 되었다. 어둠 속에 묻혀 있으면 다른 사람에게 보이지 않는다는 사실, 어둠의 친구가 된다는 사실을 말이다.

조쉬는 잠시 멈춰 서서 길을 내려다보며 숨을 골랐다. 거세지는 하늬바람이 몰아오는 찬 공기는 뺨을 할퀸 다음 목구멍 깊숙이 내려갔다. 조쉬는 손을 꼬물꼬물 움직여 옷깃이 귀를 덮도록 지퍼를 올렸다. 지금이라도 돌아가는 것이 좋을지도 모른다. 지금 돌아가면 이렇게 나왔던 것을 아빠가 모를 수도 있었다. 하지만 도와주지 않아서 새끼 곰이 죽는다면 그것은 내 잘못이겠지? 조쉬는 돌아가려는 마음을 애써 떨쳐 버렸다.

산등성이가 가까워질 무렵 아주 엷은 빛이 지평선에 닿았다. 산은 여전히 컴컴했고 위협하듯 눈앞에 버티고 있었다. 이제 곰을 발견했던 장소까지는 채 30분도 걸리지 않을 터였다. 서둘러야 했다. 새끼 곰이 어미가 죽은 장소 가까이서 잤다면 지금쯤 미칠 듯이 배가 고파서 곧 그곳을 벗어나 헤맬지도 모른다. 조쉬는 산등성이를 걸어서 오른쪽이 갑자기 절벽처럼 깎인 골짜기 부근까지 갔다. 이제 왼쪽 지평선은 선명한 붉은색으로 빛났고 눈이 내리기 시작했다.

　바람에 흩날리는 깃털처럼 크고 보드라운 눈발 사이로 맑은 하늘이 언뜻언뜻 엿보였다. 눈은 조쉬가 새끼 곰의 흔적을 쫓는 데 도움이 될 테지만 너무 많이 오면 곤란할 수도 있었다. 운동화를 신고 왔을 뿐 아무 대비를 하지 않았기 때문이다.

　눈은 이내 진눈깨비가 되어 버렸다. 구름이 산을 빽빽이 감싸 눈에 익은 지형을 감추어 버렸다. 뺨과 손이 시렸던 조쉬는 피할 곳을 찾아 나무들 사이로 들어갔다. 마침내 조쉬는 어미 곰이 쓰러졌던 장소를 발견하고 아주 천천히 몸을 움직였다. 위쪽에서는 안개의 막을 뚫고 날이 밝아 오고 있었다. 하늘을 보면서 조쉬는 이제 해가 떴을 거라고 생각했다. 내쉬는 숨이 차고 눅눅했다.

　조쉬는 크고 작은 가지를 밟지 않으려고 조심하면서 한 발씩 걸음을 떼었다. 몇 발짝 걷고 나면 꼭 멈춰 서서 귀를 기울이고 주위를 둘러보았다. 숲은 아무리 조용할 때라도 언제나 자잘한 소리가 있었다. 숲의 소리는 어떤 때는 만사가 잘 풀리고 있다고 말해 주었고, 어떤 때는 뭔가 잘못되었다고 일러 주었다. 오늘 아침에는 그 소리의 의미를 잘 알아들을 수 없었다.

　조쉬가 개울 근처에서 창자 더미를 발견할 무렵 진눈깨비가 그치고 창백하고 파란 하늘 한 조각이 구름 속에서 유령처럼 움직였다. 눈은 빠르게 녹고 있었다. 조쉬는 이제 창자를 더 가까이 들여다보며 고약한 냄새를 맡았다. 창자는 여기저기 흩어져 있었고 연골이 붙은 붉은 뼈들이 아무렇게나 널려 있었다.

　조쉬는 소스라치게 놀랐다. 코요테였다! 코요테 무리는 언제나 죽은 짐승의 남은 고기를 깨끗이 먹어 치운다. 코요테들이 새끼 곰을 발견했을까? 조쉬의 숨이 가빠졌다. 조쉬는 뼈와 창자 근처의 눈 덮인 땅을 샅샅이 살피다가 왼쪽으로 스무 발짝 떨어진 곳에 흙이 드러나 있는 것을 발견했다. 조쉬는 그곳으로 달려가 무릎을 꿇었다. 작은 발자국 두 개가 부드러운 바닥에 깊숙이 찍혀 있었다. 조쉬는 가쁜 숨을 몰아쉬며 눈을 깜빡거렸다. 아빠는 타이와 조쉬에게 온갖 발자국을 읽는 방법을 가르쳐 주었다. 언젠가 살고 죽는 문제가 그 발자국에 달려 있게 될지도 모른다고 했다. 모든 발자국 가운데 가장 재미있는 것은 곰의 발자국이었다. 땅을 내려다보며 조쉬는 빙그레 웃었다. 그것은 새끼 곰의 발자국이었다!

조쉬는 배낭을 벗어서 살며시 밧줄을 꺼내 한쪽 끝으로 고리를 만들어 매듭을 짓고 다른 한쪽 끝으로는 올가미를 만들었다. 그런 다음 먹고 싶은 마음을 억지로 참으면서 쿠키를 주머니에 채웠다. 쐐기풀이 깔린 숲 바닥은 어렴풋이 그늘져 있었다. 이 근처에 새끼 곰이 있다면 무서워서 도망칠 것 같았다.

조쉬는 아주 조금씩 천천히 걸음을 옮기면서 모든 나무와 둔덕을 살펴보았다. 아무것도 없었다. 새끼 곰이 헤매고 있다면 지금은 어디든 갈 수 있을 터였고 찾을 가능성은 정말 희박했다. 여전히 움직이는 것은 하나도 없었다. 조쉬에게 보이는 것이라곤 자신의 발자국뿐이었다. 발이 얼어 발가락에 감각이 없었지만 이대로 포기할 수는 없었다. 조쉬는 창자 더미에서 예순 발짝 남짓한 곳에 쓰러져 누운 커다란 나무를 유심히 보았다. 나무는 양옆으로 꺾여 있어서 새끼 곰의 은신처가 될 만했다.
 조쉬는 소리를 내지 않고 한 발짝씩 땅을 살피면서 나무로 다가갔다. 발자국은 없었다. 조쉬는 무의식중에 숨을 길게 들이쉬었다가 가슴이 터질 지경이 되도록 참았다. 그리고 천천히 숨을 내뱉으면서 그 나무 가까이 갔다. 조쉬는 천천히 한 손을 짚고 나무의 커다란 몸통 위로 몸을 굽혔다. 앞뒤로 쓱 훑어보았지만 아무것도 없었다.
 힘을 주어 몸을 다시 일으킬 때, 팔을 뻗으면 닿을 거리에서 작고 검은 털 뭉치를 발견했다. 그것이 통나무 아래 깊숙이 숨어 있었기 때문에 조쉬는 나무 위로 엎드려 그 너머를 살펴보았다. 불과 두 걸음 떨어진 곳에서 조쉬의 얼굴을 똑바로 쳐다보는 것이 있었다. 유리같이 반들반들한 두 개의 까만 눈알이었다.

새끼 곰의 저항

둘은 꼼짝 않고 서로 쳐다보았다. 조쉬는 숨을 쉬지 않았다. 바람조차 멎었다. 새끼 곰은 통나무 아래에 웅크린 채 몸을 떨면서 큼직한 발톱으로 땅을 꽉 움켜쥐고 있었다. 몸에는 부드러운 털이 복슬복슬 나 있었다. 자그마하고 순진한 얼굴에 바싹 세운 귀가 너무 커 보였다.

갑자기 새끼 곰은 솜털이 난 엉덩이 밑에서 앞발을 힘차게 내뻗으며 나무가 자라지 않는 풀밭을 향해 뛰었다. 조쉬는 일어서서 뒤쫓으려다가 멈추고 천천히 나무를 타 넘어 땅 위로 내려왔다. 조쉬가 뒤쫓으면 새끼 곰이 겁을 먹어 배고픔도 잊고 도망칠 것이고 그러면 영영 잡지 못할 터였다.

새끼 곰은 풀밭 끝에서 멈추어 뒤를 돌아보았다. 조쉬는 기다렸다. 조쉬는 새끼 곰이 동면 기간에, 어떤 때는 1월 하순에서 2월 초순 사이에 태어난다는 사실을 알고 있었다. 이 새끼 곰은 태어난 지 적어도 4개월은 되었다. 농장에서 기르는 새끼 양보다 컸고 덩치 큰 너구리만 했다. 그리고 그런 동물보다는 훨씬 튼실해서 무게가 8킬로그램 정도 나갈 듯했다.

조쉬는 쿠키 하나를 꺼내서 새끼 곰 쪽으로 살그머니 던져 주었다. 새끼 곰은 몸을 떨면서 뚫어져라 보았다. 시간은 더 이상 흐르지 않았고, 태양, 하늘, 나무도 존재하지 않을 뿐더러, 더 이상 아빠 생각도 나지 않았다. 지금 이 순간 존재하는 것이라고는 지저분하고 겁에 질린 새끼 곰과 그 새끼 곰의 코에서 몇 발짝 떨어진 곳에 있는 쿠키뿐이었다.

새끼 곰은 천천히 고개를 치켜들고 코를 실룩거리며 쿠키를 향해 눈을 끔뻑거렸다. 그러고 나서 부르르 떨더니 땅에 몸을 바짝 대고 기어 왔다. 새끼 곰의 시선은 풀밭 위에서 자신을 유혹하는 작은 동그라미에 고정되어 있었다. 새끼 곰은 꿀꿀거리며 앞으로 팔짝 뛰었고 쩝쩝 소리를 내며 그 단것을 게걸스레 먹어 버렸다.

새끼 곰이 그 쿠키를 다 삼키기 전에 조쉬는 다른 쿠키 하나를 좀 더 가까이 던졌다. 이번에는 새끼 곰이 망설이지 않고 앞으로 팔짝 뛰어왔다. 이런 식으로 쿠키 몇 개를 먹였더니 새끼 곰이 열 발짝 안으로 들어왔다. 아직도 새끼 곰은 조쉬를 경계하는 눈빛이었다.

새끼 곰이 쿠키를 씹어서 삼키는 동안 조쉬는 무릎 사이로 밧줄의 올가미를 드리우고 있었다. 조쉬는 그 안으로 새끼 곰을 꾀어 들여야 했다. 놓치는 일이 없도록 밧줄의 다른 한쪽 끝을 손목에 매었다. 그런 다음 쿠키 조각들을 엄지손가락으로 구슬처럼 튕겨서 흩어 놓았다.

겁에 질린 새끼 곰은 앞으로 뛰어오다 다시 뒤로 가다 하면서도 점점 더 가까이 다가왔다. 새끼 곰은 조쉬 바로 앞까지 와서 쿵쿵거리면서 고개를 까딱거렸다. 조쉬는 다리 사이에 커다란 쿠키를 놓아서 새끼 곰이 올가미 안에 들어오도록 했다. 새끼 곰은 망설이지 않고 쿠키를 잡으러 팔짝 뛰어들었다.

조쉬는 밧줄을 힘껏 잡아당겼고 그 순간 세상이 폭발하는 듯했다. 밧줄이 가슴을 꽉 조이고 앞발 하나를 묶어 버리자 새끼 곰은 미친 듯이 돌면서 소리를 지르고 몸을 비틀었다. 새끼 곰은 빠져나오려고 몸부림을 치면서 발톱으로 조쉬를 할퀴고 뜯었다. 조쉬가 어쩔 새도 없이 새끼 곰이 튀어 나가면서 밧줄을 팽팽하게 당겼다. 그러는 바람에 조쉬는 앞으로 넘어져 풀밭에 나동그라졌고 새끼 곰은 머리가 땅에 처박혀 땅딸막한 다리를 공중에서 버둥거렸다. 새끼 곰은 몸을 굴려 일어나더니 조쉬를 똑바로 보았다. 그러더니 괴성을 지르며 공격해 왔다.

조쉬는 발길질을 하며 성난 검은 털북숭이의 공격에 대항했다. 새끼 곰은 도톰하고 새하얀 이빨로 조쉬의 팔을 물어뜯었다. 아빠가 꽉 움켜잡을 때보다도 아팠다. 새끼 곰은 요란하게 으르렁거리면서 조쉬의 재킷을 찢고 어깨에 발톱을 박았다.

새끼 곰의 사나운 공격을 도무지 막아 낼 도리가 없었다. 조쉬는 눈을 감고 있는 힘을 다해 새끼 곰을 잡았다. 조쉬에게 잡혀 몸을 비틀던 털북숭이는 발톱으로 조쉬의 손목과 팔을 할퀴었다.

조쉬는 힘겨운 싸움을 벌이며 비명을 질렀다.

"이놈이!"

조쉬가 새끼 곰의 목을 잡았지만 새끼 곰은 뒷다리로 조쉬의 가랑이 사이를 찼다. 순간 주변의 나무가 흐릿해지고 손아귀 힘이 빠져나갔다.

새끼 곰은 다시 뒤돌아서 뛰쳐나갔다. 팽팽해진 밧줄이 조쉬의 손목을 아래로 잡아당겨서 조쉬는 공중제비를 돌 뻔했다. 팔이 세게 꺾여서 눈물이 나도록 아팠다. 조쉬는 몸을 굽힌 채 이를 악물고 그 고통을 이겨 내려고 애썼다. 조쉬가 고개를 들었을 때 밧줄 끝에 웅크린 새끼 곰은 몸을 떨며 노려보고는 입술을 말아 올려 위협을 하듯 씩씩거리고 있었다.

몇 분이 지나서 조쉬는 간신히 일어설 수 있었다. 재킷이 너덜너덜해졌다. 조쉬는 조심스럽게 셔츠 안으로 손을 넣어 어깨를 매만졌다. 축축한 것이 만져져 손을 꺼내 보니 피가 묻어 나왔다.

조쉬가 중얼거렸다.

"날 죽이면 널 구할 수 없잖아."

새끼 곰은 여전히 몸을 떨면서 샐쭉한 표정으로 쳐다보았다.

조쉬는 투덜거렸다.

"요, 멍청이. 자, 가자."

조쉬는 밧줄을 세게 잡아당기면서 새끼 곰이 또다시 공격해 올까 봐 긴장했다. 새끼 곰은 다리를 뻗대고 저항하듯이 으르렁거렸지만 조쉬를 따라왔다. 조쉬는 걸으면서 계속 뒤를 돌아보았다. 새끼 곰은 몸집이 작지만 결코 만만한 싸움 상대가 아니었다.

집으로

산등성이에 다다른 다음 비탈길을 내려가기 시작하자 새끼 곰은 좀 더 순순히 따라왔다. 이제 새끼 곰을 포키라고 부르기로 했다. 조쉬는 몇 분마다 돌아서 쿠키 조각을 주면서 포키를 달랬다.
"진정해, 꼬마야. 마음 편히 가져. 많이 무서웠지, 응? 누가 우리 엄마나…… 아빠를 총으로 쐈다면 나라도 그랬을 거야."
하지만 어떻게 해도 새끼 곰의 시무룩한 표정은 바뀌지 않았다. 땀이 흐르자 벗겨지고 베인 상처가 타는 듯이 아팠다. 조쉬는 멈춰 서서 찢어진 재킷을 배낭에 넣고 위를 쳐다보았다. 텅 빈 파란 하늘에 태양만 이글거리고 있었다. 포키는 싸움도 포기했고 더 이상 떨지도 않았지만 여전히 풀이 죽은 모습이었다.
마지막 굽이를 돌자 아빠의 작은 트럭이 보였다. 아빠가 내 쪽지를 봤을까? 일단 새끼 곰을 보면 아빠도 화를 내지 못할 것이다. 이제 새끼 곰은 안전하다. 캠핑카 문은 열려 있고 아무도 보이지 않았다. 이런저런 걱정이 들다가 갑작스레 두려움이 밀려와 조쉬는 멈춰 섰다. 왜 이렇게 무섭지? 조쉬가 데리고 오지 않았다면 새끼 곰은 죽을 터였다. 아빠도 그걸 모를 리 없을 텐데……. 게다가 아빠도 새끼 곰을 찾으러 가지 말라고는 하지 않았다. 물론 허락해 준 것도 아니다. 그럼 조쉬가 한 일은 잘한 짓일까 아닐까? 숨을 깊이 쉬면서 조쉬는 오솔길에 쓰러진 나무 아래로 몸을 굽혀서 새끼 곰을 야영지 안으로 끌고 갔다.

조쉬가 주저하다가 불렀다.

"아빠."

침대가 삐걱거리더니 둔하게 쿵 하는 소리가 났다. 뒷문에 나타난 샘의 셔츠는 끌려져 있었고 머리도 엉클어져 있었다. 내려다보는 눈빛이 멍했다.

조쉬는 웃으려다가 아빠의 손에 위스키 병이 들려 있는 것을 보게 되었다.

"아빠, 새끼 곰을 찾았어."

조쉬는 어물어물 말하면서 다리를 절룩거리며 앞으로 나갔다. 팔과 다리에 피가 말라붙었고, 바지 한쪽은 찢어져 있었다.

샘은 쉰 목소리로 고함을 쳤다.

"용케도 어디서 새끼 곰 한 마리를 데려왔네. 참 힐 짓도 더럽게 없구나."

조쉬는 얼굴을 찌푸렸다.

"무슨 소리야?"

"어미 곰이 봤더라면 널 죽였을지도 몰라. 어쩌면 그렇게 바보 같은 짓을 한 거냐."
 조쉬는 고개를 숙이고 침을 꿀꺽 삼켰다.
 "아빠…… 어미 곰은 죽었어. 우리가 쐈잖아."
 뒷문에서 펄쩍 뛰어내려 온 샘의 눈이 이글거렸다.
 "우리가 쏜 건 어미 곰이 아니라고 말했을 텐데. 이제 저 숲 속에서는 어미 곰이 새끼를 찾아 헤매고 있을 텐데, 이 맹추야, 너는 그 곰 새끼가 네 것이라도 된 것처럼 아무 생각 없이 여기까지 데려왔구나."
 샘이 큰 소리를 내며 빠르게 다가왔기 때문에 새끼 곰이 소리를 지르며 뒤로 물러났다.
 조쉬가 울부짖었다.
 "하지만 아빠! 난 새끼 곰이 창자 더미 바로 옆에서 자는 걸 봤단 말이야. 그래서……."
 샘이 야구 방망이를 휘두르듯 손바닥으로 조쉬의 얼굴을 갈겼다. 조쉬의 고개가 옆으로 홱 꺾였다. 귀에서 천둥이 치고 이상야릇한 색깔들이 하늘로 스멀스멀 기어 올라갔다. 조쉬가 쓰러질 때 든 생각은 밧줄을 꼭 쥐어야 한다는 것뿐이었다. 입안에 단듯한 맛이 감돌고 눈물이 솟아 나왔다.
 샘이 떨면서 조쉬에게 다가와 더듬더듬 말했다.
 "너……널 때리려고 했던 건 아니야, 조쉬. 그냥 살짝 치려고 했을 뿐인데."
 조쉬는 얼른 무릎으로 기어서 물러났고 눈물이 나서 모든 것이 흐릿했다.

"나한테 오지 마! 나한테 오지 마!"

조쉬는 소리 지르면서 땅을 움켜잡았다. 새끼 곰은 조쉬를 끌어 주는 양 몸을 비틀면서 밧줄을 잡아당겼다. 흐릿한 아빠의 모습이 시야에서 벗어나자 조쉬는 쪼그려 앉았다. 아빠는 이미 미친 사람이었다.

샘은 어깨를 축 늘어뜨리고 트럭 앞에서 비틀거렸다. 갑자기 샘은 범퍼를 발로 차더니 고함을 지르면서 맨손으로 보닛을 내려치기 시작했다. 조쉬는 벌벌 떨면서 그 모습을 지켜보았다. 새끼 곰이 미친 듯이 발버둥쳤다.

돌아온 샘의 손은 피범벅이었다.

조쉬가 애원했다.

"또 때리지 마, 아빠. 제발."

샘이 눈을 끔뻑거리며 누그러진 목소리로 말했다.

"때리지 않을게. 새끼 곰을 자동차에 태워라."

"집에 가는 거야?"

샘이 고개를 끄덕였다.

조쉬는 아직도 뺨을 어루만지면서, 소리를 지르는 새끼 곰을 밧줄에 묶은 채로 캠핑카 뒤 칸에 태웠다. 조쉬는 새끼 곰을 안쪽으로 잡아끌면서 말했다.

"난 여기 타고 갈래."

샘이 다가왔다.

"조쉬……."

조쉬는 아빠와 눈을 마주치려 하지 않았다.

"조쉬, 아빠는……."

샘은 말을 하려다 말고 피 묻은 주먹을 입술에 갖다 대었다. 그러고는 돌아서서 운전석으로 갔다.

덜컹덜컹 흔들리는 차 안에서 조쉬는 새끼 곰이 먹을 만한 것을 발견했다. 처음에 새끼 곰은 미심쩍어하는 듯한 눈으로 보더니 조심스럽게 먹고 마셨다. 그러고는 두려운 눈으로 쳐다보면서도 보송보송한 엉덩이를 조금씩 가까이 밀고 들어왔다. 조쉬가 새끼 곰의 등에 손을 얹자 제멋대로 뻗친 보드라운 털 아래 떨고 있는 몸뚱이가 느껴졌다.

조쉬가 말했다.

"포키, 정말 미안해. 네 엄마를 죽여서는 안 되었는데. 이제 우린 어쩌면 좋지?"

조쉬의 마음을 이해한다는 듯이 몸을 바싹 기대는 새끼 곰의 눈이 두려움으로 반들거렸다.

조쉬는 아빠의 행동을 전혀 이해할 수 없었다. 아빠가 송아지나 망아지, 강아지나 새끼 고양이를 돌보느라 목장에서 밤을 새우던 기억이 떠올랐다. 그런 아빠가 어떻게 새끼 곰이 죽을지도 모르는데 나 몰라라 할 수 있는 걸까?

자갈길을 10여 킬로미터쯤 달린 후에 차는 포장도로로 들어섰고 흔들림도 멎었다. 평평한 도로 위에서 타이어는 조용한 소리를 내며 미끄러졌고 따뜻한 햇볕이 차창에 흘러넘쳤다. 새끼 곰은 고개를 끄덕거리며 단추 같은 눈을 감았다. 조쉬가 포키를 살그머니 무릎 위로 옮겼지만 포키는 저항하지 않았다.

조쉬도 몹시 지쳐 있었기 때문에 차가 북쪽으로 파라다이스 계곡을 통과하고 서쪽으로 보즈먼 통행로를 지나며 100킬로미터를 달리는 동안 정신이 가물가물했다. 새끼 곰은 조쉬의 몸 깊숙이 파고들었고 곧 찰싹 달라붙어서 조쉬의 옆구리에 자기 발톱을 파묻었다. 아팠지만 흐뭇한 기분이 들어 그냥 내버려 두었다.

조쉬는 어느새 잠이 들었다가 도로의 혹에 부딪혀 차가 쿵쾅거리자 거대한 손이 후려치는 꿈을 꾸었다. 조쉬는 식은땀을 흘리며 가쁘게 숨을 쉬다가 깨어났다. 새끼 곰도 깨어서 긴장한 채 눈알을 이리저리 굴리고 있었다. 조쉬는 새끼 곰이 일정한 박자에 맞추어 큰 소리로 쩝쩝거리며 부드러운 발바닥을 핥는 모습을 넋 놓고 바라보았다.

트럭은 속도를 늦추어 집으로 향하는 자갈길에 들어서 2킬로미터쯤을 달렸다. 차가 마당에 들어서자 새끼 곰은 다리를 뻣뻣이 하고 일어서서 주위를 경계했다. 차가 멈추자 포키는 허둥지둥 탁자 밑으로 뛰어들어 웅크렸다. 조쉬는 천천히 일어나서 차창 밖을 내다보았다.

조쉬의 엄마, 리비가 앞치마에 달걀 몇 개를 받아 안고 서 있었다. 고무장화와 헐렁한 바지를 입어서 뚱뚱해 보였지만 실제로는 그렇지 않았다. 리비는 허리까지 내려오는 머리를 땋아 틀어 올리고 있었다.

머리를 매만지는 것은 리비가 자신만을 위해 하는 유일한 일이었다. 아빠가 술을 마시기 시작한 후로 엄마는 집안일을 마치고는 혼자 앉아서 못이 박인 손가락으로 검은 강물처럼 출렁거리는 머리를 매만진 다음 꼭꼭 땋았다.
 풀밭에 달걀 담은 앞치마를 내려놓으며 리비가 외쳤다.
 "샘, 조쉬는 어디에 있어?"
 아빠의 목소리는 운전석에 갇혀 작게 들렸다.
 "뒤에."
 조쉬는 밧줄을 잡고 차 문을 열었다. 리비가 맞이했다.
 "세상에나!"
 리비는 소리를 지르며 조쉬의 너덜너덜해진 옷과 멍을 보았다. 그런 다음 새끼 곰을 발견했다.
 조쉬는 엄마 품으로 뛰어들며 엉엉 울었다.
 "조쉬, 이게 무슨 일이니?"
 아빠가 나타나기 전에 조쉬가 울면서 속삭였다.
 "우리가 얘 엄마를 죽였어……. 우리가 얘 엄마를 죽였어."
 조쉬는 엄마 품에서 떨어져 나와 포키를 축사로 끌고 갔다. 하얗고 까만 털이 어우러진 보더콜리종 개가 짖으면서 풀밭을 가로질러 뛰어오자 새끼 곰은 밧줄이 팽팽해지도록 잡아당겼다.
 조쉬가 외쳤다.
 "머드플랩, 저리 가!"
 이 멍청한 개는 트럭을 볼 때마다 쫓아다니면서 자동차의 흙받이(자동차의 바퀴가 돌면서 진흙 따위가 차의 몸체로 튀는 것을 막기 위한 고무판이며 영어로 머드플랩이라고 한다-옮긴이)를 물었기 때문에 그런 이름을 얻게 되었다. 조쉬는 개가 멈추는 것을 보았다. 개는 귀를 늘어뜨리고 다리 사이로 꼬리를 내렸다. 포키와 머드플랩은 나중에 친해질 수 있을 터이다.

축사에 들어서자 공기가 서늘하고 잠잠했고 부모님이 나누는 말소리도 들리지 않았다. 조쉬는 새끼 곰을 달래서 비어 있는 마구간으로 데려갔다. 말들은 여름 방목지에 풀어 놓아 그곳엔 없었다. 조쉬가 밧줄을 풀어 주자 포키가 돌면서 손을 물었는데 마치 바이스로 죄듯 꽉 물고 놓지 않았다. 조쉬는 뒤로 손목을 홱 젖히면서 빼내려 했지만 헛수고였다. 헐떡거리면서 포키의 목을 잡고 옅은 밤색 코를 이로 물었다. 포키는 큰 소리를 지르며 나가떨어져 축사 바닥에 뒹굴었다.

"포키, 그만해! 이제 서로 다치게 하는 짓은 그만두자고."

조쉬가 소리쳤고 새끼 곰은 칸막이가 높이 둘러쳐진 마구간 끝으로 도망쳤다. 조쉬는 멍든 손을 문지르면서 양동이에 물을 받으러 갔다. 그런 다음 짚을 던져서 폭신폭신한 잠자리를 만들었다. 새끼 곰에게 뭘 먹여야 할까? 쿠키를 더 줬다간 배탈이 날지도 몰랐다.

축사 문이 열려서 조쉬는 뒤를 돌아보았다. 엄마의 조용한 음성이 서늘한 공기에 울려 퍼졌다.

"조쉬, 이리 와. 어디 좀 보자."

조쉬는 고개를 숙이고 다가갔다.

조쉬의 부어오른 뺨을 만지며 리비가 물었다.

"왜 이렇게 됐니?"

조쉬는 엄마의 손길을 피해 뒤로 물러났다. 그러고는 억지로 웃음을 지으며 말했다.

"잔디 깎는 기계에 걸려서 넘어졌지 뭐."

엄마는 미소를 지으려다 말고 축사 벽 틈으로 새어 들어오는 빛을 받으며 참을성 있게 다음 말을 기다렸다. 내키지 않았지만 조쉬는 너덜너덜해진 바지와 까진 다리를 가리켰다.

"이건…… 돌에 넘어져서 까진 거고."

조쉬는 다시 팔과 어깨에 든 멍과 상처, 말라붙은 핏자국을 가리켰다.

"요거는 새끼 곰을 잡을 때 다친 거야."

엄마가 피가 나는 손을 가리키며 물었다.

"여긴 어떻게 된 거니?"

"포키가 물었어."

"포키?"

"응, 내가 붙여 준 이름이야."

"괜찮아?"

조쉬가 고개를 끄덕였다.

"나도 똑같이 물어 줬어."

엄마가 고개를 설레설레 저으며 물었다.

"입술은 왜 찢어졌고 뺨은 왜 그렇게 부었니?"

"별거 아니야, 엄마."

"무슨 일이 있었니?"

리비의 목소리는 부드러우면서도 엄했다.

"말 못 하겠어."

조쉬는 속삭이듯 말했다. 아빠가 질문을 할 때는 꼭 대답을 해야만 했다. 하지만 엄마는 달랐다. 진실을 말하면 다른 사람이 다치는 경우도 있다는 것을 엄마는 알고 있었다. 그렇다고 조쉬가 거짓말을 해도 된다는 뜻은 아니었다. 입을 굳게 다문다는 뜻이었다.

몇 분 동안 엄마는 대답을 기다리다가 다가와서 팔로 조쉬의 어깨를 감싸며 말했다.

"그래. 그 이야기는 나중에 하자. 우선 집에 가서 상처를 치료해."

조쉬가 엄마를 올려다보았다.

"엄마, 나 여기에 있게 해 줘. 포키는 엄마를 잃었고 지금 잔뜩 겁을 먹고 있어. 배도 고플 테고. 지금까지 먹은 거라고는 엄마가 만든 오트밀 쿠키하고 빵 조금뿐이야."

"그럼, 내 쿠키가 너무 맛이 없어서 전부 곰한테 줘 버렸다는 말이구나. 그렇지?"

엄마는 이렇게 말하면서 빙그레 웃었다.

조쉬는 엄마의 눈이 장난스럽게 반짝거리는 것을 보고 웃으며 말했다.

"나도 많이 먹었어. 그런데 포키는 정말 배가 고팠다고."

조쉬의 얼굴에서 미소가 금방 사라졌다.

"엄마, 그런데 뭘 먹여야 하지?"

"오티스한테 전화하지 그러니? 그 아저씨라면 알 거야."

엄마가 말했다.

조쉬는 고개를 끄덕였다. 오티스에게 전화한다는 생각은 미처

하지 못했다. 그 노인은 조쉬의 친구였다. 딱 잘라 친구라고 하긴 좀 어색했지만. 오티스는 야생동물을 보살폈고 조쉬는 그 일을 거들곤 했다. 좀 괴짜 양반이긴 하지만 조쉬는 오티스가 좋았다.

리비가 조쉬의 어깨에 손을 얹었다.

"조쉬, 아빠가 포키 엄마를 죽인 게 틀림없니?"

조쉬는 다시 고개를 끄덕였다.

"아빠가 총을 쏜 다음 포키가 뛰는 걸 봤고, 그 곰이 죽은 자리 근처에서 포키가 잠든 걸 발견했어."

엄마는 생각에 잠겼다가 고개를 들었다.

"이렇게 하자. 축사에 있는 전화로 오티스한테 전화를 걸어. 나는 집으로 가서 네 상처를 치료할 약품을 가져올게. 후딱 갔다 올게."

엄마가 뒤돌아 가려 할 때 조쉬가 불렀다.

"엄마."

엄마가 돌아섰다.

"왜 그래, 조쉬?"

조쉬는 망설이다가 말했다.

"고마워요."

엄마는 미소를 지으며 다시 돌아섰다. 그리고 어깨 너머로 소리쳤다.

"우리는 포키를 돌봐야 해. 자, 어서 오티스에게 전화하렴."

새끼 곰의 운명

오티스 싱클레어는 큰뿔부엉이의 뭉개진 날개에 부목을 다시 대 주었다. 그리고 씁쓸한 목소리로 중얼거렸다.
"괜찮다, 애야. 우리가 조그만 총알 하나에 질 수는 없잖니."
이 자존심이 강한 맹금은 일어나려고 안간힘을 썼지만 총에 맞은 상처 때문에 이미 기운이 다 빠져나갔다. 오티스는 부엉이를 잡으면서 바늘처럼 뾰족한 발톱에 닿지 않도록 조심했다. 조심스럽게 새의 부리를 열고 고기 몇 점을 집어넣어 주었다. 몇 주 더 보살피면 목숨은 건지겠지만 다시 날 수 있을지는 알 수 없었다. 순전히 인간의 변덕과 몹쓸 장난, 어리석음이 빚어낸 비극이었다.
"사람들은 자기들이 무슨 짓을 하고 있는지 알기나 하나 모르겠구나."
오티스는 부엉이를 철망 우리에 조심스럽게 넣으면서 말했다.
"사람들은 너희들을 죽이면서 자신들도 죽이고 있어. 이 세상이 한 열두 개쯤 있어서 연습을 해 볼 수 있는 것도 아닌데 말이다."

오티스는 은빛으로 빛나는 자신의 긴 머리카락을 만지며 화가 나서 눈물을 글썽거렸다. 오티스 자신의 기력을 앗아간 것은 총알 하나가 아니었다. 대학에서 학생들을 가르치고 환경 운동을 하면서 기력이 다 빠졌다. 누군가 자기 말을 들어주리라 생각했다. 하지만 그 모든 일은 간단히 말해서, 맞바람에 침 뱉기였다.

결국 모두 포기하게 만든 마지막 사건이 떠올랐다. 바로 몬태나 주(미국 북서부의 주이고 수도는 헬레나이다. 산이 많고 주요 산업은 농업, 광업, 임업, 관광업이다-옮긴이) 정부의 어업수렵부가 아메리카들소와 큰곰의 사냥을 허가한 일이었다. 이렇게 하는 게 멸종되어 가던 이 동물들을 구하는 방침이라는 말인가? 그들을 사냥하는 것이?

그날 오티스는 대학에서 퇴직하고 동시에 사회에서도 떠나 왔다. 그는 시내에서 떨어진, 나무가 많은 공터를 샀고 커다란 오렌지색 출입 금지 표지판으로 그 땅 주위를 빙 둘러 박았다.

오티스는 여전히 야생동물을 다루는 생물학자였기 때문에 어업수렵부가 다친 동물들을 재활시켜 달라며 가져오는 것은 허락했다. 그럴 경우에도 사람은 가까이 오지 못하게 했다. 재활이란 말은 꽤 그럴싸하게 들렸다. 그 말을 들으면 독수리가 창공으로 날아오르고, 한때 다리를 절룩거렸던 사슴이 숲 속을 경중경중 뛰어다니고, 코요테가 몸을 회복하여 달빛 밝은 언덕 비탈에서 행복하게 소리를 지르는 모습이 떠올랐다.

하지만 사실상 오티스는 어업수렵부가 이것을 일종의 폐기 처분으로 여기는 것이 아닐까 의심했다. 오티스가 돌보는 동물 가운데 회복되어서 야생 상태에서 생존할 만한 동물은 극히 적었기 때문이다.

그리고 자연으로 돌려보낸 동물들은 어떠했던가? 작년에는 총상을 입은 수사슴을 몇 달 동안 돌보았다. 외딴 언덕 비탈에 사슴을 놓아주고 두 달이 지난 어느 날, 오티스는 시내를 가로지르는 사냥꾼의 트럭 짐칸에 그 사슴이 던져져 있는 것을 보았다. 하긴, 뭣 하러 그런 것까지 일일이 신경을 써야 하겠는가? 어쩌면 오티스가 세상에 맞서 싸우는 방법은 이렇게 한 번에 한 마리씩 돌보는 일일 터였다. 오리 한 마리, 사슴 한 마리, 부엉이 한 마리, 너구리 한 마리, 비둘기 한 마리, 코요테 한 마리, 스컹크 한 마리…….

전화벨 소리가 오티스의 우울한 생각을 방해했다. 오티스는 전화가 울리든 말든 내버려 두고 부엉이에게 부드럽게 속삭였다. 이 새는 비록 상처를 입었지만 위엄을 갖추듯 차분했다.

"진흙 덩어리라도 너를 쏜 불한당보다는 감정이 풍부할 거야."

오티스는 이렇게 말하면서도 그치지 않고 울려 대는 전화기 소리에 신경이 곤두섰다. 그는 투덜거리면서 그 짜증의 근원을 향해서 꾸물꾸물 움직였다. 누구인지 몰라도 오티스가 집에 있다는 사실을 알고 있는 것이다. 오티스는 수화기를 들어서 이 침입자를 위협하려는 듯 거친 목소리로 으르렁거렸다.

"뭐요?"

잠시 조용하다가 조쉬 맥과이어의 목소리가 들렸다.

"여보세요······. 오티스 아저씨예요?"

"아뇨. 그 사람은 통신판매 상품 책자에 나온 새로운 세상을 주문하러 가고 없습니다. 오면 뭐라고 전해 드릴까요?"

"오티스, 저 조쉬예요."

오티스는 마지못해서 툴툴거리는 음성을 조금 부드럽게 바꾸며 말했다.

"그래, 안다. 여기는 뭣 하러 전화했어?"

조쉬가 수줍은 듯이 물었다.

"아저씨, 뭐 하나만 말씀해 주실래요?"

"물론이지. 누구한테든, 무엇이든 말해 줄 수 있어. 전혀 소용은 없지만 말이다. 아무도 듣지를 않으니까."

조쉬가 아무 대꾸를 하지 않으니까 오티스는 더 이상 비꼬아 말하기가 멋쩍었다. 오티스가 물었다.

"그래, 애야. 뭘 알고 싶으냐?"

"아······ 아저씨한테 새끼 곰이 있다면 뭘 먹이실 거예요?"

"너한테 새끼 곰이 있다는 말은 아니겠지?"

조쉬가 더듬거리며 말했다.

"천만에요. 그냥 궁금해서요."

오티스는 턱을 긁적거렸다. 이 어린 친구가 뭔가를 물어볼 때는 꼭 그럴 만한 이유가 있었다. 조쉬의 그런 점이 마음에 들었다. 조쉬는 몇 년 전 오티스의 자동차 진입로에 제멋대로 들어와서는 잔디를 깎아 줘도 되겠냐고 물었다. 오티스는 풀이 그냥 자라게 놔두라고 호통을 치고 겁을 줘서 쫓아 보내려고 했다. 하지만 조쉬는 동물들을 보더니 냉큼 우리로 달려왔다.
 위협을 하고 세상의 온갖 욕을 다 퍼부어도 이 아이를 동물한테서 떼어 놓을 수 없었다. 결국 오티스는 조쉬를 내버려 두었다. 이제 조쉬는 매주 찾아와서 동물들에게 먹이 주는 일을 돕는다.
 오티스가 목청을 가다듬었다.
 "글쎄, 조쉬…… 나라면 말이다, 음, 어디 보자. 그 녀석이 다쳤니?"
 조쉬는 어딘지 모르게 성급하게 말했다.
 "아뇨! 그리고 저한테 새끼 곰이 있는 건 아니라니까요. 그냥 새끼 곰한테는 어떤 것을 먹이는지 알고 싶어서 그래요."
 "알았다, 알았어! 들어 봐……. 새끼 곰은 제 어미를 따라다니면서 온갖 것에 주둥이를 들이대지. 새싹을 씹고 땅을 파서 애벌레를 찾기도 해. 하지만 거의 어미젖으로 살아간단다."
 "이 녀석은 그럴 수가 없어요. 그……그러니까, 만약 엄마가 없으면 어떻게 하죠?"
 애절한 마음에 조쉬의 목소리가 날카로워졌다.
 오티스는 전화기를 꽉 쥐었다.
 "조쉬, 우선 젖병을 찾아서 젖꼭지 구멍을 더 크게 찢어. 시방을 충분하게 줘야 해. 새끼 양 먹이, 달걀, 오트밀 같은 거 말이다."
 "오티스, 새끼 곰이 젖병을 빨까요?"
 "그래야 해. 새끼 곰은 새끼 양 같아서 아무거나 빨려고 할 거야. 난 새끼 곰들이 서로 귀를 빠는 것도 본 적이 있어. 아무튼,

우리가 얘기하는 곰은 태어난 지 얼마나 된 거냐?"

조쉬는 잠시 가만히 있다가 말했다.

"아주 어려요."

"음, 올해 태어난 새끼 곰이라면 한 16주 정도 되었겠구나. 그러면 작은 개보다는 크지 않겠군."

"얘는 그보다 커요…… 그러니까, 제 말은 그보다 약간 더 클 수도 있다는 뜻이에요. 그럴 수도 있죠?"

오티스는 헛기침을 했다.

"그럴 수도 있지. 자, 조쉬, 이제 나한테 털어놔. 왜 이런 질문을……"

"고마워요, 오티스."

조쉬는 오티스의 말을 끊고 전화기를 툭 내려놓았다.

오티스는 턱을 문질렀다. 오티스는 사람에게 친구라는 말을 적용하고 싶지 않았지만 이 아이만은 달랐다. 조쉬가 오티스의 친구가 된 것은 동물을 좋아하기 때문일지도 몰랐다. 이유야 어떻든, 오티스는 인간세계를 거부했지만 이 소년만은 예외로 삼았다. 조쉬가 무슨 일을 감추고 있는지 몰라도 오티스는 걱정이 되었다.

조쉬는 오티스에게 포키에 대해 말하고 싶었지만 그러려면 아버지가 한 일도 털어놔야만 했다. 그러면 아빠는 정말로 화를 낼 것이다. 샘은 오티스를 싫어했고 그 은둔자가 조쉬에게 나쁜 물을 들인다고 말했다. 샘이 오티스를 싫어하는 이유는 사냥과 어느 정도 연관이 있는 것 같았다. 조쉬는 오티스의 동물들을 좋아하면 좋아할수록 사냥 가는 것이 차츰 시들해졌다. 아빠가 술을 마시기 시작한 뒤로 조쉬는 사냥이 정말 싫어졌다. 아빠는 그것을 모두 오티스의 탓으로 여겼다.

한번은 조쉬가 오티스에게 사냥한 적이 있냐고 물었다. 조쉬는 오티스의 대답을 듣고 깜짝 놀랐다. 오티스는 이렇게 말했다.

"아주 오래전에. 꽤 재미있었어. 사냥감을 쫓아 돌아다니고 머리를 써서 꾀어내고 하는 일들이. 어느 날 한 친구가 다친 독수리를 구하기에 나도 거들게 되었어. 그래서 짐승도 감정이 있음을 알았고, 짐승을 죽이는 것보다 살리도록 돕는 일이 훨씬 재미있음을 배웠지."

지금 짚 위에서 몸을 둥글게 말고 잠든 새끼 곰을 내려다보면서 조쉬는 그때 오티스가 한 말이 정말 맞다고 생각했다.

조쉬는 축사에서 큰 우유병을 찾았다. 송아지를 기를 때 쓰는 우유병이었다. 조쉬는 부엌을 샅샅이 뒤져서 여러 가지 재료를 섞어 곰의 먹이를 만들었다. 조쉬가 그 먹이를 내밀자 새끼 곰은 뒷발로 서서 앞발로 그 큰 병을 쥐고는 쭉쭉 빨고 꿀꺽꿀꺽 넘겼다. 조쉬는 그러는 새끼 곰을 자기 옆으로 끌어다 놓았지만 새끼 곰은 까만 볼베어링 같은 눈을 흐트러뜨리지 않고 허공의 한 점을 응시했다.

그날 밤 조쉬는 축사에서 잠을 잤다. 조쉬는 짚 위에 침낭을 펴고 새끼 곰이 안으로 들어와 파고들도록 했다. 새끼 곰은 발바닥을 빨면서 기분 좋게 흥얼거리더니 앞발로 조쉬를 감쌌다. 그날 밤 내내 그렇게 달라붙어서 꼼지락거렸다.

날이 밝았을 때 조쉬는 아빠의 발소리를 듣고 깼다. 조쉬는 고개를 들어 아빠가 마구간 안을 들여다보는 것을 보았다. 새끼 곰은 깊이 잠들어 있었다.

샘이 쉰 목소리로 말했다.

"조쉬, 내가 수렵관리인에게 전화를 걸어서 그 새끼 곰 얘기를 했다."

"우리가 어미를 쐈다고 말했어?"

샘이 마구간을 발로 찼고 그 소리에 새끼 곰이 잠에서 깨었다. 샘은 뭔가를 큰 소리로 말하려다가 참았다. 그러고는 이렇게 말했다.

"버려져 있는 걸 발견했다고 말했다."

조쉬는 그 말에 몸을 움찔하면서 아빠를 보았다.

"우리가 데리고 있어도 괜찮다고 그래?"

"아니. 관리인이 내일 올 거다. 네가 학교에 가고 나면 내가 새끼 곰을 넘겨줄 거야."

"포키를 주면 안 돼."

"네 마음대로 할 수 있는 문제가 아닐걸. 지금은 그 녀석과 마음껏 놀아. 하지만 키울 수는 없으니까 너무 정을 붙이지는 말고."

"그 사람들 것도 아니잖아."

조쉬는 고개를 떨어뜨리며 중얼거렸다. 새끼 곰이 일어나서 기지개를 켰다. 하품을 하면서 기다란 혀를 쭉 내밀었다.

샘이 돌아서서 축사를 나갔다.

조쉬는 안절부절못했다. 새끼 곰을 가져가면 어떻게 되는 건지 누구한테 물어봐야 할까? 조쉬는 다시 오티스에게 전화를 걸어 아주 오랫동안 기다렸다. 마침내 오티스가 전화를 받았을 때 조쉬는 수화기를 귀에서 멀리 떼야 했다.

오티스가 소리쳤다.

"뭐요?"

오티스가 고함을 질러도 조쉬는 기분 나쁘지 않았다. 아빠가 소리칠 때와는 달랐다. 사실 오티스의 고함은 좀 우스웠다.

"오티스, 또 제가 전화했어요."

조쉬는 짚 위에 서서 발을 꼬무락거렸다.

"이번에는 누구한테 먹이를 주려고 그러냐…… 코끼리?"

"오티스, 수렵관리인은 고아가 된 새끼 곰을 데려다가 어떻게 해요?"

"아마 주 정부 연구소에 갖다 주겠지."

"거기서 뭘 하죠?"

"대개 질병 연구를 하지. 여러 가지 약과 백신을 실험하는 거야. 조쉬, 도대체 왜 이런 질문을 하는지 나도 좀 알면 안 될까?"

"오티스, 그런 실험을 하면 아플까요?"

"글쎄…… 그렇기도 하고 아니기도 하지. 결국엔 대부분 죽어."

"실험실에서 동물을 죽인다고요?"

조쉬는 느닷없이 큰 소리를 질렀다.

"그래. 자, 이제 왜 그런 질문을 하는지 말해라!"

"오티스, 만약에 제가…… 아니, 누군가가 새끼 곰을 산에 놓아주면 어떻게 될까요?"

"아서라! 코요테, 독수리, 큰 부엉이, 퓨마, 수컷 곰까지 녀석을 죽이려 들 거야. 새끼 곰한테는 보호해 줄 엄마가 필요해. 새끼 곰은……."

조쉬가 끼어들었다.

"그런데 어째서 곰을 사냥하는 거예요? 어미 곰을 죽일 수도 있잖아요?"

"사람들은 대개 그런 일을 걱정하지 않아."

조쉬는 절망감을 느꼈다.

"어떻게 걱정하지 않을 수 있죠?"

조쉬가 물었다.

"시간이 흐르면 별 감정을 느끼지 않게 되는 법이야."

"오티스, 수렵관리인이 아저씨한테 새끼 곰을 기르게 하지는 않나요?"

"곰이 다쳐야 나한테 데리고 오지. 게다가 다시 멀쩡해지면 연구실로 데려가 버린다. 자! 네가 왜 그러는지 설명을 하지 않으면 더 이상 한마디도 하지 않겠다. 도대체 무슨 일이냐?"

"나중에 말씀드릴게요, 아저씨. 약속해요. 안녕히 계세요."

오티스가 뭐라고 대꾸하기도 전에 조쉬는 전화를 끊고 마구간으로 돌아왔다. 조쉬는 포키를 가만히 바라보았다. 내일이면 수렵관리인이 올 텐데 도무지 그를 막을 방법이 없었다. 조쉬는 새끼 곰 옆에 꿇어앉았고 새끼 곰은 아무것도 모른 채 눈을 반짝거리며 조쉬를 올려다보았다.

"포키, 넌 죽게 돼. 그런데 나는 아무것도 해 줄 수가 없어."

조쉬는 슬프게 말하면서 지푸라기를 잡아 던졌다. 날리는 지푸라기로 포키가 뛰어들더니 더 해 달라고 코를 들이댔다. 조쉬는 짚을 한 움큼 집어서 다시 던졌다. 새끼 곰이 펄쩍 뛰어올랐지만 지푸라기는 공중에서 흩어져서 살랑살랑 떨어지다가 새끼 곰의 복슬복슬한 까만 털 위에 금가루처럼 내려앉았다. 포키는 조쉬에게 달려들어 바지 가랑이를 물고 흔들어 댔다. 포키는 장난스럽게 으르렁거리면서 통통한 엉덩이를 들썩거렸다.

한 시간 가까이 조쉬와 포키는 엎치락뒤치락 뒹굴고 넘어지고 웃으면서 짚더미 위에서 놀았다. 마침내 새끼 곰은 늘어지게 하품을 하더니 조쉬의 무릎 위로 기어올라 발바닥을 할짝거리기 시작했다. 조쉬와 포키는 서로 꼭 기대었다.

"포키, 죽는 게 무섭니?"

조쉬는 조용히 진지하게 물었다.

새끼 곰은 고개를 갸우뚱하며 이상하다는 듯이 쳐다보았다.

"무슨 말인지 모르겠지?"

조쉬는 이렇게 말하면서 몸을 떨었다. 문득 어떤 생각이 떠오르자 겁이 나서 눈물이 나왔다. 조쉬는 그 생각을 입 밖으로 불쑥 꺼냈다. 목소리가 갈라졌다.

"아빠가 날 죽인다고 해도 널 그 사람들한테 넘길 수는 없어. 우리 도망가자."

한밤중의 도망

조금씩 계획이 떠올랐다. 도망간다는 생각을 하면 무서워서 정신이 아찔할 지경이었지만 포키가 죽는다는 생각을 해도 마찬가지였다. 갑자기 축사 문이 삐걱거리며 열려서 조쉬는 깜짝 놀랐다.
아빠가 들어와서 말했다.
"조쉬, 길버트 아저씨네서 저녁 먹으러 오라더라. 너도 가려거든 옷을 갈아입어."
"그럼 그냥 집에서 포키랑 같이 있어도 된다는 얘기야?"
아빠의 목소리가 팽팽해졌다.
"네 엄마는 네가 하고 싶은 대로 하라더구나. 내 생각에는 지금이 바로 이 멍청한 짓거리를 그만둬야 할 때인 것 같다."
"가기 싫어서 그러는 게 아니야. 그냥…… 저, 포키가 외로울까 봐."
"외로워? 나 참!"

아빠는 이렇게 내뱉고 뺨과 이마를 실룩거리며 노려보았다.

"그깟 곰 새끼는 잊어버려, 이 자식아. 넌 지금 말짱 헛수고하는 거야."

"사람들이 얘를 죽일 거야, 아빠!"

"네가 산에서 데려올 때 그 곰 새끼는 이미 죽은 거야. 생각할 머리가 조금이라도 남아 있다면 한번 굴려 봐. 자, 이제 준비해. 우리는 30분 있다가 출발할 거다."

"난 여기 있을래."

아빠는 이글거리는 눈빛으로 주먹을 불끈 쥐면서 조쉬 쪽으로 돌아섰다.

조쉬는 마구간 한쪽 끝으로 달려갔다.

"때리지 마, 아빠. 제발."

엄마가 닭을 부르는 소리가 농장 마당에서 들려오자 아빠는 멈췄다.

"다시는 나한테 이래라 저래라 하지 마!"

아빠는 고함을 치고는 문을 쾅 닫고 나가 버렸다.

조쉬는 숨을 가쁘게 쉬었다. 아빠 말이 옳은 걸까? 내가 새끼 곰을 어미한테서 떼어 놓은 걸까? 조쉬는 기억을 더듬으며 고개를 저었다. 아니야! 아빠랑 내가 어미 곰을 쐈고 이제 새끼 곰도 죽게 생겼어.

조쉬는 새끼 곰에게 다가가 앉았다. 왜 아빠는 저런 말을 하는 걸까? 지금은 술에 취하지도 않았는데 술 취했을 때처럼 말을 하네. 술을 많이 마시면 사람이 저렇게 되는 걸까? 거짓말을 하게 되는 걸까? 형이 죽지 않았다면 이런 일은 일어나지 않았을 거야.

어찌 되었든, 조쉬는 포키가 죽도록 내버려 둘 수 없었다. 부모님이 나가면 새끼 곰을 데리고 산으로 도망칠 작정이었다. 아니야, 그 방법은 안 통해. 엄마, 아빠는 한두 시간 안에 돌아올 거고 그러면 그렇게 멀리 도망칠 수가 없어. 이런저런 궁리를 하는 동안에도 어제 아빠한테 맞은 기억이 머릿속에 먹구름처럼 드리워 떠나질 않았다. 하지만 아빠가 어떻게 나오든, 조쉬는 포키를 구해야만 했다.

조쉬는 좋은 '방도를 생각하느라 머리를 쥐어짰다. 집에서 북쪽에 있는 브리저 산은 제일 가까운 산이었지만 엄마, 아빠가 제일 먼저 찾아볼 것 같았다. 보즈먼 남서쪽에 있는 스페니시 봉우리나 동쪽의 크레이지 산은 한 번도 가본 적이 없었다. 옐로스톤 국립공원 북쪽에 있는 톰 마이너 분지는 멀고 험했지만 조쉬가 잘 알고 있었다. 하지만 100킬로미터도 넘게 떨어져 있어서 그곳에 가기는 도저히 불가능했다.

생각에 생각을 거듭하면서 조쉬는 엄마와 아빠가 탄 차가 집에서 나가는 것을 보았다. 지금은 채비를 하고 오늘 밤 부모님이 잠자리에 들면 떠나야겠다고 생각했다. 그러면 밤새 멀리 도망칠 수 있겠다 싶었다.

조쉬는 재빨리 분유 한 통, 달걀 스물네 개를 깨뜨려 넣은 단지, 오트밀, 수프 한 캔, 팬케이크 가루, 주머니칼과 물병을 배낭에 챙겨 넣었다. 냉장고에서 초콜릿 바 세 개와 육포, 빵도 꺼내 담았다. 그러더니 갑자기 멈췄다. 내가 지금 뭘 하는 거야? 이 많은 걸 다 어떻게 가져가겠어? 조쉬는 물병의 물을 비웠다. 산에는 거의 어디나 개울이 있었다. 그래도 배낭은 너무 무거웠다. 어디로 가야 할까? 밤에는 남의 차를 얻어 탈 수 없었고 더군다나 새끼 곰을 데리고는 불가능했다. 조쉬는 고개를 떨어뜨렸다. 다리가 휘청거렸다.

그래도 조쉬는 계속 짐을 꾸렸다. 재킷을 꺼내고 광으로 달려가서 낚싯줄을 가져왔다. 그때 좋은 생각이 떠올랐다. 광 한구석, 먼지 쌓인 방수포 밑에는 형이 가지고 있던 낡은 모터사이클이 있었다. 형이 죽은 후 아빠는 그 모터사이클을 팔지 않고 한구석에 처박아 놓았다. 지금 그걸 탄다는 것은 생각해 볼 여지도 없는 듯했다. 조쉬가 어려서 그런 것은 아니었다. 형이 허락해서 충분히 많이 타 보았다. 게다가 조쉬는 아홉 살 때부터 트랙터를 운전했다. 콤바인도 운전했다. 다른 이유가 있었다. 바로 그 모터사이클이 아직도 죽은 형의 것이었기 때문이다.

타이 형이라면 모터사이클을 빌려 간대도 괜찮다고 할 터였다. 형도 새끼 곰을 살리고 싶을 것이다. 조쉬는 또 다른 생각이 들었다. 면허증 없이 타면 잘못이겠지, 아마도? 하지만 포키의 엄마를 죽인 것도 잘못이긴 마찬가지였다. 그리고 포키를 죽이는 것도 잘못된 일이다. 정말 너무 많은 것들이 잘못되었다! 조쉬는 이를 갈면서 모터사이클에 연료를 채우고 계기판을 확인했다.

조쉬는 그 무거운 기계를 광 바깥에 끌고 나와 지지대를 받쳐 세워 놓고 열쇠를 돌린 다음 초크(엔진에 들어가는 공기의 양을 조절하여 시동을 걸도록 돕는 장치—옮긴이)를 잡아당겼다. 그런 다음 펄쩍펄쩍 뛰며 시동 페달을 밟았다. 시동이 걸리지 않았다. 초크를 어설프게 손본 다음 다시 시도해 보았다. 여전히 꼼짝도 하지 않았다. 조쉬는 끈질기게 페달을 밟아서 나중에는 다리에 불이 붙는 듯했고 이마에는 땀에 젖은 머리카락이 찰싹 달라붙을 지경이 되었다. 포기하려고 했을 때 푸르르 소리가 나면서 시동이 걸렸다. 역겨운 냄새와 함께 연기가 터져 나왔고 낮게 웅웅거리는 소리가 고요함을 깨뜨렸다. 조쉬는 엔진 속도를 올린 다음 얼른 껐다.

 포키를 데려가기 위해서 조쉬는 플라스틱 우유 상자 위에 나무로 된 덮개를 만들었다. 이 상자와 작은 휘발유 통 하나를 모터사이클의 뒷자리에 놓은 다음 굵은 고무 밧줄로 동여맸다. 모든 준비가 끝났다. 조쉬는 모터사이클을 광으로 가져가 방수포 아래 숨겼다. 침낭 아래 놓은 배낭은 배가 불룩했다. 이 짐은 모터사이클을 타고 간다고 해도 너무 무거웠다. 방수포 아래에 배낭을 밀어 넣은 다음 축사로 가서 기다렸다. 시간이 느릿느릿 흐르는 동안 조쉬는 머리를 쥐어짰다. 뭔가 잊은 건 없나?

 엄마와 아빠가 돌아와서 축사에 들렀다. 샘이 말했다.

 "내일 학교에 가야 되잖아. 집으로 들어가자."

 조쉬가 간청했다.

 "오늘 밤에도 포키랑 자면 안 돼요?"

 아빠가 나무라려는데 엄마가 끼어들었다.

 "그렇게 해."

 엄마가 무뚝뚝한 표정을 지으며 굳은 목소리로 그렇게 말하자 아빠가 투덜거렸다. 아빠는 뭐라고 중얼거리면서 엄마를 따라 축사에서 나갔다.

부모님이 나간 후 조쉬는 시간이 9시 반쯤 되었을 거라 짐작했다. 그날의 마지막 햇살이 공기를 은은하게 물들인 후였다. 조쉬는 때가 잔뜩 낀 창문으로 구름을 바라보았다. 엷은 빛의 언덕이 지평선 위에서 여러 겹으로 물결치는 모습은 세상의 가장자리에 붉은 솜 덩어리를 차곡차곡 던져 놓은 것 같았다.

엄마가 잠을 자러 가기 전에 간식과 여분의 담요 한 장을 가져왔다. 엄마가 물었다.

"너 그 꼬마한테 푹 빠졌구나?"

조쉬가 고개를 끄덕였다.

엄마가 힘들게 말을 꺼냈다.

"조쉬…… 너무 정들면 안 돼. 네 마음만 더 아파."

조쉬의 목소리가 떨렸다.

"포키 걱정은 안 해? 얘는 죽을 거야. 오티스가 말했어. 죽을 거라고. 곰들도 아픔을 느끼잖아, 엄마."

엄마는 잠시 말을 멈췄다.

"아빠한테 말하려고 해 봤는데…… 소용없더라."

"아빠는 포키의 엄마를 죽였다는 것도 인정하지 않을걸."

엄마가 물었다.

"정말 포키 엄마가 맞니?"

"말했잖아. 포키는 곰이 죽은 자리 근처에서 자고 있었다고. 또 아빠가 총을 쏜 뒤에 이 녀석이 달아나는 걸 똑똑히 봤어."

조쉬는 잠시 말을 멈췄다가 당황하며 말을 이었다.

"엄마, 죽은 곰의 젖꼭지에서 하얀 물도 나왔어. 그러면 그 곰한테 새끼가 있다는 뜻 아냐?"

엄마는 조쉬를 유심히 살펴보더니 말했다.

"조쉬, 어제 네 뺨이 왜 그렇게 되었는지 짐작해 봤어. 지난 한 해……."

"엄마, 그런 게 아니고……."

"엄마 말 들어 봐! 지난 한 해는 참 힘들었어. 네 아빠를 두둔하는 것은 아니지만 아빠는 착한 사람이야. 엄마는 네 아빠가 무척 걱정돼…… 우리 가족도 마찬가지고. 그래도 이것만은 기억해 둬. 무슨 일이 있든 엄마는 너를 사랑해. 알았니?"

조쉬는 고개를 끄덕였다.

엄마가 나간 뒤 조쉬는 머드플랩을 축사로 불러들였다. 머드플랩이 짖지 않도록 해야 했다. 조쉬는 참을성 있게 집을 바라보면서 다른 사람들처럼 지금 자신도 침대에 있으면 얼마나 좋을까 하고 생각했다. 아빠가 잘 자라고 안아 주고 천사들하고 자러 가라고 기도해 주던 옛날처럼 될 수는 없을까? 오늘 밤 아빠는 수천 리쯤 떨어져 있는 것 같았고 이번 여행에서 조쉬는 그 어떤 천사하고도 만나지 못할 것이 뻔했다.

마침내 집 안의 마지막 불빛이 꺼졌다. 조쉬는 부모님이 잠들 때까지 조금 더 기다렸지만 오래지 않아 일어섰다. 곧 달이 떠서 조쉬가 도망갈 수 있도록 길을 비춰 줄 터였다.

조쉬는 휘갈겨 쓴 종이를 마구간 문에 박힌 못에 찔러 놓았다.

조쉬가 포키를 데리고 있을 수 있고 수렵관리인이 곰 사냥을 금지하면 돌아오겠다는 내용이었다. 오, 아빠가 이걸 보면 길길이 뛸 텐데!

조쉬는 새끼 곰에게 먹이를 주고 나서 그 우유병을 채워서 배낭 안에 똑바로 세워 넣었다. 도망가는 동안 포키가 먹을 것이 필요할 것 같아서였다. 다음에는 머드플랩의 목걸이를 풀어 간신히 새끼 곰에게 채웠다. 포키는 그것이 장난감이라고 여기다가 나중에는 그 꼭 끼는 가죽 띠를 벗으려고 버둥거렸다. 앞발로 잡아당기고 긁어 댔다. 조쉬는 재빨리 밧줄을 연결하고 나서 숨을 크게 쉬었다. 이제 준비를 마쳤다. 조쉬는 살금살금 움직여서 깜깜한 바깥으로 몰래 나갔다. 새끼 곰은 망설이다가 따라 나왔다. 그런데 머드플랩도 따라 나왔다.

조쉬는 목소리를 낮추어 제지했다.

"머드플랩, 가서 엎드려. 따라오지 마!"

머드플랩은 어둠 속에 몸을 웅크렸다.

캄캄한 광 안에서 조쉬는 더듬더듬 모터사이클의 덮개를 벗겨 내고 으르렁거리며 몸부림치는 새끼 곰을 우유 상자에 실었다. 초콜릿 바가 새끼 곰의 저항을 잠재웠다. 조쉬는 숨을 멈추고 불이 꺼진 집을 내다보았다. 조쉬는 배낭을 메기 전에 몇 가지 삽동사니를 모아 놓고 방수포를 덮었다. 이렇게 하면 모터사이클이 없어진 것을 아빠가 눈치 채지 못할 터였다. 이 사실을 알면 아빠는 완전히 돌아 버릴 것이다. 조쉬는 타이의 헬멧을 쓰면서 아빠에 대한 생각을 밀어내려고 했다. 헬멧은 헐렁해서 이리저리 덜렁거렸지만 그것을 쓰니까 훨씬 어른스러워진 느낌이었다.

조쉬가 모터사이클을 광에서 꺼내어 마당을 가로지를 때 우둘투둘한 바퀴가 자갈을 누르면서 소리가 났다. 집 위층에서 불이 다시 켜졌다. 조쉬는 두근거리는 가슴을 달래며 모터사이클을 오른쪽으로 밀어붙여 자동차 진입로의 가장자리로 갔다. 곧 아래층에도 불 하나가 들어왔다. 입안의 침이 바짝 마르는 것 같았다. 마당 불이 켜지면 조쉬는 독 안에 든 쥐가 될 터였다. 하지만 모터사이클을 버려두고 달아날 수도 없었다. 그러면 포키가 소리를 지를 것이다.

부엌 창문을 닫는 엄마의 그림자가 보였다. 곧 아래층의 불이 꺼졌고 곧바로 위층의 불도 꺼졌다. 집은 다시 어둠에 싸였다. 조쉬는 한숨을 쉬고 최대한 빨리 모터사이클을 밀어서 진입로를 빠져나왔다. 주위의 귀뚜라미들이 합창을 하다가 조쉬가 지날 때는 조용하더니 곧 맥박이 치듯이 노랫가락을 다시 연주했다.

짐은 갈수록 무거워졌다. 조쉬는 여섯 번쯤 멈춰 서서 짐을 모터사이클 운전석에 내려놓았다. 팔이 아프고 다리가 화끈거렸다. 조쉬는 얼른 올라타고 싶은 유혹과 싸웠다. 주위가 너무 조용했기 때문이다. 이마에는 땀이 줄줄 흘렀고 혀가 딱 달라붙어서 입 안에 커다란 솜뭉치가 든 것 같았다. 거의 1킬로미터쯤 와서야 간선도로를 만났다. 조쉬는 배낭을 땅에 내려놓았다.

조쉬는 힘겹게 호흡을 고르면서 모터사이클 위로 기어올라 열쇠를 돌렸다. 시동 페달을 힘차게 밟았다. 조용했다. 계속해서 페달을 밟는데 가슴이 옥죄어 왔다. 시동이 걸리지 않으면 어쩌지?

"제발……."

조쉬는 속삭이면서 더 높이 뛰어올랐다가 다시 밟았다.

귀가 먹을 듯이 큰 소리가 고요한 밤공기를 삼켜 버렸고 조쉬는 움찔하면서 어깨 너머를 보았다. 포키는 이리저리 몸을 부딪치고 으르렁거리며 상자를 할퀴었다.

조쉬는 큰 소리로 말했다.

"괜찮아, 친구야. 다치지 않을 거야."

가방을 메면서 외쳤지만 엔진 소리 때문에 그 목소리는 들리지도 않았다. 전조등이 꺼진 채로 기어를 2단으로 놓고 간선도로로 나갔다. 조쉬는 거기서 멈췄다. 포키가 잘 있는지 확인하려 전조등을 켜고 몸을 돌렸을 때 무슨 소리가 들렸다. 어둠 속에서 머드플랩이 헐레벌떡 달려오고 있었다.

다시 산으로

헉, 조쉬는 숨을 삼켰다.
"머드플랩! 안 돼! 따라오지 마!"
 머드플랩은 숨이 턱에 차 달려오면서도 고개를 치켜들고 똑바로 위를 쳐다보고 있었다.
 조쉬는 돌을 하나 던졌다. 그냥 쫓아 보내려고 그랬던 것인데 돌멩이에 맞아 버린 개가 멈춰서 깨갱거렸다.
 "가! 집에 가. 나 지금 도망치는 거야, 이 멍청한 개야!"
 개는 조용히 쳐다보기만 했다.
 "야, 이 자식, 머드플랩. 너 때문에 일을 다 망치겠어."
 왜 개를 축사 안에 두고 오지 않았던가! 이제는 돌려보낼 시간이 없었다. 또 그렇게 하면 머드플랩이 짖을지도 몰랐다. 이대로 내버려 둘 수도 없었다. 그냥 두면 지칠 때까지 따라오다가 길을 잃을 터였다.

머드플랩이 달려와서 앞발을 치켜들었다.
"네가 뭐 하고 싶은지 다 알아. 타이 형하고 그랬던 것처럼 연료통을 타고 앉아 가겠다는 얘기지."
조쉬가 투덜거렸다.
작은 개는 낑낑 소리를 내면서 고개를 갸우뚱거리고 귀를 쫑긋 세웠다.
"나는 타이 형이 아니고 너와 함께 가지도 않아. 난 도망가고 있다고!"
머드플랩은 다시 짖으면서 아무 말도 못 들은 듯이 연료 통 위로 팔짝 뛰어올랐다. 조쉬가 밀쳐 낼 새도 없이 개는 앞발로 운전대를 감싸 쥐고 뒷다리를 뻣뻣하게 좌석 쪽으로 뻗었다. 개는 이제 모든 문제가 해결되었다는 듯 앞만 쳐다보았다.
조쉬는 머드플랩의 엉덩이를 찰싹 때렸다.
"내려!"
머드플랩은 털끝 하나 꿈틀대지 않고서 앞만 똑바로 응시했다.
조쉬는 개를 쳐다보았다. 이 멍청한 똥개 같으니! 어쩌면 좋지? 조쉬는 이젠 어쩔 도리가 없었다. 조쉬는 마지못해 클러치에서 발을 떼고 밤공기를 가르며 나아갔다. 마치 자동차 보닛에 붙이는 장식품인 양 꼿꼿하게 앉아 있는 머드플랩의 귀가 바람에 날려 펄럭거렸다. 조쉬가 머드플랩에게 소리쳤다.
"어쨌거나 여행을 즐기기 바란다!"
머리 위에 걸린 하늘은 공기총으로 구멍을 빼곡히 뚫어 놓은 검은 사발 같았다. 조쉬는 포키를 볼 수는 없었지만 녀석이 움직일 때마다 모터사이클이 엉뚱한 방향으로 나갔다. 조쉬는 보즈먼 근처에서 모터사이클을 멈추고 어깨를 물어뜯는 듯 매달린 배낭끈을 조절했다. 시내를 가로지르지 않으려면 위험하긴 해도 고속도로를 타야만 했다. 고속도로를 타고 동쪽으로 한참 빠졌다가 지선 도로로 나갈 수 있었다.

조쉬는 신경을 곤두세우며 고속도로로 들어갔다. 처음 8킬로미터 정도는 차가 전혀 없었다. 보즈먼 통행로에 다가갈수록 불빛이 띄엄띄엄 늘어나기 시작했다. 조쉬가 속도를 올려도 차들은 조쉬를 지나쳐 갔다. 거대한 트레일러트럭이 큰 소리를 내며 지나치면서 바람을 일으켜 헬멧이 조쉬의 눈을 덮어 버렸다. 머드플랩이 뛰려고 해서 조쉬는 그 개를 한 손으로 꼭 잡았다. 포키가 몸부림을 쳐서 모터사이클이 위아래로 덜커덩거리고 양옆으로 꺾였다. 조쉬는 필사적으로 머드플랩과 운전대를 잡고 머리를 뒤로 젖혀서 헬멧 아래로 앞을 보았다.

트럭은 요란한 소리를 내면서 어둠 속으로 사라졌고 조쉬는 속도를 늦췄다. 그러고는 머드플랩에게 소리를 질렀다.

"너 때문에 다 죽게 생겼다, 이 머저리야! 집에 얌전히 있을 일이지, 이 바보, 등신!"

작은 개는 몸을 떨었다.

"하긴, 나도 마찬가지야."

조쉬는 이렇게 중얼거리면서 모터사이클을 잭슨 강 출구로 몰고 나와 지선 도로를 올라탔다. 동쪽으로, 다음엔 남쪽으로 가면서 파라다이스 계곡을 통과하는 동안 밤공기는 점점 차가워졌다.

멈춰 서 있던 순찰차가 갑자기 어둠 속에서 불을 번쩍거렸다. 조쉬는 몸을 뻣뻣이 하고 곧추앉았지만 마구 방망이질 치는 심장이 재킷 밖으로 튀어나올 것 같았다. 내가 열세 살로 보일까? 모터사이클을 멈춰 세우고 사정을 설명하거나 미안하다고 말해야 하는 것일까? 그런 생각과는 반대로 조쉬는 계속 달렸다. 순찰차가 계속 따라오는지 분간하기 어려웠고 몇 킬로미터를 가는 동안 조쉬는 불빛이 자기를 쫓는 환상에 사로잡혔다.

작은 언덕을 오른 조쉬는 속도를 줄여서 뒤를 돌아 계곡에 뿌려 놓은 듯 반짝거리는 목장 불빛을 보았다. 모터사이클의 진동 때문에 팔과 다리에 감각이 없고 죄책감마저 둔해지는 듯했다. 마르고 따가운 눈을 가늘게 뜨고서 어둠 속에서 깜빡깜빡 나타났다 사라지는 차선을 하염없이 따라갔다. 가파른 계곡의 어두운 형체가 바싹 다가오면서 이제 파라다이스 계곡이 끝났음을 알려 주었다. 조쉬는 몸을 떨었다. 얼마나 오랫동안 달려왔을까?

마침내 조쉬는 톰 마이너 분지로 빠지는 샛길을 보았다. 이제 길은 더 험해져 진흙과 자갈이 섞인 길을 가야 할 터였다. 조쉬는 운전대를 더 꽉 쥐고 계속 달렸다. 간선도로에서 멀찌감치 떠나 왔을 때 조쉬는 연료를 더 넣으려고 멈췄다.

머드플랩은 땅으로 사뿐 뛰어내렸지만 조쉬는 가까스로 기어 내려왔다. 춥고 몸이 욱신거렸다. 조쉬는 발을 쾅쾅 구르고 팔을 휘휘 돌렸다. 곱은 손으로 휘발유 통의 기름을 모터사이클 연료통에 다 채워 넣고 모터사이클 위로 다시 기어올라 갔다. 계속 달려야 했다. 엔진이 큰 소리와 함께 살아나자 머드플랩은 자기

자리로 다시 뛰어올랐다. 새끼 곰이 칭얼거리면서 상자 벽을 두드렸다.

조쉬는 모터사이클을 타고 달리면서 새로운 골칫거리가 생각났다. 포키에게 줄 먹이는 가져왔지만 머드플랩의 먹이는 없다. 또 엄마와 아빠가 조쉬가 쓴 쪽지를 보고 동의해 준다 해도 어떻게 조쉬와 연락할 수 있을까? 또 동의하지 않는다면 어떻게 될까?

조쉬는 갈색 스웨터와 손전등을 집에 두고 왔고 성냥을 충분히 챙기는 것도 잊었다. 성냥은 아주 조금밖에 없었다. 불을 피우는 데 별로 소질이 없었기 때문에 첫 불을 피울 때 전부 써 버릴 수도 있는 양이었다. 조쉬는 새 자전거를 사려고 모아 둔 87달러도 가지고 왔다. 하지만 램스 혼 봉우리에서 돈이 무슨 소용이 있을까? 그런 곳에 햄버거 파는 노점이 있을 리 없을 텐데.

이런저런 생각을 하는 동안 조쉬는 더 외로워졌다. 도망치는 일은 정말 힘들었다. 머리 위, 하얗고 뜨거운 깜부기불처럼 걸려 있는 달마저 외로워 보였다. 갑자기 눈물이 앞을 가렸다.

"에이, 바람이……."

조쉬는 웅얼거렸다. 모조리 웃기는 일이었다. 정말 기도 안 찼다.

눈앞에는 좁은 자갈길이 오른쪽으로 나 있었다. 조쉬는 속도를 늦췄다. 그 길은 록 강으로 올라가는 길이었다. 오티스가 전에 이 험한 길로는 지프나 다닐 수 있다고 말했던 게 생각났다. 램스 혼 봉우리를 뒤로 싸고도는 이 길을 따라가면 오솔길을 만나고 그 오솔길을 따라 더 올라가면 봉우리 아래 풀밭에 닿을 수 있었다. 한참 더 가면 작은 호수가 있었다.

　오솔길 입구에 닿기까지 록 강을 따라가는 이 길은 톰 마이너 길보다도 훨씬 가팔랐다. 인적도 더 드물었다. 오솔길로 모터사이클을 몰고 갈 수 있을 듯했다. 문제는 이 길이 두 배는 더 멀고, 더 거칠고, 길을 잃을지도 모른다는 점이었다. 조쉬는 모터사이클을 세우고 이 문제를 곰곰이 따져 보았다. 결국 조쉬는 입을 앙다물고 좁은 도랑이 파인 길을 따라 오른쪽으로 꺾었다.

　구불거리고 출렁거리는 길을 따라 가자니 속도가 나지 않았다. 구덩이 때문에 머드플랩이 두 번 튕겨 나갔다. 마침내 오솔길에 이르렀을 때는 가슴이 꽉 옥죄어 들었다. 달빛이 산길을 물들이며 가파른 절벽과 양옆의 깊은 골짜기를 비추고 있었다. 이런 길로 모터사이클을 몰고 가려 했던가? 그것도 밤에? 하지만 어깨 살을 파고드는 무거운 배낭을 짊어지고 걷는다는 생각을 하니 마음이 굳어졌다. 조쉬는 머드플랩을 밀쳐 냈다. 여기서부터는 따라올 수 있을 터였다.

　"자, 가자, 포키."

　조쉬는 소리치면서 속도를 한껏 높였다. 몸을 웅크리는 새끼 곰의 눈이 달빛을 받아 사납게 희번덕거렸다.

　모터사이클은 비틀비틀 흔들리면서 오솔길을 거슬러 올라갔다. 조쉬는 운전대를 꼭 잡고 가팔라지는 좁은 산길을 올랐다. 숨을 멈추면서 엔진 속도를 올리자 그 소리가 산속에 울려 퍼졌고 타이어가 미끄러지면서 팽그르르 돌았다. 머드플랩이 뒤에서 따라오면서 숨을 헐떡거렸다. 전조등의 불빛이 산비탈을 두루 비추었다. 조쉬는 모터사이클을 멈추고도 싶었지만 악에 받쳐 올랐다. 여기서 멈추면 포키가 죽어.

"아무도 널 죽이지 못해, 포키. 아무도."

조쉬는 뒤에다 대고 소리를 지르면서 엔진 속도를 한껏 높였다.

산길은 한없이 구불구불하고 울퉁불퉁한 듯했다. 마침내 봉우리 아래 풀밭에 닿았을 때 조쉬의 팔은 흐물흐물하고 축 처졌다. 운전대를 계속 쥘 수가 없어 내려서자 모터사이클이 옆으로 픽 쓰러졌다. 모터사이클이 푸르르 소리를 내면서 엔진이 멈췄다. 머드플랩은 쓰러지는 모터사이클을 피해 펄쩍 뛰었지만 포키가 탄 상자는 땅에 내동댕이쳐졌다. 빈 휘발유 통이 찰캉 요란한 소리를 내면서 떨어져 나갔다.

새끼 곰은 미친 듯이 상자에 몸을 부딪쳐 발로 상자 벽을 긁었다. 조쉬는 얼른 일어나서 상자를 모터사이클에서 떼어 내 땅 위에 놓았다. 꺼내기 전에 포키를 진정시켜야 했다.

조쉬는 잠시 숨을 고른 다음 모터사이클을 바로 세웠다. 그런 다음 풀밭에 덜렁 드러누웠다. 오솔길을 올라오는 동안은 느끼지 못했지만 이제 산 공기는 살을 깨무는 것처럼 시렸다. 램스 혼 봉우리가 달빛 속에 어렴풋이 서 있었고 평평한 풀밭 끝까지 긴 그림자를 드리웠다. 모터사이클의 비명 소리가 사라지자 밤은 죽은 듯이 고요했다.

포키가 잠잠해지자 조쉬는 상자 안으로 초콜릿 바를 조금 떼어 넣었다. 지난 몇 시간 동안 통 속에서 이리저리 흔들리며 시달린 새끼 곰과 친밀감을 회복하는 데는 시간이 좀 걸릴 듯했다. 포키는 마지못해서 초콜릿 바를 질겅질겅 씹기 시작했다. 조쉬는 하품을 하면서 간신히 눈을 뜨고 있었다. 낮게 내려온 달을 봐서는 새벽이 가까웠다. 이제 밤을 새우는 것이 습관이 되어 버린 것 같았다.

조쉬는 남은 초콜릿 바를 부서뜨려서 상자 안에 흩어 넣은 다음 뚜껑을 열었다. 조쉬가 조심스럽게 새끼 곰의 목걸이에 밧줄을 연결하는 동안 새끼 곰은 상자 바닥 여기저기에 코를 박고 킁킁거렸다. 그러던 포키는 매듭을 단단히 죄자마자 달려들어서 조쉬의 손목을 세게 물었다.

"아야!"

조쉬가 소리를 지르며 뒤로 펄쩍 물러났다.

새끼 곰은 강철 같은 힘으로 조쉬의 손목을 꽉 물고 흔들며 발톱으로 할퀴어 댔다. 날카로운 비명을 지르는 조쉬의 눈앞에 까맣고 하얀 별들이 줄줄이 흘러나왔다. 머드플랩이 포키 어깨에 이빨을 박고 그르르 소리를 내면서 새끼 곰을 세게 찼다. 머드플랩이 물고 차면서 거세게 공격하자 새끼 곰이 놀라서 조쉬를 놓아주었다. 어둠 속에서 희미한 형체들이 서로 물고 그르렁거리며 뒤엉켜 풀밭 위를 굴렀다.

"머드플랩, 그만! 그만두라고 했다!"

머드플랩은 몸을 돌려 빠져나와 서서 그르렁거리며 다음 공격을 하려고 몸을 움츠렸다. 포키는 코를 문지르고 개를 노려보고는 씩씩거리며 숨을 뱉었다.

"아, 젠장. 왜 날 무는 거야, 포키? 너를 도와주려는 거라고.

모르겠어?"

조쉬가 쓰라린 손목을 문지르며 말했다. 축축했다. 어둠 속에서 손가락을 빨자 피 맛이 났다. 머드플랩이 계속 으르렁거렸다. 조쉬가 말했다.

"됐어, 그만해. 잘했어, 머드플랩. 정말 잘했다."

개는 꼬리를 천천히 흔들면서도 눈길은 여전히 새끼 곰에게 향했다. 조쉬는 포키를 데리고 풀밭을 가로질러 가 크고 땅딸막한 산쑥 줄기에 묶었다. 그런 다음 배낭과 침낭을 가지러 갔다. 모터사이클은 아침에 숨길 수 있을 터였다. 지금은 너무 지치고 몸이 아팠다.

조쉬는 풀밭 위에 침낭을 펼쳤다. 아, 이렇게 차가울 수가! 머드플랩이 가까이 파고들었고 새끼 곰은 나무 근처 땅을 파기도 하고 나무에 기어오르기도 하면서 놀았다. 잠들기 전에 조쉬는 마치 옅은 붉은 줄이 어두운 하늘을 물들이는 것 같다고 느꼈다. 조쉬는 도중에 한 번 깨어나서 포키가 핥는 소리를 들었고 털이 복슬복슬한 앞발로 자기 목을 감는 것을 느꼈다.

다시 잠들 때 강한 바람이 몰아닥쳐 풀밭이 불길하고 거세게 요동쳤다. 바람 소리는 조쉬의 잠 속으로 감겨들어 갔다. 꿈속에서도 조쉬는 모터사이클을 타고 점점 더 가팔라지는 산길을 힘겹게 오르고 있었다.

샘과 리비

샘 맥과이어는 마구간 문에서 쪽지를 잡아떼어서 믿을 수 없다는 표정으로 바라보았다.

포키를 죽게 내버려 둘 수 없어서 도망을 갑니다.
포키를 제가 데리고 있을 수 있게 되고
아무도 더 이상 곰을 사냥하지 못하게 하면 돌아올게요.
조쉬가.

도망을 가? 에이 빌어먹을 놈! 머저리 자식 같으니! 샘은 쾅 하고 마구간 문을 닫았다. 한 시간 후면 학교 수업이 시작된다. 자기가 꽤 대단한 사람이라도 되는 줄 아는 모양이군. 아비한테 뻗대고 엇나가기로 작정을 한 모양인데 내가 그냥 놔둘 성싶으냐? 그 새끼 곰이 정말로 자신이 쏜 암놈의 것일지도 모르는 일이었다. 그래서 뭐 어쨌단 말이냐? 일부러 그런 것도 아닌데. 또 어업수렵관리소에 찾아가서 "안녕하세요, 전 샘 맥과이어라고 합니다. 제발 곰 사냥을 금지해 주시겠습니까? 제 아들의 소원이거든요." 하고 말할 수도 없는 노릇이다. 조쉬가 새끼 곰을 기른다는 허락을 받는다고 해도 집 근처에서 곰이 뛰어다니는 꼴을 두 눈 뜨고 볼 수는 없는 일이다. 샘은 쪽지를 한 손으로 구겨 버렸다.

샘은 소리를 지르며 집 안으로 쿵쾅쿵쾅 들어왔다.

"리비! 외투 입어."

리비는 앞치마에 손을 닦으며 남편을 맞았다. 베이컨과 머핀 냄새가 집 안에 가득 찼다.

"무슨 일이야?"

샘은 구긴 종이를 리비에게 던졌다. 바닥에서 쪽지를 집어 읽는 리비의 손이 떨리며 천천히 입가로 올라갔다.

"오, 불쌍한 내 아들. 이런 일이 있을 줄 알지 못했다니……."

샘은 화가 나서 입을 삐쭉 내밀었다.

"내 이 녀석을 찾기만 하면 아주 혼을……."

리비가 샘의 말을 가로막았다.

"샘, 조쉬는 겨우 열세 살이야."

"두 살이라고 해도 마찬가지야."

리비는 걱정이 되어 눈썹을 잔뜩 찌푸렸다. 리비가 물었다.

"어떻게 하지?"

"나가서 녀석을 찾아야지. 아무렴. 새끼 곰을 끌고 멀리 가지는 못했을 거야. 벌목 길로 가 보자고."

"보안관을 불러야 하는 거 아냐?"

"안 돼! 이건 우리가 해결할 문제야."

샘은 집을 나서면서 뒤에다 대고 쏘아붙였다.

리비는 재킷을 집고 앞치마를 벗으면서 샘을 뒤따라 달려 나갔다. 샘이 주변의 얕은 산들로 차를 모는 동안 리비는 옆 자리에서 잠자코 있었다. 6월답지 않게 살을 에는 추위였다. 청회색 하늘의 서쪽 끝자락에 먹구름이 두껍게 자리 잡고 있었다.

몇 킬로미터를 찾아 헤맨 다음 샘이 계기판을 주먹으로 쾅 내리쳤다.

"이 자식, 어디 있는 거야?"

리비가 물었다.

"농장에서 머드플랩 봤어요?"

"아니, 조쉬가 아마 개도 데려갔을 거야. 그 자식 배짱으로는 소라도 데려갔을걸."

"샘."

리비가 애원하듯 불렀다.

샘은 못 들은 척했다. 지금까지 거의 세 시간이나 찾아다녔다. 샘은 운전석 밑으로 손을 넣어서 위스키 병을 다섯 번째로 꺼냈다. 리비가 말없이 굳은 표정을 지어서 신경에 거슬렸다. 조쉬도 제 엄마를 닮아 그런 식으로 입을 다물곤 했다. 리비는 열린 입보다 다문 입으로 더 많은 말을 했다.

리비가 무거운 침묵을 깨고 말을 꺼냈다.

"여보, 집으로 가서 학교에 전화를 합시다. 보안관한테도 전화를 하는 게 좋겠어."

"그 사람들이 뭘 할 수 있겠어?"

샘이 되쏘았다. 운전대를 어떻게나 꽉 쥐었던지 손가락 마디가 하얗게 불거졌다.

"조쉬를 찾는 걸 돕겠지!"

"그래, 그리고 라디오 방송국이랑 신문사에 우리 아들은 머리에 똥이 찬 문제아라고 광고를 해 주자고."

눈물을 훔치며 말하는 리비의 목소리가 갈라졌다.

"조쉬를 찾기만 하면 남들이 뭐라 하든 무슨 상관이야. 난 그냥……."

리비는 더 이상 말을 잇지 못했다.

무슨 생각을 하는지 샘은 말없이 트럭을 휙 틀어서 목장으로 향했다. 하늘은 벌써 어두워져 있었다. 북쪽과 서쪽에서는 어마어마하게 큰 먹구름이 천둥소리를 내며 지평선 위로 뾰족뾰족한 번개를 찔러 내리고 있었다. 샘은 술병을 입으로 가져갔다가 비어 있는 것을 확인하고 더 화를 냈다. 그러고는 빈 병을 차 바닥에 던져 버렸다. 타이가 죽은 것으로 불행이 끝난 것이 아니었다. 이제 조쉬가 도망갔고, 마누라는 한없이 울어 대고 있다.

샘이 농장 마당에 차를 대면서 말했다.

"어서 가 보시지. 전화를 걸어서 기분이 좋아질 것 같으면 아무한테나 하라고. 단, 나는 그 일에서 빼 줘."

샘은 차에서 내려 문을 쾅 닫았다.

리비는 전화에 대고 조쉬가 사라진 사정을 더듬더듬 설명하려고 애썼다. 보안관 사무소의 직원은 전혀 상관없어 보이는 질문들을 지루하게 늘어놓은 다음에야 보안관 대리 한 명을 보내겠다고 말했다. 리비는 앞뒤로 서성거리면서 기다렸다. 또 무슨 일을 해야 할까? 학교에도 전화를 해야 했다. 전화를 하고 나서 리비는 정신을 모으려고 애썼다. 조쉬가 믿는 사람이 누가 있지? 오티스 싱클레어. 리비는 얼른 다이얼을 돌렸다. 전화벨이 영원히 울려 댈 것 같더니 결국 누군가 찰칵 소리를 내며 전화를 받았다.

"뭐요?"

날카롭고 성난 목소리였다.

리비는 하마터면 전화를 끊을 뻔했다.

"아, 싱클레어 씨. 다행히 댁에 계셨군요. 전 조쉬 엄마, 리비예요."

수화기 반대편에서 투덜거리는 소리가 들렸다.

"그냥 오티스라고 부르시오. 싱클레어 씨라고 부르기에 난 기부 모금을 하는 전화인 줄 알았지. 그래, 내 생각엔 댁의 개구쟁이 때문에 전화를 하신 것 같소만."

"조쉬가 집을 나갔어요."

리비는 두서없이 말을 내뱉으며 땀이 밴 손으로 전화기 줄을 돌돌 말았다.

"저도 왜 전화를 했는지 모르겠어요. 다만, 조쉬가 오티스 아저씨라면 둘도 없이 생각하니까……."

"세상을 등진 괴짜가 뭐 그리 대단한 인물이라고. 자, 조쉬가 왜 집을 나갔는지 한번 들어 볼까요?"

리비는 주저하다가 목소리를 낮춰 말했다.

"애 아빠가 어미 곰을 죽였어요. 자기는 쏘지 않았다고 하지만요."

리비는 두려워하는 눈으로 등 뒤를 힐끔 보았다.

"어미가 죽은 자리 근처에 있던 새끼 곰을 조쉬가 집으로 데려왔어요. 아저씨한테 새끼 곰 얘기를 했더니, 새끼 곰을 수렵관리인한테 넘기거나 산에 풀어 주면 죽을 거라고 말씀하셨다고 했어요."

"나한테는 자기에게 새끼 곰이 있다고는 하지 않았소. 그럴 거라 짐작은 했지만. 이제야 조쉬가 왜 그런 질문들을 퍼부어 댔는지 이해가 가는군요. 그래, 새끼 곰을 데리고 나갔소?"

"네, 쪽지를 남기고서요."

리비가 쪽지를 읽었다.

다 듣고 난 오티스는 경계하는 목소리로 말했다.

"난 도움이 못 되겠소. 30년 동안 주정부 공무원들은 나한테 커피 한잔 마시는 시간도 내주지 않더군. 그런 사람들이 알지도 못하는 꼬맹이 때문에 법을 바꿀 리 없지."

리비는 애써 침착하게 말하려고 했다.

"법이야 어떻든 전 상관없어요. 제가 걱정하는 건 조쉬예요. 얼마 전에 애 아빠가 조쉬한테 심하게 했어요. 조쉬가 누구한테 전화를 한다면, 그건 아마 당신일 거예요. 조쉬가 전화를 하면 제발 저희에게 알려 주세요. 아이 아빠는 조쉬가 멀리 못 갔을 거라고 생각해요. 지치고 겁에 질려서 금방 돌아올 거라고 여기고 있어요."

"맥과이어 부인, 자기 아들을 그렇게 얕잡아 보지 말아요. 참 남다른 아이예요. 아버지를 닮아서 그런 것 같지는 않소만."

리비는 침을 삼키면서 튀어나오려던 말을 참았다.

"오티스, 샘이 늘 그렇지는 않았어요. 마음속 깊은 곳은 아주 착한 사람이에요."

오티스가 말했다.

"그렇죠. 그렇게 깊은 곳만 찾다간 중국에라도 닿겠네요. 내 말 명심해요. 조쉬가 도망을 갔다면 결코 허투루 도망치지는 않았을 테니."

"무슨 말씀이시죠?"

"너무 쉽게 찾으려 하지 말라는 뜻이오. 어설픈 보이스카우트 대원들보다 훨씬 배짱 두둑한 아이니까. 보안관 사무소에는 전화 했소?"

"네. 보안관 대리를 보내 준다더군요. 오티스, 너무 두려워요."

"그러시겠지요. 그 사람들이 빨리 움직여 줘야 할 텐데. 폭풍이 거세지고 있소, 이런 폭풍은 처음 보네."

"날씨가 더 나빠질까요?"

절망감 때문에 목소리가 떨리는 것을 리비 자신도 느꼈다.

"그럴 것 같소. 지난 두세 시간 동안 기온이 17도나 떨어졌고 아직 번개도 치고 있어요. 눈이 올 정도로 추운 날씨에 번개가 치는 걸 본 적이 있소?"

"아니, 없는 것 같아요."

리비가 말했다.

"조쉬가 폭풍을 피해 어디에 들어가 있어야 할 텐데. 감당하기 힘든 상황이 되어 가는구려."

리비는 희망을 긁어모았다. 희망의 부스러기라도 찾아서 가슴에 꼭 붙들어 매야 했다. 하지만 아무것도 없었다. 전화를 끊자 길을 잃은 느낌이 들었고, 완전한 절망감이 자신을 갉아먹었다. 삶이 도미노 같았다. 한때는 그토록 정연하게 존재하던 모든 것들이 한순간에 와르르 무너져 흩어져 버렸다. 처음에는 타이가 죽었고, 다음에는 샘이 술에 중독되었고, 이제는 조쉬가……. 조쉬를 잃으면 어쩌지? 리비는 숨을 깊게 들이쉬면서 정신을 가다듬었다. 조쉬가 돌아올 거라는 믿음을 붙들고 있어야 했다. 그 믿음을 저버린다면? 아니! 그런 일은 생각도 할 수 없었다.

방충망을 친 문이 거칠게 열렸다. 샘이 집으로 들어오며 말했다.

"동네방네 다 떠벌리는군!"

"보안관 사무소하고, 학교……. 오티스 싱클레어 씨한테 전화했어요."

샘이 몸을 홱 돌렸다.

"그 사람한테는 왜 한 거야? 애당초 조쉬한테 이딴 생각을 심어 준 게 바로 그 작자라고."

리비는 대답하지 않았다. 조쉬가 오티스를 처음 만난 날 집에 와서 자기가 만난 동물 박사 얘기를 신나게 했을 때부터 샘은 오티스를 미워했다.

샘이 목소리를 높였다.

"어업수렵부에서 오늘 새끼 곰을 데리러 오기로 했어. 당신이 전화해서 머리에 똥만 든 당신 아들이 새끼 곰을 데리고 도망쳤다고 말해 주겠어?"

"알았어."

리비가 말하고 수화기를 들었다. 그리고 덧붙여 말했다.

"조쉬는 당신 아들이기도 해."

샘은 아내를 노려보더니 집 안을 마구 돌아다니면서 벽을 치고 험한 욕을 퍼부어 댔다.

리비는 그 모습을 조용히 지켜보았다. 예전에 부부는 언제나 서로 곁에 있었다. 빚이 많을 때도, 더 큰 문제가 생겼을 때도, 두 사람은 손을 잡고 풀밭을 거닐었다. 남편은 따뜻한 말을 건네거나 미소를 띠어 힘을 북돋우며 언제나 곁에 있었다. 이제 그런 남편은 없다.

브루스터 빙엄

브루스터 빙엄 보안관 대리는 브리저 산 가까이 순찰차를 세워 놓고 쉬고 있었다. 미지근한 커피가 담긴 컵을 두 손에 쥐고 미나리아재비, 들장미, 인디언페인트브러시가 푸른 경사면에 점점이 흩어져 있는 경치를 물끄러미 바라보았다. 6월인 지금 비를 맞은 꽃들은 짙푸른 녹색 풀과 대비를 이루어 한층 생생했다. 그 지평선 위로 말려 올라오는 비구름은 마치 눈이 녹아 질척해진 강둑처럼 지저분한 빛깔이었다.

브루스터는 큰 덩치를 움직여서 욱신거리는 다리를 편안하게 뻗었다. 시내에서 멀리 떨어진 조용한 곳으로 순찰을 나왔으니 10년 전 어느 날 밤에 다리에 총알이 박히던 기억을 떠올리고 싶지 않았지만 다리가 아파 오자 여지없이 기억이 되살아났다. 그는 눈을 질끈 감고 얼굴을 일그러뜨렸다.

차창을 내려 얼굴의 열기를 식혔다. 창문으로 흘러들어 오는 휘파람새의 노랫소리는 맑고 깨끗했다. 코를 찌를 듯이 세이지 냄새가 따라 들어왔고, 느닷없이 천둥소리가 한 차례 울려 퍼졌다. 놀란 브루스터가 눈길을 돌린 서쪽 하늘에는 거대하고 검은 천둥 구름이 소용돌이치고 있었다. 기묘하게 을씨년스러운 공기에 음험한 기운이 서려 있었다.

무전기가 귀에 거슬리는 소리를 터뜨렸다.

"모든 순찰조는 들어라. 브리저 산 지역에서 한 어린이가 도망쳤다는 보고가 있다. 응답 바란다."

멍하니 있던 브루스터는 정신을 차려 무전기를 잡았다.

"연락원, 여기는 22호 순찰조이다."

"22호, 위치가 어딘가?"

"10번 간선도로 근처의 스프링힐이다."

"22호, 지역 소방 번호 265, 맥과이어 집으로 출동하라. 지금 위치에서 북쪽으로 4킬로미터를 달린 다음 6번 카운티 도로를 타고 서쪽으로 간다. 알았나?"

"알았다, 연락원. 더 자세한 사항은 없나?"

"없다, 22호. 일기예보에 의하면 폭풍과 눈보라가 심할 것이라고 한다."

"고맙다, 연락원. 22호 통신 끝."

"통신 끝."

유월에 눈보라라니. 아이가 도망을 쳤다고? 무서운 일이었다. 교통법규 위반이나 교통사고, 강도 사건은 파악하기 쉽고 단서도 구체적이지만 가출 청소년들은 다른 범법자들과 달랐고, 가출 동기도 분명히 밝히기 어려웠다. 아이들이 일을 저지르는 데는 분명 이유가 있는데도 그 부모들은 그런 사실을 인정하기를 꺼렸다.

　보안관 대리로서 브루스터는 갤러틴 카운티(몬태나 주의 56개 카운티 가운데 하나이며 보즈먼이 주요 도시이다－옮긴이) 탐색구조대를 이끌고 일하면서 인간의 본성에 대해 많은 사실을 알게 되었다. 누군가 도망을 친다면 그들이 무엇을 피해서 도망가는지 알아야만 어디로 향하는지도 알 수 있었다. 자기 자신한테서 도망을 치는 사람은 법의 구속을 피해 도망치는 사람과 다르게 행동했다. 책임을 지기 싫어 탈출하는 사람은 분노로 가득 찼거나 복수심에 불타는 사람과는 다른 짓을 했다. 브루스터는 차를 몰아가면서 여러 가지 가능성을 머리에 그려 보았다. 갑자기 우르르 쾅쾅 째지며 울려 퍼지는 천둥소리가 생각에 잠긴 브루스터의 머리를 뒤집어 버렸다. 브루스터는 하늘을 쳐다보았다. 예사롭지 않은 폭풍이 될 조짐이 보였다.

　자동차 진입로로 들어서자 키가 작고 몸집이 다부진 부인이 달려 나오는데, 헐렁한 바지 자락이 발목께 아무렇게나 말려 늘어져 있었다. 석탄처럼 검은 머리를 단정하게 틀어 올리고 왼손에 뭔가 꼭 쥐고 있었다. 아몬드처럼 생긴 촉촉한 눈에 어린 두려움을 보면서 브루스터는 천천히 차를 몰아갔다. 가녀린 얼굴에 봉긋한 뺨, 쏙 들어간 깊은 눈이 자신을 똑바로 쳐다보고 있었다.

　키가 크고 마른 남자가 비스듬히 문틀에 기대어 서 있었다. 딱딱하고 강인한 인상은 브루스터가 텍사스 남부의 목장에서 자라면서 늘 보던 것이었다. 불거진 광대뼈 아래 툭 꺼진 볼과 이마에 깊이 새겨진 주름에서 풍기는 적대감도 낯설지 않았다. 차에서 내리면서 보니 이 꺽다리 남자는 꼼짝도 하지 않았다. 브루스터를 거부하고 있다는 뜻을 침묵으로 표현하고 있었다.

브루스터가 부인에게 물었다.

"안녕하십니까? 여기가 맥과이어 씨 댁인가요?"

부인이 숨을 힘겹게 내려놓았다.

"네, 보안관 대리님. 전 리비 맥과이어예요. 우리 아들을 찾게 도와주세요. 너무 걱정이 돼서……."

"진정하세요. 물론 도와드리겠지만 차근차근 순서를 밟아 가야죠. 전 빙엄 보안관 대리입니다. 언제 아드님이 사라진 걸 아셨지요?"

"오늘 아침 학교에 보내려 깨우러 갔을 때요."

"자기 방에 없었군요?"

"지난밤에 새끼 곰하고 축사에서 잤어요."

"새끼…… 곰이라고요?"

리비가 고개를 끄덕였다.

"곰하고 우리 개 머드플랩을 데리고 도망갔어요."

"새끼 곰이 어디서 난 겁니까?"

리비는 아랫입술을 깨물며 두려운 눈초리로 등 뒤를 힐끗 보더니 말했다.

"아무 말씀 마시고 그냥 우리 아들만 찾아 주시면 안 될까요, 보안관 대리님?"

브루스터가 눈을 들어 보니까 남자는 여전히 고집스럽게 문간에 몸을 기대고 서서 능글맞은 웃음을 띠고 있었다. 단순한 가출 사건이 아니겠다는 생각이 들었다. 브루스터가 물었다.

"아드님 사진을 한 장 주시겠어요?"

부인이 고개를 끄덕였다.

부인이 집으로 달려가자 브루스터는 남자 쪽으로 몸을 돌려 말했다.

"맥과이어 씨. 뭣 좀 물어볼게요."

남자는 기우뚱하며 일어나서 어슬렁어슬렁 걸어왔다.

"내 이름은 샘이오. 물어볼 게 뭐 있소? 우리 아들이 도망갔다니까."

남자는 위스키 냄새를 풍기면서 이글거리는 눈으로 '난 당신을 믿지도 못하겠고 열불이 나 죽겠으니 썩 꺼져.'라고 말하고 있었다. 브루스터는 지금이 몇 시쯤인지 헤아려 보았다. 낮술에 잔뜩 취한 아버지라니, 소년이 도망간 데는 이것도 큰 연유가 될 법했다. 브루스터가 말했다.

"맥과이어 씨, 전 빙엄 보안관 대리입니다. 아드님이 몇 살이죠?"

샘은 머리를 긁적거렸다.

"열세 살일 거요."

리비가 돌아왔지만 브루스터는 샘에게서 눈길을 거두지 않았다.

"아드님이 새끼 곰을 어디서 가져왔습니까? 왜 새끼 곰을 데리고 도망쳤지요?"

지푸라기 하나를 질겅질겅 씹고 있던 샘은 긴장하며 입술을 더욱 삐죽거렸다.

"어디선지 주워 왔더군. 도망친 건, 녀석이 똥고집이어서요."

"그게 답니까?"

브루스터가 물었다.

"그렇소. 다요."

샘이 툭 내뱉었다.

브루스터가 리비를 향해 물었다.

"정말입니까, 맥과이어 부인?"

샘이 몸을 홱 돌려서 브루스터한테 얼굴을 들이댔다.

"내가 다 말했잖소. 날 의심하는 거요?"

브루스터는 눈썹 하나 까딱하지 않았다. 그리고 모음을 길게 끌며 느릿느릿 말했다.

"맥과이어 씨. 사람마다 보는 눈이 다른 법이니까요."

샘이 주먹을 불끈 쥐고 말했다.

"내가 거짓말을 한다는 겁니까?"

브루스터는 잠시 뜸을 들이면서 눈앞의 남자가 어떤 사람인지 가늠해 보았다.

"맥과이어 씨한테는 찾아야 하는 아드님이 있고 폭풍은 점점 거세지네요."

브루스터는 눈길을 리비에게 옮겼다.

"자, 맥과이어 부인. 그 밖에 정말 아무 일도 없었던 겁니까?"

리비의 눈에 비친 두려움을 보고 브루스터는 자기가 부인을 너무 몰아붙이고 있다고 생각했다.

리비는 안절부절못하면서 입을 열었다.

"조쉬 말로는 아빠가 사냥하러 가서 어미 곰을 죽였다고 해요. 이 사람이 총을 쐈을 때 새끼가 달아나는 것을 봤다면서요. 아이는 나중에 어미 곰이 죽은 자리 근처에서 자는 새끼 곰을 발견했어요."

브루스터가 샘에게 몸을 돌렸다.

"어미 곰을 쐈습니까?"

샘이 고개를 저었다.

"조쉬는 새끼 도둑에다가 거짓말쟁이요."

브루스터가 리비에게 다시 몸을 돌렸다.

"그것만 가지고는 왜 조쉬가 도망갔는지 설명이 되지 않는군요, 맥과이어 부인."

"어업수렵부에서 조쉬가 새끼 곰을 데리고 있지 못하게 하고 연구소 같은 데로 보낸다더군요. 그래서 새끼 곰하고 우리 집 개 머드플랩을 데리고 떠난 거예요. 여기요."

리비는 조쉬의 사진과 쪽지를 넘겼다.

브루스터가 조쉬의 쪽지를 읽고 나서 말했다.

"솔직히 말씀 드려서, 조쉬가 산에 갔다면 이번 폭풍 때문에 정말 큰 사고를 당할 수도 있습니다. 조쉬가 달리 갈 만한 곳이 있습니까?"

"있소. 오티스 싱클레어네 집이오. 애당초 조쉬가 이런 생각을 하게 된 것이 바로 그 작자 때문일 테니."

"오티스 싱클레어가 누굽니까?"

브루스터의 말에 리비가 대답했다.
"이 근처에 사는 친구예요. 조쉬는 거기에 없어요. 벌써 전화해 봤거든요."
샘이 말했다.
"그자는 친구가 아니오. 그자는 완전히 맛이 간 은둔자이고, 난 그자를 믿지 않소."
"좋습니다. 제가 직접 만나 보지요."
브루스터가 말을 이었지만 찬바람이 한 차례 몰아쳐서 마지막 말은 들리지도 않았다.
"조쉬가 산에 있다면 폭풍이 멎을 때까지는 탐색구조대원들이 할 수 있는 일이 많지 않을 겁니다. 그래도 통보를 해서 만반의 준비를 해 놓겠습니다. 이웃들에게 연락해서 조쉬를 봤냐고 물어보세요. 전 이 사진을 가지고 가서 언론에 알리겠습니다. 단서를 얻을 수 있을지도 모르지요."
샘이 주머니에 두 손을 푹 찔러 넣고 이글거리는 눈으로 노려보았다. 그리고 한 발짝 앞으로 다가섰다.
"이것 보시오. 나는 개나 소나 우리 집안일을 다 알게 하고 싶지는 않소. 없었던 일로 합시다. 나 혼자 찾아볼 테니."
리비가 떨면서 말했다.
"여보, 제발. 우리가 조쉬를 찾는 데 도움이 될 수도 있어요."
"싫다고 했잖아! 고맙소, 보안관 대리. 우리가 너무 시간을 빼앗은 모양이오."
갑자기 리비가 샘에게 돌아섰다.

"무슨 짓이야, 샘! 타이가 죽은 건 당신 잘못이 아니었어. 그런데도 당신은 쭉 자기 탓을 했지. 하지만 조쉬가 도망간 건 당신이 무서웠기 때문이야. 조쉬한테 만약 무슨 일이라도 일어나면, 오 하느님…… 그건 순전히 당신 탓이야. 그러면 절대 당신을 용서하지 않을 거야."

"집에 들어가."

샘이 명령하듯 말했다.

"안 들어가면 조쉬한테 그런 것처럼 날 때리기라도 하겠군."

리비가 대들었다.

브루스터는 샘의 화난 눈에 놀란 표정이 잠깐 스치는 것을 보았다. 퍼즐로 치자면 조각이 수천 개쯤 되는 아주 큰 퍼즐인데 그중 몇 개가 맞춰지는 느낌이 들었다.

샘이 쏘아붙였다.

"내가 말했어. 집에 들어가라고!"

"맥과이어 부인, 원하시면 보안관 사무소로 같이 가셔도 됩니다."

브루스터가 제안했다.

"리비는 여기에 있을 거요."

샘이 말했다.

브루스터는 샘의 말은 들은 체도 하지 않았다.

"제가 그곳으로 모셔다 드릴까요?"

리비는 숨을 크게 들이쉬더니 청바지를 손으로 살살 털어 냈다.

"고맙습니다, 빙엄 보안관 대리님. 하지만 제가 있을 곳은 여기예요."

리비가 샘을 향해 말했다.

"난 여기 있을 거야. 당신이 나한테 시켜서 그런 게 아니라, 여기가 내 집이니까. 보안관 대리님, 조쉬를 찾는 일에 도움이 된다면 뭐든지 해 보세요. 그리고 한 시간쯤 있다가 여기로 전화를 해서 제가 괜찮은지 확인해 주실 수 있을까요?"

브루스터가 샘의 시선을 정면으로 맞받아치며 말했다.

"물론 그렇게 해 드리겠습니다, 맥과이어 부인. 사실 저희에게는 더 많은 정보가 필요하기 때문에 자주 연락을 드려야 합니다. 그럼 이만 실례하겠습니다, 맥과이어 부인. 맥과이어 씨."

브루스터는 샘에게 고개를 까딱하고 조용히 돌아서서 딱히 서두르는 기색도 없이 순찰차로 되돌아갔다.

폭풍 속으로

조쉬는 떨면서 잠에서 깨었다. 내가 개꿈을 꾸나? 나무, 바위, 개울, 풀밭이 온통 눈으로 덮였다! 조쉬는 악몽을 떨쳐 버리려고 팔을 허우적거리면서 어렵사리 몸을 일으켰다. 여기가 어디지? 살을 에는 바람과 휘몰아치는 눈보라는 꿈이 아니었다.

집을 나와서 밤새도록 길을 달렸던 기억이 퍼뜩 났다. 램스 혼 봉우리 아래 풀밭에서 잠들었던 일도 생각이 났다. 그런데 이건 웬 폭풍이지? 바람이 부는 탓에 실눈을 하고 살펴보니 머드플랩과 포키가 침낭 위에서 서로 웅크려 안고 아무것도 모르는 눈빛으로 조쉬를 쳐다보고 있었다. 조쉬가 외쳤다.

"여기서 벗어나자."

조쉬는 지지대로 지탱해 세워 놓은 모터사이클을 살펴보았다. 이걸 본 사람이 있을까? 갑자기 바람이 휘몰아쳐 조쉬는 비틀거리다가 넘어질 뻔했다. 이런 날씨에 여기에 올 바보는 아무도 없을 것이다. 두 짐승을 일으키고 침낭을 돌돌 마는데 손이 곱아 말을 듣지 않았다. 왜 장갑을 가져오지 않았을까? 포키를 묶은 줄을 단단히 쥐고 불룩한 침낭을 옆구리에 낀 다음 배낭을 어깨에 둘러멨다.

"가자! 서둘러야 해!"

조쉬는 다급하게 소리를 지르면서 나무가 있는 쪽으로 서둘러 걸어가다가 미끄러지기도 했다. 바람은 공기의 벽이 되어 조쉬가 한 발짝 내디딜 때마다 떠밀어 내고 때려 눕혔다. 바람이 앞쪽에서 몰려오자 몸이 앞으로 고꾸라졌다. 다음 순간 뒤에서 불어오는 바람이 포키를 한참 앞으로 내동댕이쳤다. 조쉬의 귀와 손은 거센 바람에 그대로 드러났다. 조쉬는 재킷 주머니에 주먹을 푹 찔러 넣고 고개를 잔뜩 수그렸다.

이게 무슨 조화일까? 이런 폭풍은 난생 처음이었다. 겨울에도 본 적이 없었다. 이 눈보라는 사악하고 불길했다. 누군가 다치게 할 작정을 하고 부는 바람이었다. 도무지 정신을 차릴 수가 없어서 멀리 모여 있는 나무 꼭대기만 쳐다보았다. 한바탕 바람이 휘몰아쳐 조쉬는 다시 비틀거렸고 얼굴에는 얼음 알갱이가 쏟아졌다. 조쉬는 숨이 막혀 왔다.

"그만해!"

조쉬는 달리 어찌할 바를 몰라 소리쳤다.

덩그마니 서 있는 바위 뒤에 겨우겨우 웅크리고 앉아 잠시 숨을 돌리며 뒤를 보니, 새끼 곰은 조쉬 다리에 꼭 매달려 있었다. 그런데 머드플랩은 어디에 있지? 조쉬는 미친 듯이 사방을 둘러

보았다.

"머드플랩! 머드플랩!"

조쉬가 소리쳤다. 사나운 바람에 조쉬의 외침은 깃털처럼 흩날려 버렸다. 머드플랩이 사라졌다!

조쉬는 눈을 가늘게 뜨고 열심히 눈보라 사이를 살펴보았다. 아무것도 없다! 배낭과 침낭을 땅에 내려놓은 다음 포키를 끌고 비틀비틀 풀밭으로 되돌아갔다. 바람의 벽에 부딪힌 조쉬는 뒤로 나자빠졌다. 새끼 곰이 비명을 질렀고 들판을 구르는 마른 풀과 같은 꼴이 되어 데굴데굴 구르다가 땅바닥에 배를 대고 납작 엎드렸다. 조쉬는 일어나려고 하다가 다시 뒤로 벌렁 나뒹굴었다. 몸을 돌려서 배낭과 침낭이 있던 쪽으로 손을 더듬는데 눈 때문에 무릎과 손이 쓰리고 시렸다. 바람은 성난 고함을 질러 댔고 보이지 않는 괴물이 되어 조쉬를 죽이려 드는 듯했다.

엉금엉금 기어가면서 목장 집과 부모님, 모터사이클과 따뜻한 불을 눈앞에 떠올렸다. 또다시 아빠의 총소리가 들렸고 어미 곰이 쓰러지는 모습이 보였다. 갑자기 한없는 외로움이 밀려와 다른 생각들을 삼켜 버렸다. 눈을 감고 천천히 기었다. 그냥 드러누워 버리면 참 좋을 듯했다. 몸을 웅크리고 누우면 하얗고 커다란 담요가 포근히 감싸줄 것 같았다. 그러면 이 진저리 나는 일들도 전부 끝이 날 터였다.

아빠가 옆에 있어서 불을 지펴 주면 얼마나 좋을까 생각했다. 타이 형이 그렇게 해 줘도 좋을 테지만 형은 아빠가 생각하는 것만큼 불을 잘 다루지 못했다. 조쉬는 형이 죽기 전의 일을 생각했다. 아빠는 두 아들을 목장 위의 숲으로 보내 겨울 야영을 시켰다. 알아야 할 일들은 미리 모두 가르쳐 주었다. 땀이 날 정도로 일하지 말 것, 소나무 가지를 꺾어서 잠자리 마련할 것, 옷은 여러 벌을 겹쳐 입을 것, 몸이 젖지 않도록 할 것, 잘 먹을 것, 그리고 겨울에 불을 지피는 방법 등이었다.

형제는 다른 모든 일들은 잘 해낼 수 있었지만 불을 지피지 못했다. 그때 형이 절대로 해서는 안 되는 일을 저질러 버렸다. 형은 자기 배낭에 몰래 감춰 가지고 온 신문지를 몇 장 꺼냈다. 그러고는 그 종이를 써서 불을 지폈다. 아빠를 속인 것이다! 아빠는 두 아이에게, 죽고 사는 문제가 불을 지피는 데 달려 있을 때 숲 속 나무에 종이가 걸려 있는 일은 없다고 일러두었다. 자연이 베풀어 주는 것을 이용하는 법을 터득해야만 했던 것이다.

형제는 한바탕 열을 올려 말싸움을 했다. 조쉬는 속여서는 안 된다고 주장했지만 형은 아빠가 절대로 알아내지 못할 거라고 계속 우겼다. 타이가 형이었기 때문에 결국 형제는 종이를 쓰기로 했다. 어쩐 일인지 그날 밤 조쉬는 그 불이 별로 따뜻하게 느껴지지 않았다.

타이는 눈 속에서 불을 지폈던 일을 가지고 몇 번이나 아빠에게 자랑을 늘어놓았다. 물론 어떻게 지폈는지는 말하지 않았다. 조쉬는 형이 죽은 후에도 그 일은 입 밖에 내지 않았고 아빠가 조쉬한테 화가 나서 타이 형 타령을 늘어놓을 때에도 잠자코 있었다.

무엇인가 손목을 홱 잡아끌어서 조쉬는 깜짝 놀라 눈을 떴다.

폭풍이 주위에 휘몰아쳤다. 밧줄에 매인 포키가 멈춰 서서 꼼짝 않고 있었다. 조쉬는 밧줄을 확 잡아당겼다.
"어서 와, 포키! 서 있지 말고. 그러면 안 돼!"
팔과 다리가 불꽃이 이는 것처럼 화끈거렸다.
배낭 가까이 갔을 때 성난 바람이 잠시 숨을 돌려서 조쉬는 일어설 수 있었다. 배낭을 어깨에 둘러메고 침낭을 꼭 움켜쥐고 앞으로 나아가는데 발이 얼어붙어서 감각이 없었다. 포키는 겁에 질려서 마지못해 끌려 왔고 바람을 맞으며 몸을 떨었다. 산비탈 높은 곳에서는 바람에 휩쓸린 눈이 커다란 바퀴처럼 밀려오는 구름 속으로 빨려 들어갔다.
폭풍이 잠시 멎었을 때 거대한 뱃머리가 쓱 나타나듯이 산비탈의 바위들이 눈 위로 드러나는 모습이 언뜻 보였다. 가까운 곳에서는 나무들이 촘촘히 경사면을 메우고 있었다. 조쉬는 흩날리는 눈 속을 뚫고 나무들이 있는 곳으로 향했다.
무엇인가 무너지는 듯, 둔한 소리가 점점 가까이 메아리쳐 왔다. 조쉬는 귀를 기울였다. 나무 쪼개지는 소리가 울창한 산비탈을 타고 한달음에 울려 퍼져 왔다. 여기저기서 나무들이 포악한 바람의 무지막지한 공격을 받고 무너지고 있었다. 조쉬를 에워싼 나무들이 성냥개비처럼 맥없이 부러지고 무너지면서 귀청이 찢어질 듯했고 그 때문에 바람 소리조차 들리지 않았다. 조쉬는 눈만 크게 뜨고 꼼짝도 하지 못했다. 하늘이 폭발하기라도 한 것일까?
그때 무시무시한 악몽 같은 일이 다가왔다. 또 한 차례 폭풍이 나무를 짜개는 소리가 들리고 그 힘이 느껴졌다. 거대한 소나무가 스무 걸음도 떨어지지 않은 곳에서 조쉬를 향해 천천히 쓰러지려 하고 있었다. 조쉬는 뒤로 엉거주춤 물러났지만 새끼 곰이 나무가 떨어지는 자리로 뛰어들었다.

"안 돼!"

조쉬가 있는 힘껏 밧줄을 당기면서 소리쳤다.

새끼 곰은 정신이 나가 미친 듯이 돌면서 몸부림쳤다. 조쉬는 미끄러져 얼음 같은 땅에 부딪혔다. 조쉬는 얼어붙은 채 겁에 질린 눈으로 그 거대한 나무가 팽팽하게 당겨진 줄 위로 거의 손에 닿을 만큼 가까이 덮쳐 오는 것을 보았다. 땅이 흔들렸고 가지 하나가 조쉬의 얼굴을 후려갈겼다.

퍼즐 조각들

 브루스터 빙엄 보안관 대리는 하늘을 올려다보면서 자동차의 속력을 높여 조쉬네 집 진입로를 빠져나왔다. 이 폭풍은 자연의 법칙을 무시하는 듯했다. 번개가 불규칙한 사선을 그으며 검은 지평선 위로 꽂혔다. 얼음 알갱이들이 앞 유리창에 후드득 떨어졌다. 번개와 눈이라니. 뭔가 잘못되었다. 자연의 법칙은 사회의 규칙처럼 질서가 있는데, 이번 폭풍은 그 질서를 따르지 않았다. 브루스터는 무전기를 잡았다.
 "연락원, 여기는 22호. 응답하라."
 연락원인 여자의 목소리가 갑갑하게 들려왔다.
 "22호. 여기는 연락원. 계속하십시오."
 "오티스 싱클레어의 거주지로 가는 방향을 알려 달라."
 브루스터는 오래 기다리지 않아서 연락원의 안내를 받았다. 연락원이 무전 종료 신호를 보내려는데 브루스터가 말을 끊었다.

"연락원, 보즈먼 탐색구조대의 션 오샤네시한테 연결해 줄 수 있을까?"

"알았습니다, 22호. 기다리세요."

곧 무전기가 시끄럽게 울렸다.

"22호, 오샤네시 씨가 대기하고 있습니다."

"알았다, 연락원. 연결해 달라."

브루스터가 대답했다. 이럴 때 션이 있다면 훨씬 마음을 놓을 수 있었다. 션은 갤러틴 카운티 탐색구조대에서 자원봉사자로 일했다. 많은 시민과 여러 대원들이 이 충직한 자원봉사자의 도움으로 생명을 건졌다. 브루스터가 책임을 지긴 하지만 직접 구조 작업에 나서는 것은 션의 몫이 될 터였다.

아일랜드 억양의 굵직한 목소리가 무전기를 시끄럽게 울렸.

"여어! 날 찾는다고?"

"그래, 션. 이 화창한 오후에 달리 바쁜 일이라도 있나?"

"오, 전혀 아니야. 햇볕을 쬐고 있는데 마누라가 와서 내 몸에 쌓인 눈을 한 삽 퍼내고 전화기 앞으로 질질 끌어왔어. 무슨 일이야?"

브루스터는 웃음을 지었다. 이 아일랜드 남자는 짓궂은 농담을 해서 연락원들을 약 오르게 했다. 사무실 안에서만 일하는 사람들은 사건 현장 사람들이 악의 없는 농담을 주고받으며 감정을 추스르는 것을 이해하지 못했다.

브루스터가 말했다.

"션, 자네 도움이 필요해. 도망간 소년을 찾고 있는데, 아무래도 브리저 산으로 간 것 같아."

"왜 하필 그 산이야?"

"아이가 새끼 곰하고 개를 데리고 있어. 폭풍이 심상치 않으니 아이를 찾는다는 공고를 한 시간 안으로 내야 할 것 같아. 밤이 되도록 아무 소식이 없으면 최악의 상황을 예상하고 폭풍이 그친 후에 산에 올라갈 수 있도록 사람들을 대기시켜 놓아야 할 거야."

"새끼 곰이라고 했어? 새끼 곰을 데리고 대체 뭘……?"

"션, 한 시간 안에 보안관 사무소에서 만나자고. 다 설명할게."

"곧 갈게. 그런데 정신 바짝 차리는 게 좋을 거야. 지금 폭풍은, 콧대 높은 아가씨야."

"알았네. 통신 끝."

브루스터는 오티스 싱클레어의 집으로 차를 몰면서 생각을 가다듬었다. 이제 퍼즐의 조각을 겨우 몇 개 주웠을 뿐이다. 과연 전체 그림은 어떤 것일까? 보안관 사무소로 돌아가면 맥과이어 부인에게 전화를 할 것이다. 샘이 부인을 해쳤다면 내가 당장……. 브루스터는 고개를 가로젓고 침을 꿀꺽 삼켰다. 이런 종류의 일에 감정을 앞세워서는 안 된다. 이 일은 시간과 벌이는 싸움이다. 감정을 앞세우다간 소년에게 제때 필요한 도움을 주지 못할 수도 있다.

외딴 오두막으로 차를 몰아가면서 브루스터는 그 주위를 둘러싼 출입 금지 푯말을 보았다. 사람들이 남의 간섭을 피하려는 데는 여러 가지 이유가 있었다. 어떤 사람은 숨길 것이 있었고,

어떤 사람은 보호할 것이 있었다. 어떤 사람은 다른 이와 불화를 겪었다. 오티스는 어느 경우일까?

거세어지는 바람이 옷소매와 타이를 낚아채 갈 듯 불어 대는 통에 어렵사리 순찰차에서 내렸다. 자동차 진입로에는 커다랗고 낡은 녹색 승용차가 쓸쓸히 서 있었다. 죽 늘어서 있는 동물 우리가 오두막의 버팀목이 되어 주고 있었다. 철테 안경을 쓴 수척한 남자가 우리에 판자를 대고 사정없이 못질을 하는 모습이 눈에 들어왔다. 남자는 어딘지 모르게 온갖 풍상을 겪은 교수 같은 인상이었다. 그렇게 나이가 많지는 않아 예순 정도로 보이고 등이 약간 구부정했다. 남자는 평가라도 하는 표정으로 브루스터를 올려다보았는데 그 꼬장꼬장한 눈빛에 경멸감이 어려 있었다.

브루스터가 다가가면서 말했다.

"싱클레어 씨."

"판자 좀 건네줘."

남자는 다짜고짜 일부터 시켰다.

브루스터는 거칠게 잘라 놓은 축사용 목재 두 개를 집어 건네주었다.

"싱클레어 씨, 전 빙엄 보안관 대리입니다. 여쭤 볼 것이 좀 있습니다."

오티스는 못질을 계속했다.

"이봐요, 나랑 얘기하고 싶으면 망치를 들고 판자로 이 우리를 막아요. 폭풍을 보아 하니 한가로이 차 마실 시간은 없을 것 같소."

브루스터는 아랫입술을 지그시 깨물었다.

"제가 도와드리는 만큼 값진 말씀을 해 주셨으면 좋겠네요."

브루스터는 이렇게 말하면서 망치를 들었다.

오티스 싱클레어는 깊은 인상을 주었다. 심성이 고우면서도 겉으로 무뚝뚝하게 구는 사람이었다. 왜 이런 외진 곳에서 세상과 담을 쌓고 사는 걸까? 사람들은 대개 타인과 어울리기를 원하는 법이다. 그걸 거부하는 사람에게는 그럴 만한 이유가 있었다.

"제가 제대로 하는 겁니까?"

브루스터는 바람에 대고 고함을 치면서 가슴 높이쯤 되는 우리에 판자를 대고 못질을 했다. 철망 우리 안에서는 비쩍 마른 붉은 여우 한 마리가 서성거리고 있었다.

오티스는 브루스터를 똑바로 쳐다보았다.

"그렇게 해서 그 안의 동물들이 살아난다면 제대로 하고 있는 거지."

"싱클레어 씨, 맥과이어 씨 댁 아이에 대해 여쭤 볼 게 있어요. 뭐 아시는 게 있으면 제게 말씀 좀 해 주실래요?"

오티스는 브루스터에게 판자를 몇 개 더 건네주고 나서야 입을 열었다.

"꽤 잘 알고 있지만 당신이 알고자 하는 것이 그 애의 행방이라면, 그건 나도 모르오. 한 해 전에 그 애 형이 죽었고, 그 애 아버지는 그때부터 술에 절어 지내. 샘은 날 그다지 좋아하지 않지. 샘은 사냥을 좋아하는데 자기 아들이 여기 와서 동물을 살리는 나를 도우며 시간을 낭비한다고 생각하니까."

오티스가 왼쪽을 가리켰다.
"그 우리에도 못질을 좀 하시오."
브루스터가 들여다보니 너구리 두 마리가 얼크러져 있는데 그 산적 같은 눈을 제대로 뜨지 못하고 있었다. 브루스터가 물었다.
"왜 이렇게 됐습니까?"
"총에 맞지 않았나."
오티스는 브루스터를 탓하듯이 툭 쏘아붙였다.
브루스터는 고개를 저으면서 못질을 했다. 그도 작은 총알 하나로 생명이 어떻게 무너지는지 누구보다 잘 알고 있었다. 오티스에게 질문을 던졌다.
"싱클레어 씨, 무슨 일을 하세요?"
"지금 보고 있잖소. 그리고 내 이름은 오티스야. 옛날에 대학에서 가르칠 때나 싱클레어 씨라고들 불렀지."
"뭘 가르치셨어요?"
"사람들이 생물학이라고 부르더군. 난 생존이라고 부르지만."
"오티스, 조쉬에 대해서 더 말씀해 주실 게 없으세요?"
여위었지만 몸집이 야무진 남자는 잠시 생각을 했다.
"딱 하나만 말하지. 조쉬는 심지가 굳은 아이야. 다친 동물을 위해서라면 여기 있는 아무 우리에나 기어들어 갈 아이지. 당신이라면 저 우리에 들어가겠소?"
오티스가 이빨을 드러낸 살쾡이를 가리켰다. 하얗게 먼지를 덮어쓴 동물은 바늘처럼 뾰족한 발톱을 드러내고서 쉿쉿 날카로운 소리를 뱉고 있었다.

브루스터는 얼른 고개를 저었다.

오티스가 못질을 멈췄다.

"조쉬가 이웃 헛간에나 숨어들어 갔을 거라고 생각하지 말라는 얘기요. 그 아이가 도망을 간다면 아마도 산 쪽으로 갔을 거라 짐작하오. 이런 폭풍만 아니었다면 바보 같은 당신들이 그 아이를 영원히 못 찾기를 바랐을 텐데."

브루스터는 불쑥 말이 튀어나오려는 것을 참았다. 오티스는 세상 전체를 적으로 여기는 사람이었다. 브루스터가 물었다.

"여기 조금 남은 판자는 어디에 쓰실 거예요?"

"여보시오, 보안관 대리 양반. 더 이상 물어볼 말이 없거든 얼른 움직이시오! 당신 도움이라면 나보다 조쉬한테 더 필요할 거요."

브루스터는 할 말을 잃고 쳐다보기만 했다.

오티스가 팔을 흔들었다.

"어서 움직이라니까! 내 손으로 번쩍거리는 당신 순찰차를 집 밖으로 밀어 줘야겠어?"

브루스터는 억지로 미소를 지으며 오티스에게 손을 흔들었다. 그리고는 차 안으로 들어가면서 소리쳤다.

"폭풍 잘 넘기시기 바랍니다."

그리고는 손목시계를 슬쩍 본 다음 솜씨 좋게 도로로 빠져나왔다. 가만 있자. 오티스의 말은 샘 맥과이어가 한 말과 어긋난다. 퍼즐 조각 몇 개가 들어맞지 않는군. 어떤 조각을 버릴까? 브루스터는 이미 답을 알고 있었다.

브루스터는 보안관 사무소에 도착하여 쏟아지는 진눈깨비를 피해 얼른 건물 안으로 달려 들어갔다. 그리고 뒤를 돌아 하늘을 한 번 쳐다보았다. 이런 날씨를 본 적이 있다고 말한다면 벼락을 맞을 일이었다. 신들이 세상을 부글부글 끓이고 있었다. 브루스터는 장갑 낀 손을 툭툭 털고 발을 굴러 구두에 쌓인 눈을 털어냈다.

션 오샤네시가 서서 기다리고 있었다. 험한 일에 닳아 해진 작업복 밖으로 드러난 팔과 목의 근육이 탄탄했다. 키가 작고 체격이 다부진 션은 마치 인간 예인선 같았다.

"반갑네."

브루스터가 손을 내밀며 말했다.

오샤네시는 50킬로그램쯤 되는 시멘트를 들어 올리기라도 하는 것처럼 잔뜩 힘을 주어 손을 맞잡았다. 그가 진지하게 말했다.

"이번 폭풍은 도무지 예의를 모르는군, 허."

브루스터가 고개를 끄덕였다.

"션, 곧 몇 가지 자세한 이야기를 들려줄 테지만 이게 제일 중요하네. 내 생각에는 그 소년이 산으로 도망간 것 같아."

오샤네시는 천천히 창문으로 걸어가 바깥을 유심히 살폈다. 그의 목소리에는 엄숙한 기운이 서려 있었다.

"그 친구가 산으로 갔다면 하느님의 자비를 청할 수밖에."

멈춰선 안 돼!

조쉬는 가까스로 일어나면서 멍이 든 턱을 문질렀다. 뭔가 달콤한 맛이 느껴졌다. 하필이면 왜 이곳으로 왔을까? 먼저 머드플랩을 잃어버렸고 이제 새끼 곰마저 나무에 깔려 죽었다. 조쉬는 자꾸만 침을 삼켰다. 내가 포키와 머드플랩을 죽였구나.

그때 어떤 소리가, 가냘픈 울음소리처럼 들릴락말락 바람을 타고 들려왔다. 조쉬는 고개를 바짝 쳐들고 귀를 기울였다. 소리는 갑작스레 끊기곤 했는데 염소 울음소리 같기도 하고 개 짖는 소리 같기도 했다. 가끔씩 그 소리는 가까이, 아주 가까이서 들렸다. 설마……. 다리를 후들거리며 조쉬는 쓰러진 나무를 허둥지둥 타 넘었다.

포키가 두려움에 가득 찬 눈으로 악을 쓰고 몸부림치며, 흙이 다 드러나도록 발밑에 쌓인 눈을 미친 듯이 파헤치고 있었다.

"포키, 이제 됐어. 진정해. 다치게 하지 않을게."

새끼 곰은 겁에 질린 눈을 들어 쓰러진 나무를 보더니 날카로운 비명을 내질렀다. 그러고는 다시 몸부림을 치는데 어찌나 발작이 심한지 꽥꽥 소리를 지르며 몸을 뒤트는 한 뭉텅이 털로 보였다.

조쉬는 밧줄을 쥐고 잡아당겨 새끼 곰을 빼내려고 안간힘을 썼다. 밧줄은 고집스럽게 버티며 철럭철럭 아주 조금씩만 나무 밑에서 빠져나왔다. 마지막으로 용을 쓰면서 잡아당기자 갑자기 밧줄이 쑥 빠져나왔고 조쉬와 새끼 곰은 뒤로 나자빠져서 새끼 곰의 다리가 눈에 폭 파묻혔다. 일단 나무에서 풀려나자 새끼 곰은 더 이상 몸부림치지 않았다. 할딱할딱 숨을 몰아쉬는 새끼 곰의 가슴이 벌렁거리면서 떨렸다.

조쉬는 기분이 좋아야 했는데 뭔가 잘못된 느낌만 들었다. 얼굴과 손이 타는 듯한 감각도 없었다. 이상하게 몸에 감각이 사라져서 사지가 뻣뻣한 나무 같은 느낌이었고 그냥 이대로 눈에 드러누워 이 모든 것을 끝내고 싶다는 생각만 들었다.

그때 뭔가 무섭고 급박한 것을 감지했다. 일어나려고 기를 쓰면서 두 다리를 하나씩 천천히 들어 보았다. 발을 질질 끌고 팔을 휘휘 돌려 보았지만 아무 느낌이 없었고 밧줄을 감은 손에도 감각이 없었다. 포키가 밧줄을 벗어나면 어쩌지? 서툰 손놀림으로 밧줄을 손목에 단단히 감았다. 피할 곳을 찾아서 침낭을 펴고 그 안으로 들어가야 했다. 그때 다시 여기 이 바깥에 드러누워 웅크리고 있으면 다 괜찮아질 것 같다는 생각이 들었다.

"안 돼!"

조쉬는 거칠고 새된 소리를 질렀다. 눈을 크게 뜨고 주위를 둘러보았다. 나무 주위는 안전하지 않았다. 깔려 죽을 것이다. 무감각한 손으로 입술을 닦자 손가락에 빨간 것이 묻어났다. 그래도 아무 상관 없었다. 조쉬는 배낭을 들고 침낭을 옆구리에 바투 끼고는 앞으로 터덜터덜 걷기 시작했다. 앞에 보이는 바위만이 유일한 희망이었다.

뭔가 밧줄을 잡아당기는 것을 느끼고 조쉬는 자기가 포키를 데리고 있다는 사실을 다시 깨달았다. 조쉬는 뒤를 돌아보았다. 떡 버티고 서 있는 포키의 눈이 반짝거리는 단추 같았다. 헝클어진 털이 바람에 흩날렸다. 조쉬가 꽥 소리를 지르고 을러대자 포키는 짧고 뻣뻣한 다리를 움직여 앞으로 왔다. 새끼 곰이 다시 악을 쓰기 시작했고 겁에 질려서 한껏 높아진 소리로 울부짖었다. 조쉬는 못 들은 체했다. 지금 발길을 멈출 수 없는 이유는 포키나 폭풍 때문이 아니고, 무조건 그래야 하기 때문이었다.

바람이 눈을 쪼았다. 바위가 무리 지어 있는 산등성이를 둘러보며 피신처를 찾았다. 어디로 가야 할까? 외따로 서 있는 제일 큰 바위 무리가 눈에 띄었지만 이 바람을 막아 줄 것 같지 않았다. 녹슨 양동이에서 물이 새듯 조쉬의 몸에서 힘이 빠져나갔다. 양동이는 곧 텅 빌 참이었다. 그러면 어떻게 될까?

조쉬는 큰 바위가 가장 많이 모여 있는 곳으로 방향을 잡았다. 눈이 거의 무릎까지 차올랐지만 아무 느낌이 없었다. 천지가 개벽을 한다고 해도 조쉬는 곧 한 발짝도 움직이지 못할 터였다.

바위 무더기에 다가간 조쉬는 가슴이 철렁 내려앉았다. 바위와 바위 사이가 너무 많이 벌어져 있었다. 조쉬는 그 사이를 비틀비틀 걸으며 마치 거대한 핀볼 머신의 작은 쇠공처럼 바위에 이리저리 부딪혔다. 조쉬는 정신을 잃지 않으려고 애썼지만 이제 눈 속에서 한 발짝도 움직일 수 없을 것 같았다. 조쉬는 짙은 색의 평평한 바위를 어렴풋이 확인하고는 자기가 바위 무더기 둘레를 한 바퀴 빙 돈 것을 알았다. 이제 어기적거리는 걸음도 멈췄다. 머리 위에서 미친 듯이 비명을 지르고 울부짖는 바람 소리는 마치 하늘에서 고양이들이 한바탕 싸움을 벌이는 듯했다. 새끼 곰이 조쉬 발목에 꼭 매달렸다.

"미안해, 포키."

조쉬가 말했다. 갈라지는 목소리에 힘이 없었다.

새끼 곰은 코를 자기 배에 묻고 눈 위에 드러누웠다. 포키가 잘 알아서 하고 있구나 하는 생각이 들었다. 이제 바위에 몸을 의지하고 잠들 때이다. 실제로 몸도 따뜻해졌다. 침낭을 펴야겠다고 생각했지만 손이 제대로 말을 듣지 않았다. 괜찮을 것이다. 이 피곤함을 풀 수만 있다면. 조쉬는 포키 옆에 픽 쓰러졌다. 돌돌 말아 놓은 침낭이 눈 위로 떨어졌고 조쉬의 시선은 아무렇게나 흘러 다녔다. 평화로운 느낌이었다.

긴장이 풀리면서 고개가 끄덕거리기 시작했다. 멍한 눈길에 들어오는 세상은 모든 것이 느릿느릿 움직였다. 그때 뭔가 이상한 느낌이 들었다. 오른쪽으로 스무 발짝쯤 떨어진 곳에 바위 두 개가 쐐기 모양으로 서로를 단단히 지탱해 주고 있는 게 보였다. 그 아래에 떨기나무 한 그루가 무성하게 자라 있었다. 조쉬는 나무를 바라보면서 생각했다. 그래서 뭐 어떻다고?

조쉬는 새끼 곰이 떨고 있는 것을 느꼈다. 그래서는 안 되었다. 포키가 추워서는 안 되었다. 새끼 곰은 따뜻하게 쉬어야 했다. 새끼 곰이 떨고 있다는 사실이 마음을 어지럽혀서 조쉬는 다시 한 번 떨기나무를 보았다. 있는 힘을 다해 일어나려고 했지만 다리가 말을 듣지 않았다. 결국 앞으로 고꾸라져서 눈에 처박히고 말았다. 조쉬는 여전히 배낭을 메고 침낭을 질질 끌면서 그 떨기나무를 향해 엉금엉금 기어갔다. 새끼 곰이 가까이 따라왔다.

팔은 경련을 일으키듯이 움직였고 말을 잘 듣지 않았다. 바로 이것이 신호였다. 이제 곧 조쉬의 양동이는 텅 비게 될 터였다. 떨기나무 가지 사이로 팔을 휘적거린 다음 고개를 숙이고 나무 아래를 살폈다. 어두웠다. 이게 무얼까? 조쉬는 갈피를 잡지 못했다. 곰의 굴인가? 아니면 퓨마가 지내는 곳일까? 여하튼 이 으스스한 검은 공간으로 기어들어 가야만 했다.

조쉬는 어둠 속을 한참 바라보았다. 어쩌면 여기 떨기나무 옆에 그냥 누워 있는 게 좋을지도 모른다. 아니야! 앞으로 기어가야 해. 조쉬는 기어가야 한다는 생각만 했다. 그래도 몸이 움직이지 않았다. 갑자기 바람이 사나운 비명을 질러 대자 포키가 조쉬 앞으로 펄쩍 뛰어들어 나뭇가지 뒤로 쏙 숨어 버렸다. 조쉬는 숨을 멈추고 짐승이 으르렁대는 소리가 들리지 않나 귀를 기울였다. 아무 소리도 들리지 않았다. 더듬더듬 가지를 헤치며 새끼 곰을 따라 기어들어 갔다. 그 작고 어두운 구멍 안은 마치 커다란 쓰레기통처럼 생겼고 배낭과 침낭을 움직일 만한 여유도 없었다. 바깥의 성난 폭풍 소리가 점차 잦아들었다.
 새끼 곰이 가만히 지켜보는 동안 조쉬는 침낭을 열었다. 구태여 꾀지 않았는데도 새끼 곰은 펼쳐진 침낭 안으로 꼬물꼬물 기어들어 가 모습을 감추었다. 조쉬는 앉아 있을 수도 없고 몸을 다 펼 수도 없었다. 포키를 따라서 침낭 속으로 기어들어 가면서 몇 차례나 바위에 머리를 박았다. 드디어 침낭이 온몸을 감쌌다. 손을 더듬거려 침낭 덮개를 끌어당겨 덮었다. 그러고는 뱃속이 찌르는 듯이 아파서 몸을 구부려 무릎을 가슴까지 올리고 옆으로 누웠다.
 포키는 젖어서 떨리는 몸을 조쉬의 정강이에 기댔다. 바람이 구슬프게 울부짖었고 조쉬는 몸의 떨림을 멈출 수가 없었다.

 조쉬의 엄마는 혼자 앉아 있었다. 저녁 내내 전화기 곁을 떠나지 않으며 라디오 소리에 귀를 기울이고 텔레비전을 봤다. 브루스터 빙엄 보안관 대리는 친절하게도 그날 오후에 전화를 걸어 주었다. 집에 있는 자신의 안부를 누군가 그렇게 확인한다는 사실이 싫었지만 전화를 걸어 달라고 부탁한 것은 자신이었다.
 라디오와 텔레비전에서는 매 시간마다 조쉬의 실종 사건을 보도했고, 샘이 들으면 좋아하지 않을 자세한 집안일까지 방송했다. 전화기가 울릴 때마다 리비는 떨리는 손으로 받았다. 이제까지는 무슨 소식이 없느냐, 아들을 꼭 찾기를 바란다는 전화만 있었다.
 샘이 일찌감치 잠을 자러 올라가자 리비는 화가 났다. 자식이 없어졌는데 어떻게 잠을 잘 수 있을까? 하지만 세 시간 넘게 침대가 삐걱거리는 소리를 들으며 리비는 샘도 쉽사리 잠을 이루지 못한다는 사실을 알았다.

자정이 지나서 리비는 보안관 사무소에 전화를 걸었다.

"여보세요, 전 리비 맥과이어입니다. 아직 무슨 소식 없나요?"

"죄송합니다만, 아직 없습니다."

남자가 침착한 목소리로 말했다.

"전화가 많이 걸려 오긴 합니다만 아드님을 봤다는 사람은 없습니다. 솔트레이크 시티(유타 주의 주도-옮긴이)의 케이유티비 방송국과 빌링스(몬태나 주 남쪽에 있는 시-옮긴이)의 채널4 방송국에서 연락을 해 왔습니다."

"왜요?"

리비가 물었다.

"정보를 달라는 요청입니다. 그쪽에서도 아드님과 곰에 대해 묻는 전화가 빗발치는 모양입니다."

"무슨 얘기라도 듣거든 연락해 주세요."

리비가 간절히 요청했다.

"그러겠습니다, 맥과이어 부인. 저희도 할 수 있는 일은 다 하고 있습니다. 폭풍이 그치면 탐색대원들이 움직일 겁니다. 그때까지는 기다리는 수밖에 없군요. 잠을 좀 주무세요. 내일은 무척 긴 하루가 될 테니까요."

"네. 고맙습니다."

리비는 힘없는 목소리로 말했다. 전화를 끊으면서 그 남자 말이 맞다고 생각했다. 하지만 조쉬가 집에 돌아올 때까지는 거의 잠을 자지 못할 것이 뻔했다.

오전 5시 30분, 자명종이 울릴 때 브루스터 빙엄은 이미 일어나 있었다. 밤새 이리저리 뒤척거리며 거의 눈을 붙이지 못하고 바람이 울부짖는 소리를 들었다. 바람 소리가 드세질 때마다 희망의 귀퉁이가 조금씩 부스러지는 것 같았다. 폭풍의 사나운 기세는 오전 4시가 되어서야 조금 수그러들었다. 이런 날씨에 바깥에 있다면 그 아이는 죽을 터이다. 하지만 시신을 찾기 위해서라도 수색을 해야 했다.

브루스터는 뻣뻣한 다리에 힘을 주면서 얼굴을 찡그렸다. 추운 날씨는 성치 않은 다리에 더욱 안 좋았다. 브루스터는 커피 여과기를 작동시켰다. 오늘은 보온병을 가득 채울 셈이었다. 오늘 일이 어떻게 끝나게 될지 아무도 모를 노릇이었다.

브루스터는 한 뼘 높이로 쌓여 살짝 녹은 눈 위로 미끄러질세라 무겁게 발을 떼면서 차로 갔다. 청회색 구름이 낮게 드리워 새벽빛을 가로막고 있었다. 계곡 마을도 이 정도로 많은 눈이 쌓였는데 산속은 도대체 어떤 지경일까?

브루스터는 우선 보안관 사무소에 들렀다. 션이 벌써 와서 보안대(말을 탈 수 있는 민간인으로 구성된 조직이며 공식 기관의 요청에 따라 탐색구조 작업을 돕기도 한다—옮긴이)의 대원들에게 전화를 하고 있었다. 브루스터는 스콧 공군 기지에 서둘러 전화를 걸었다. 공군 기지 측은 민간 항공 정찰대를 파견하여 항공 수색을 할 터였다. 노르딕 스키 동호회와 스노모빌 동호회에도 전화를 걸어서 필요할 때 출동할 수 있도록 준비시켜 두었다.

브루스터는 탐색대원들이 출발하기 전에 먼저 맥과이어네 집에 들러 보고 싶었다. 리비 맥과이어가 안전한지 확인하고 그 남편과 다시 이야기해 보고 싶었다. 어제 뭔가 감지한 것이 있었기 때문이다. 샘 맥과이어의 눈에는 분노, 좌절, 두려움 같은 여러 가지 감정이 담겨 있었다. 하지만 본시 마음이 악한 사람은 아니었다.

브루스터가 말했다.

"션, 내 대신 잠시 진행해 주게. 곧 돌아올게."

"나만 빼고 아침 먹으러 가는 거야?"

브루스터가 빙긋 웃었다.

"맥과이어 씨네 집에 가 보려고."

"무리하지 마. 나도 그 샘이란 친구를 알아. 좋은 사람인데 운이 없어. 너무 몰아붙이지 말라고."

브루스터가 고개를 끄덕이며 말했다.

"그 사람이 자기 자신을 몰아붙이는 건지도 모르지."

밖으로 나오자 길이 질척하고 미끄러웠다. 맥과이어네 목장 집 자동차 진입로로 들어가는데 마당이 휑하니 비어 있었다. 숨을 깊이 들이마시고 뻣뻣한 자세로 어렵사리 순찰차에서 나왔다. 괴괴한 적막감이 흐르는 것이, 어젯밤 한 차례 싸움이 일어난 것 같기도 했다. 브루스터는 집에 다가가면서 허리띠를 추슬렀다. 창 너머에서 맥과이어 부인이 뚫어져라 보고 있었다. 현관에 다다를 무렵 부인이 문을 열었다.

"아이를 찾았어요?"

부인이 희망에 부풀어 한껏 팽팽해진 목소리로 말했다.

"아직입니다. 하지만 탐색대가 오늘 아침에 출동할 거예요. 민간 항공 정찰대에서 산의 서쪽 경사면을 공중에서 탐색할 거고요. 눈이 금세 녹긴 하겠지만 발자국을 발견하면 노르딕 스키 동호회와 스노모빌 동호회가 출발할 수 있도록 대기 중입니다. 원래는 이렇게 서둘러 탐색 수단을 총동원하지는 않지만 지난밤 폭풍이 대단했으니만큼 최선을 다해 구조 태세를 갖추고 박차를 가하는 것입니다."

"들어오세요."

이렇게 말하는 리비의 눈은 벌겋게 충혈되고 움푹 꺼져 있었다. 누군가 리비를 한계까지 몰아붙인 것 같은 표정이었다.

"괜찮으세요?"

브루스터가 집 안으로 발을 들여놓으며 물었다. 리비가 어찌할 바를 몰라 블라우스의 단추를 만지작거리는 모습이 눈에 들어왔다.

리비가 말했다.

"너무 걱정이 돼요."

"맥과이어 부인, 우리가……."

"리비라고 부르세요."

"리비, 우리가 아드님을 찾을 겁니다."

브루스터는 이렇게 말하면서도 마음속 깊은 곳의 의혹은 드러내지 않았다.

"샘이 집에 있습니까?"

"위층에요. 불러올까요?"

"부탁합니다."

리비가 서둘러 사라지자 브루스터는 주위를 둘러보았다. 거실은 이제까지 가 보았던 수많은 다른 집 거실과 비슷했지만 벽난로 위에 놓이거나 벽에 걸린 사진들은 달랐다. 이런 사진들이었다. 결혼사진, 처음 낚은 물고기를 든 어린 남자 아이들, 크리스마스트리 앞에서 부모의 무릎에 앉아 있는 아이들……. 이런 사진들을 보면 모든 가정이 특별하게 여겨졌다. 브루스터는 사진을 보며 서 있었다. 가족은 행복한 모습으로, 웃고, 껴안고, 뽀뽀하고, 손을 잡고, 장난을 치고 있었다. 지금 맥과이어 가족이 처한 끔찍한 상황을 암시하는 사진은 눈을 씻고 보아도 없었다.

"뭣 좀 찾았소?"

샘 맥과이어가 물었다.

걸걸한 목소리가 들려와 브루스터는 깜짝 놀랐다. 샘이 며칠 동안 한숨도 자지 못한 얼굴로 서 있었다. 거친 수염이 턱에 거뭇거뭇했고 말라 갈라진 입술도 에워싸고 있었다. 샘의 손이 떨리는 것이 보였다. 리비는 뒤에 바짝 붙어 서서 아직도 단추를 잡아당기고 있었다.

브루스터가 말했다.

"정말 단란한 가족이군요, 맥과이어 씨."

"당신이 뭘 알겠소? 아직 우리 아들을 찾지 못한 거요?"

샘이 갈라지는 음성으로 말했다.

멈춰선 안 돼! 115

"아직은 그렇습니다."

브루스터가 말했다.

샘의 목소리가 차가워졌다.

"그럼 나가서 찾아보는 게 어떻소?"

"왜 그렇게 화를 내십니까?"

브루스터가 물었다.

"내 아들이 도망갔소. 당연한 일 아니오?"

"화를 낸다고 아드님을 찾을 수는 없지요. 생각을 한다면 도움이 되겠지만."

브루스터가 말했다.

"우릴 그냥 내버려 뒀으면 좋겠군."

샘이 말을 내뱉었다.

"저는 도움을 드리려고 왔습니다. 뭐가 잘못됐나요?"

"이 근방 다섯 카운티 안의 모든 사람들이 이제 우리에 대해 알게 되었소, 당신 덕분에."

"그래서 모든 사람이 아드님을 찾는 데 도움을 주고 있지요."

브루스터가 덧붙였다.

"웃기는 소리! 그 사람들이 신경이나 쓰겠소?"

브루스터는 얼굴을 찡그렸다.

"저도 압니다. 맥과이어 씨가……."

"당신은 아무것도 몰라. 여기 와서 거창한 말이나 늘어놓는 거지. 그 제복만 벗으면 당신은 아무것도 아니라고."

브루스터는 언제나 신중하게 말을 고르는 편이었지만 이번만

큼은 판단의 잣대를 던져 버렸다. 그는 앞으로 한 걸음 나섰다.
"자, 내가 하는 말 똑똑히 들어요, 맥과이어 씨. 당신 아들은 바로 지금 산에서 죽었을지도 모르고 꽁꽁 얼어서 죽기 일보 직전일지도 몰라요. 그런데 당신은 여기 앉아서 자기 연민에나 빠져 있군요."

리비는 아직도 단추를 만지작거리고 있었다. 갑자기 단추가 튕겨 나오더니 바닥에 떨어져 또르르 굴러갔다. 리비는 울음을 터뜨리며 단추를 따라갔다. 샘은 그 모습을 본 체도 하지 않았고, 브루스터는 샘이 주먹을 휘두를 것이라고 잠깐 생각했다. 하지만 샘은 뒤돌아서 창문으로 갔다.

"당신이 원하는 게 뭐요?"

샘이 공허하고 힘없는 목소리로 물었다.

"당신이 원하는 것과 같은 것이죠. 댁의 아들을 찾고 싶습니다. 나 자신이 그다지 입에 발린 소리를 잘하는 편이라고는 생각하지 않지만, 내가 알아본 바로는 참 괜찮은 아들을 두셨더군요. 좋은 아이가 어디서 그냥 뚝 떨어지지는 않아요, 맥과이어 씨. 아들은 아버지를 닮는 법이니까요."

샘이 돌아서서 브루스터를 보면서 눈을 깜빡거렸다.

"타이는 죽지 말았어야 했소."

"타이에 대한 이야기는 들었습니다. 그렇죠, 당신 말이 맞아요."

브루스터는 샘의 말에 수긍했다.

"타이가 그렇게 죽지 말았어야 했죠. 하지만 지금은 조쉬가 곧

경에 처해 있습니다. 우리가 생각해야 하는 아이는 조쉬라고요."

샘은 발뒤꿈치로 서서 몸을 흔들며 생각을 정리라도 하는 듯 고개를 뒤로 젖혔다.

"조쉬가 불을 잘 지핍니까?"

브루스터가 물었다.

샘이 다시 돌아서서 고개를 떨어뜨렸다.

"맥과이어 씨, 조쉬가 불을 지필 줄 알아요?"

"모르겠소. 열심히 가르쳐 보긴 했지만. 조쉬는 그게 잘……그러니까 타이만큼 솜씨 있게 하지는 못했소. 보안관 대리님, 나……난 어떻게 해야 할지 모르겠어요."

"우선 조쉬가 어떻게 생각할지 저에게 말해 주세요. 그 아이 머리에 뭐가 들었는지를. 전 아드님을 모르니까요."

샘은 앞으로 몸을 기우뚱거리며 수그러든 목소리로 말했다.

"저도 그리 잘 안다고는 할 수 없어요, 보안관 대리님."

폭풍은 물러났지만

 침낭에 폭 싸인 채로 깨어났는데 소름이 끼치도록 조용하기만 했다. 의식이 아직도 꿈과 현실 사이를 오락가락하는 나른한 상태였지만 조쉬는 기지개를 켰다. 다른 감각은 천천히 깨어났다. 턱이 아직도 아팠다. 뺨과 손가락에 불이 붙는 느낌도 되살아났다. 침낭은 차고 축축했다. 조쉬는 떨면서 무릎을 가슴께로 바짝 당겼다. 왠지 따뜻했다. 온기를 느껴서가 아니라 아직도 생생하게 기억이 나는 매서운 추위가 사라졌기 때문이었다.
 역한 냄새가 났다. 조쉬는 코를 찡그리고 침을 삼키려고 했다. 갑자기 창자가 뒤틀렸다. 가까이서 박자에 맞춘 듯이 할짝거리는 소리가 크게 들렸다. 그 소리는 손에 느껴지는 아픔과 더불어 고른 간격으로 들려왔다. 뭔가 엄지손가락을 빨고 있다! 조쉬는 움찔했다. 날카로운 핀 같은 것들이 손목을 붙들고 꽉 죄었다. 그리고 정신없이 핥아 대기 시작했다. 도대체 이게 뭐야? 다른 손을 가져가 만져 보았다. 따뜻하고 보송보송한 털이, 핥는 소리에 맞추어 떨며 고동치고 있었다. 포키, 바로 포키였다. 배가 고픈 것이 틀림없었다.

오른손을 포키에게 맡기고 힘들게 침낭 입구를 열었다. 신선한 공기가 얼굴을 쓸어내렸다. 처음에는 주위가 어두운 듯했는데 희미한 빛이 구멍 입구의 떨기나무 가지 사이로 흘러들어 왔다. 살갗을 물어뜯는 듯한 매서운 추위가 사라졌고 입구 근처에서 눈을 뒤집어쓴 배낭을 더듬어 찾을 때는 따뜻한 기운마저 느낄 수 있었다. 그러는 동안 손가락 끝이 덴 것처럼 아팠고 포키가 빨고 있는 엄지손가락은 더 심했다. 이제 춥지도 않은데 손가락이 왜 이렇게 많이 아플까? 조쉬는 오른손을 포키한테서 뺐다.

번개가 번쩍이듯이 포키가 달려들어 손목을 깨물었다. 그러고는 바늘처럼 날카로운 발톱을 깊이 박고 찰싹 달라붙었다.

"아야, 포키!"

조쉬가 몸을 뒤틀며 말했다. 몸에 힘이 없어서 대항할 수 없었기 때문에 아픈 팔을 그냥 늘어뜨릴 수밖에 없었다. 포키도 발톱의 힘을 풀고 다시 조쉬의 엄지손가락을 빨았다. 무슨 일이라도 하려면 왼손으로 해야만 했다. 그 무엇도 포키한테서 엄지손가락을 빼앗을 수는 없었다. 그리고 여전히 역겨운 냄새가 풍겼다.

조쉬는 이로 물고 왼손으로 더듬어서 배낭을 열었다. 손가락이 찔리는 듯 따가웠고 제대로 말을 듣지 않았다. 새끼 곰은 계속 빨면서도 뚫어져라 조쉬의 손놀림을 쳐다보았다. 조쉬는 우유병을 꺼내면서 집에서 우유를 채워 온 것이 참 다행이라 여겼다.

내용물이 살짝 얼어 있는 플라스틱 우유병은 차가웠다. 우유병을 물려 주려 했지만 포키는 엄지손가락을 포기하려 하지 않았다. 조쉬는 달걀 섞은 우유를 조금 짜내 새끼 곰의 입 한쪽에 넣어 주었다. 하지만 포키는 엄지손가락을 이빨로 물고 더 세게 빨아 댈 뿐이었다.

"젠장! 그러다가 내 손가락을 먹어 버리겠다, 포키. 제발…… 이걸 먹어!"

조쉬는 엄지손가락을 빨아 대는 포키의 입 한쪽으로 젖꼭지를 밀어 넣고 우유를 천천히 짜 넣기 시작했다. 그와 동시에 손가락을 살살 빼냈다. 성공이었다. 포키는 기분 좋게 꿀꿀 소리를 내면서 그 차가운 음료를 마셨다. 그러고는 앞발을 더듬어 병을 잡았다.

조쉬는 자기 배가 왜 계속 쥐어짜듯 아픈지 알 수 없었다. 저 고약한 냄새 때문일까? 도대체 무슨 냄새일까? 조쉬는 떨기나무 뒤로 고요하게 펼쳐져 있는 잿빛 하늘을 물끄러미 보았다. 지금은 아침일까 저녁일까? 마지막으로 뭘 먹은 게 언제인지 생각해 보았다. 집을 떠나던 날 밤이었는데 그때부터 얼마나 시간이 지난 것일까? 집 안의 불이 꺼지는 것을 보고 모터사이클을 도로까지 밀고 나와서 포키와 머드플랩과 함께 이 어처구니없는 여행을 시작한 지 몇 년은 된 것 같았다.

머드플랩! 그러고 보니 까마득히 잊고 있었다.

"머드플랩! 머드플랩! 여기야, 머드플랩!"

조쉬가 소리쳤다. 조쉬의 목소리는 그 어두운 구멍에 갇혀 밖으로 나가지 못했다. 어디에 있을까? 눈이 내릴 때 사라졌는데, 그러고는 어떻게 되었을까? 얼어 죽었다면 뻣뻣해진 시체를 찾게 될까? 내 잘못이야. 따라오지 못하게 했어야 하는데. 머드플랩을 생각하니까 속이 울렁거렸고 썩는 냄새도 더 역하게 느껴졌다. 그때 그 끔찍한 냄새의 원인이 무엇인지 알았다. 포키가 침낭 안에 똥을 싼 것이다. 조쉬는 속이 미식거려서 토할 것 같았다. 서너 번 구역질을 했지만 아무것도 나오지 않았다. 뭘 먹으면 좀 좋아질지도 몰랐다.

조쉬는 배낭을 뒤져서 초콜릿 바를 찾았다. 포장지를 벗기지도 않고 한입을 베어 물었다. 포장지가 씹히든 말든 잘근잘근 씹었다. 물이 없으니까 목구멍이 꺽꺽 막혔다. 왜 물병을 조금이라도 채워 오지 않았던가? 입안에 든 것을 삼킬 수가 없었다.

새끼 곰의 우유병을 잡고 입안에 몇 방울이라도 짜 넣을 수 있으면 좋으련만 포키가 아까처럼 난리를 피울 것이 뻔했다. 조쉬는 한 손으로 배낭 위를 쓸어서 눈을 긁어냈다. 한 줌, 또 한 줌 살짝 녹은 하얀 눈을 먹었다. 눈이 천천히 녹아 몸으로 스며들면서 다시 추워졌다. 딱딱한 초콜릿 바를 또 한입 힘들게 베어 먹고 어지로 삼켰다. 한입 한입 먹을 때마다 조쉬의 움직임이 유연해졌고 머리도 제대로 돌아갔다. 마지막 한입을 먹으려 할 때 비로소 생각이 나 조쉬는 포장지를 벗겨 냈다. 눈을 먹은 탓에 이가 시렸다.

가지 사이로 들어오는, 한 줌도 안 되는 빛을 멍하니 바라보려니 여러 생각이 났다. 엄마랑 아빠는 지금 뭘 하고 있을까? 보즈먼에도 여기처럼 폭풍이 몰아쳤을까? 그랬다면 엄마, 아빠가 내 걱정을 했을까? 오티스네 동물들은……. 그 커다란 부엉이는 무사히 폭풍을 견뎌 냈을까? 이런 생각을 하니까 집이 몹시 그리웠다. 너무 외로웠다. 타이 형이 여기 같이 있으면 좋았겠지만 형은 가 버렸다. 그것도 아주 멀리!

형에 대한 기억이 새록새록 살아나면서 무키맨이 생각났다. 늦은 밤 이글거리는 화톳불을 쬐며 무키맨 이야기를 속삭여 주던 아빠 목소리가 귓가에 들리는 듯했다.

아빠는 비밀 이야기를 속삭이듯이 목소리를 한껏 낮추곤 했다.

"옛날 옛적에, 워너비 사람들 나라에 무키맨이 살고 있었어. 워너비 사람들은 엄청난 능력이 있었고 자기들이 꿈꾸는 것은 무엇이든 이룰 수 있었지. 그 사람들은 바람을 타고 달님을 쫓아다녔어. 그들이 노래를 부르면 노을빛이 더 진해졌지. 시간 여행도 할 수 있었어. 그들은 색깔을 혀로 맛보았고 냄새를 눈으로 보았지. 그런데 이 사람들한테도 한 가지 골칫거리가 있었어."

"그게 뭐야?"

조쉬는 한 백 번쯤 그 대답을 들어 알고 있는데도 매번 같은 질문을 속삭이듯 말했다.

"바로, 무키맨이지!"

아빠는 음침한 목소리로 그 이름을 내뱉으며 어깨 너머로 어둠 속을 힐끗 보았다.

조쉬는 아빠 곁에 바싹 다가앉으며 두려운 눈초리로 어둠 속을 살폈다.

"누군지 말해 줘."

조쉬가 졸랐다.

"글쎄……. 좋아. 이 무키맨은 말이다, 악당이었어. 그는 워너비 사람들을 싫어해서 행복을 훔쳐 내려고 했지. 거짓말을 하고 쓸데없는 장신구와 싸구려 장식품을 선물했단다."

"왜 그랬죠, 아빠?"

"누가 알겠니? 하여간 워너비 사람들조차 어리둥절했으니까. 쓸데없는 장신구나 싸구려 장식품을 갖고 싶었다면 그냥 그렇게 소원을 빌어서 산더미처럼 쌓아 놓을 수도 있었거든. 사실 무키맨은 행복을 훔쳐 내려고 그렇게 안달복달했지만 워너비 사람이 되기만 하면 그냥 얻을 수 있는 것이 바로 그 행복이었어."

"그런데 왜 그렇게 하지 않았어요?"

조쉬가 물었다.

"게으르고 어리석었기 때문이지. 인품이 모자랐던 거야. 잘 기억해 둬. 이제 너랑, 엄마랑, 타이랑, 나 말고는 아무도 이 워너비 사람들을 몰라. 우리들만의 비밀이야, 조쉬. 알았지?"

조쉬는 특권을 받은 기분을 느끼며 고개를 끄덕였다.

"그리고 기억해 둬, 조쉬. 무키맨은 아직도 우리 곁에 있단다. 그는 한 사람이 아니야. 우리 가족 중에 누구라도 인정머리 없는 짓을 하거나 거짓말을 하거나 속이면 그 사람이 바로 무키맨이 되는 거야. 무키맨은 우리들 중에서 잘못된 짓을 하는 사람이야."

몇 년 동안 아빠는 조쉬와 타이에게 똑같은 이야기를 여러 방

식으로 들려주었다. 새끼 곰 옆에 누워 있는 지금 조쉬는 걱정이 되었다. 집을 떠나오면서 했던 모든 일들 때문에 내가 무키맨이 된 것은 아닐까?

새끼 곰은 우유병을 비운 다음 나른한 기색이었다. 조쉬의 배에 기대어 누워서는 기분 좋게 앞발을 핥았다. 곰의 작은 몸은 따뜻했고 앞발을 핥는 소리의 고른 박자에 맞추어 흔들렸다. 새끼 곰을 껴안는데 밖에서 더 환해진 빛이 한 줌 새어 들어왔다. 아침이 밝은 모양이었다.

"포키, 이제 다 괜찮아질 거야. 여기보다 더 나은 장소를 찾아서 불을 지펴야 해."

조쉬는 침을 꿀꺽 삼키고 말했다.

"머드플랩도 찾아야지. 또, 아 참, 모터사이클을 숨겨 놓는 게 좋겠다."

조쉬는 이제 좀 부드러워진 손을 쥐었다 폈다.

"포키, 손가락이 왜 이렇게 아플까?"

손을 살펴봤지만 베인 자국도 까진 곳도 없었다. 새끼 곰이 여전히 앞발을 빨고 있었고 조쉬는 긴장이 풀렸다. 자기가 해야 할 모든 일들을 생각하려고 애썼지만 머릿속이 뒤죽박죽이 되어서 그냥 멍하니 새끼 곰만 쳐다보았다. 구멍 속으로 파고든 한 줄기 햇살이 포키의 복슬복슬한 귀에 닿아 튕겨 나갔다.

서로 끌어안고 있는 동안 조쉬는 이 검은 털이 엉클어진 몸에서 온기를 느꼈다. 오티스가 동물마다 체온이 어떻게 다른지 설명한 적이 있었다. 그렇다면 곰들은 체온이 아주 높은 편일 터였다.

지난밤의 눈보라를 떠올리면서 포키가 조쉬 자신의 목숨을 살렸을지도 모르겠다고 생각했다.

조쉬는 그냥 바닥에 웅크려 누워 자고 싶은 유혹을 느꼈다. 하지만 꼭 해야 할 일이 있었다. 불을 지펴야 하는데, 더군다나 이렇게 눈이 내린 산속에서 불 지필 생각을 하니까 마음이 복잡했다. 불 지피기는 왜 그렇게 어려운 것일까? 이번에는 아빠가 옆에 있지도 않고 신문지를 꿍쳐 가져온 타이 형도 없다. 이번에는 집 근처에 있는 것도 아니고 연습으로 하는 것도 아니다. 조쉬는 불을 지펴야 한다. 순전히 자기 힘으로!

조쉬는 좁은 공간에 무릎을 꿇고 일어나 포키를 달래 침낭 밖으로 몰았다. 그런 다음 끈적해진 똥 무더기를 최대한 깨끗하게 닦고 털어 냈다. 손가락이 찔리듯 아팠다. 조쉬가 몸에 걸친 모든 것이 축축했다. 침낭에 들어올 때 너무 추워서 신발을 벗지도 못했다. 얼마나 멍청한 짓을 했는지 아빠가 알지 못해서 다행이다 싶었다. 젖은 옷과 신발을 벗지 않고 잠자리에 드는 사람은 없다.

조쉬는 떨기나무 가지를 지나 동굴 입구로 기어 나오면서 손차양으로 눈을 가렸다. 아침 햇살이 구름을 뚫고 내려와서, 땅에 쌓여 질척하게 녹은 하얀 눈 위에서 반짝거렸다. 조쉬는 눈을 찌푸렸다. 잠시 해를 향해 몸을 돌려 따뜻한 기운을 온몸에 고루 받았다. 모든 것이 너무나 달라 보였다. 약간 시간을 들여서야 모터사이클을 두었던 평평한 곳을 알아볼 수 있었다. 쪼개진 나무들이 포키가 깔릴 뻔했던 언덕 비탈 주변에 흩어져 있었다.

조쉬는 침낭과 배낭을 바위 위에 올려놓고 포키를 키 작은 나무에 매어 놓은 다음 모터사이클이 있는 곳으로 걸음을 옮겼다.

정강이까지 차는 눈을 헤치고 힘들게 걸어가면서 머드플랩을 불렀다. 모터사이클이 있던 곳까지 왔지만 보이지 않았다. 조쉬는 숨을 몰아쉬며 정신 나간 듯이 찾았다. 도대체 그런 폭풍 속에서 누가 모터사이클을 발견해서 가져갔단 말인가? 그때 바람이 만들어 놓은 눈 언덕 위로 빼꼼히 튀어나온 운전대가 보였다. 한숨이 나왔다. 모터사이클이 바람에 못 이겨 넘어졌던 모양이다. 연료가 너무 많이 쏟아지지 않았어야 할 텐데. 조쉬는 쌓인 눈을 발로 털어 내고 몸을 굽혀 모터사이클을 잡았다. 뻣뻣하고 무거운 모터사이클을 일으켜 세웠다.

처음엔 나무가 모여 있는 곳으로 모터사이클을 밀고 가려고 했지만 이 덩치 큰 녀석은 눈 덮인 오르막길을 가지 않으려고 버텼다. 시동이 걸릴지도 의심스러웠다. 게다가 조쉬는 기력이 너무 떨어진 상태였다. 그래서 오토바이에 올라타고 골짜기 쪽으로 방향을 틀어 시동을 걸지 않은 채 바퀴를 굴려 내려갔다. 깊은 바퀴 자국이 눈에 또렷이 남았다.

시동이 걸리지 않는다면 이 모터사이클을 다시 위로 가져가지 않을 참이었다. 시동이 걸리지 않으면 무슨 소용이 있겠는가! 조쉬는 단단한 돌에 지지대를 세워 받쳐 놓고 가지를 꺾어서 타이어 주위와 연료 통 위에 흩트려 놓았다. 눈이 녹더라도 이 근처를 지나가지 않는 한 아무도 이 모터사이클을 보지는 못할 터였다.

나무에 쌓여 있던 눈이 녹아 커다란 물방울로 불거지는 것을 보니 머지않아 눈이 다 녹을 듯했다.

 기다란 풀잎을 타고 물방울이 흐르는 것이 눈에 띄었다. 무릎을 꿇고 얼음같이 찬 물을 받아 마시자 머리가 지끈거렸다. 찬 것을 먹을 때면 항상 그랬다.

 포키가 있는 곳으로 발길을 돌려 걸으면서 크게 소리쳤다.

 "머드플랩! 머드플랩! 여기야…… 이리 와, 머드플랩!"

 엄지와 검지를 입에 넣어 누르면서 집에서 소를 부를 때처럼 휘파람을 불었다. 아픈 턱과 손가락의 통증 때문에 바람 소리만 거칠게 새어 나왔다. 가만히 손을 내려다보았다. 손가락 끝이 빨갛게 부어 있었다. 그 손으로 귀와 코를 만지자 거기도 마찬가지로 아팠다.

 큰 소리를 내며 눈덩이가 떨어질 때마다 조쉬는 행여 머드플랩인가 싶어 몸을 돌려 쳐다보았다. 도대체 어디에 있을까? 포키 쪽으로 걸어가면서도 계속 주위를 살폈다. 어쩌면 발자국을 발견할지도 모를 일이었다. 앞으로 숨어 지낼 만한 곳도 찾아보았다. 평평한 풀밭에 있다간 발각되기 십상이었다. 하지만 봉우리 쪽으로 너무 높이 올라갈 엄두는 나지 않았다. 또 한 번 폭풍이 몰아닥치기라도 하면 저 위에서는 도저히 피신할 곳을 찾지 못할 듯했다. 조쉬는 산비탈을 꼼꼼히 훑어보았다.

 조쉬의 눈길이 산비탈의 어두운 구멍에 머물렀다. 그 가파른 경사면에는 여러 개의 구멍이 있었지만 그중 하나가 다른 것보다 더 크고 바위가 든든히 가려 주고 있었다. 풀밭의 이 지점에서 올려다보지 않는 한 그 공간은 보이지 않을 성싶었다. 바위

아래에는 나무들이 촘촘히 모여 서 있었다. 그 나뭇가지로 불을 지필 수도 있을 듯했다.

　배낭을 짊어지고 침낭과 포키를 묶은 끈을 쥐었다. 구멍은 한 400미터쯤 떨어져 있는 것 같았는데 눈 때문에 걸음이 더디었다. 가는 동안 조쉬는 머드플랩을 소리쳐 불렀다. 포키조차 조쉬가 왜 소리를 지르는지 알고 있는 듯했다. 곰은 팔짝팔짝 뛰어가면서 작은 머리를 연방 이쪽저쪽으로 돌리고 반짝이는 눈알을 굴렸다. 곰은 몇 발짝 가다 말고 장난스럽게 눈을 치거나 재주를 넘었다. 한번은 발을 걸어서 조쉬를 눈에 자빠뜨렸다. 신이 나서 몸을 뒤흔드는 새끼 곰을 보자 웃음밖에 나오지 않았다.

　질척한 눈을 밟으며 산을 오르려니 발이 꽁꽁 얼어붙었지만 몸은 따뜻해졌다. 절반 정도 거리에 왔을 때 왼편에 커다란 반원을 그리고 있는 발자국이 눈에 들어왔다. 사슴 발자국인 듯했다. 혹시라도 머드플랩 발자국일지 모른다는 생각에 그 발자국을 향해 나아갔다. 가까이 다가가자 포키가 장난을 멈추고 짧은 앞발을 뻣뻣하게 들이밀면서 걸음을 방해했다. 가늘고 노란 오줌줄기가 포키의 뒷다리 아래의 흰 눈을 물들였다. 새끼 곰은 발자국에 코를 대고 킁킁대더니 완전히 얼어붙었다.

　조쉬의 발보다 더 큰 그 발자국은 발톱이 있고 사람 발자국처럼 뒤꿈치 자국도 있었다. 조쉬는 잠시 숨이 멎었다. 조쉬는 평발로 걷는 개, 사슴이나 엘크를 본 적이 없었다. 하지만 곰은 달랐다. 조쉬는 발자국을 자세히 보았다. 초조하게 주위를 돌아보면서. 곰이 아닐 수도 있었다. 이렇게 큰 곰 발자국은 본 적이 없었다. 더 가까이 다가갔다. 발자국을 보니 이 동물의 발가락은 거꾸로 나 있었다. 작은 발가락이 안쪽에 있고 큰 발가락이 바깥에 찍혀 있었다. 조쉬는 곰 발가락이 거꾸로 되어 있다는 얘기는 기억이 나지 않았다.

"이리와, 포키."

조쉬가 불렀다. 포키를 가까이 끌어당겨서 조심스레 들어 올려 뒷발을 살펴보았다. 포키의 발가락은 거꾸로 나 있었다.

"세상에, 포키, 빨리 여기를 뜨자!"

조쉬는 더듬거리고 있었다.

첫 번째 불

조쉬는 허둥거리며 곰이 지나간 자리에서 물러나 동굴로 가는 길을 재촉했다. 포키도 멈추지 않고 팔짝팔짝 눈 속을 뛰어 산으로 올랐다. 마지막 100미터는 가팔랐고 질척한 눈과 뾰족한 바위 때문에 위험하기도 했다. 조쉬는 오르는 길을 조심스레 살폈다. 몇 발짝 오를 때마다 발이 미끄러져서 돌이나 나무뿌리 따위를 붙들어야만 했다. 그러잖아도 험한 길이 배낭과 침낭, 그리고 새끼 곰까지 데리고 있어 더욱 힘들었다.

포키는 전혀 어려움 없이 따라왔다. 이따금 앞으로 튀어나오며 줄을 잡아당기기까지 했다. 조쉬는 걸음을 멈추어 쉬면서 뒤를 돌아보았다. 풀밭은 분지였고 램스 혼 봉우리, 산등성이, 이름을 모르는 다른 작은 봉우리가 삼면을 둘러싸고 있었다. 그 커다란 곰의 발자국은 여기서도 보였고 더 낮은 골짜기 쪽으로 꺾여 들어가 있었다. 조쉬는 꿀꺽 침을 삼키고 다시 걸음을 옮겼다.

바위에 난 구멍은 멀리서 볼 때와는 사뭇 달랐다. 그 가파른 경사면에 거의 서른 발 정도가 될 만큼 크고 넓게 입을 벌리고 있는 구멍은 안으로 들어갈수록 급격히 좁아져서 열다섯 걸음 깊이밖에 되지 않았다. 동굴의 안쪽은 작은 함정 모양이었고 크기는 1인용 텐트만 했다. 사실 동굴이라기보다는 커다란 주머니라고 하는 편이 어울렸다. 조쉬는 숨을 헐떡거리면서 눈비를 맞지 않은 마른 땅에 배낭과 침낭을 내려놓았다. 위에서든 아래서든 조쉬를 볼 수 없는 위치였다. 나뭇가지를 가져다 가려 놓으면 비행기에서 봐도 찾지 못할 듯했다. 그래도 바람을 얼마나 피할 수 있을지는 알 수 없었다. 조쉬가 물었다.

"네 생각은 어때, 포키?"

새끼 곰은 들은 척도 하지 않고 코를 실룩거리며 행여 뭐 하나 놓칠세라 구멍을 샅샅이 훑고 다녔다. 조쉬는 육포와 빵을 조금 꺼내어 게걸스럽게 먹어 치웠다. 곰은 조쉬 주위에서 코를 킁킁거리며 자기에게도 달라고 했다. 조쉬는 어쩔 수 없이 육포를 조금 떼어 주었다. 그런 다음 포키를 커다란 바위에 묶고 물을 길으러 비탈길을 다시 내려갔다.

물통을 채워서 포키에게 갖다 주었다. 바위 하나에 사발 모양으로 움푹하게 꺼진 곳이 있어서 물을 채워 주자 포키는 허겁지겁 물을 마셨다. 그런 다음 조쉬는 가지를 두 팔에 한 아름 안아 날랐다. 과연 불을 지필 수 있을까? 그 생각은 하지 않으려고 애쓰면서 죽은 나무에서 가지를 뚝뚝 분질렀다. 그 가지들이 땅에 떨어져 눈을 맞은 가지들보다 훨씬 말라 있었다. 그런 다음 더 아래쪽에 있는 숲으로 내려가 불쏘시갯감을 찾았다.

그러는 동안에 도움을 받아 불을 지피던 순간이 하나하나 다 떠올랐다. 아빠라면 틀림없이 성냥 하나로도 통나무에 불을 피울 수 있을 터였다. 아빠는 사기꾼이 아니었다. 그건 조쉬 자신도 마찬가지라고 생각했다. 몇 번이나 아빠 모르게 종이를 쓸 수 있는 기회가 있었다. 하지만 아빠가 모른다고 해도 불은 알 것 같았다. 불은 그런 것을 알고 있을 터였다.

근처의 나무는 대개 방크스소나무였다. 키 작은 소나무라 부르기도 했는데 다 자랐을 때의 크기와 위로 뻗는 모양새가 떨기나무 정도밖에는 되지 않기 때문이었다. 밑동에는 작고 마른 가지들이 수염처럼 자라 있었다. 조쉬가 찾는 것은 바로 이런 '비엔나소시지' 가지였다. 나무가 살아 있는데도 이렇게 작은 이쑤시개 같은 나뭇가지들은 왜 죽는지, 그리고 어떻게 그럴 수 있는지 눈으로 보면서도 이해할 수가 없었다. 아빠는 이것을 못난이 나무라고 불렀다. 국수 가락처럼 가느다란 끝은 잿빛이고 울퉁불퉁했으며, 껍질이 없어서 물기를 머금을 수 없었다. 이 가지들은 대개 위에 펼쳐진 가지 때문에 눈비를 피할 수 있어서 말라 있었다.

조쉬는 이 나무에서 저 나무로 끈기 있게 옮겨 다니며 부싯깃이 될 나뭇가지를 모았다. 가지가 구부러지기만 할 뿐 꺾이지 않으면 그냥 내버려 두었다. 한 번에 탁 부러지는 것이라야 마른 가지였기 때문이다. 조쉬는 두 손 가득 잔가지를 모아 언덕 비탈을 다시 올라왔다. 땅이 젖지 않았다면 마른 나뭇잎이나 솔잎을 구했을 터이다.

동굴로 들어가서 조쉬는 무릎을 꿇었다. 불을 지피면 그 연기가 동굴 천장에 튀어나온 바위에 걸려 흩어질 것이다. 컵만 한 돌멩이에 기대어 잔가지를 조심스레 쌓아 올렸다. 산들바람이 솔솔 들어왔다. 몸으로 바람을 막으면서 배낭에서 성냥갑을 꺼냈다. 왜 더 많이 가져오지 않았을까? 이 성냥은 크고 아무데서라도 쉽게 불이 붙는 성냥도 아니었다. 조쉬가 가진 것은 식료 잡화점에서 나누어 주는 것처럼 생긴, 펼쳐지는 작은 성냥이었다.

떨리는 손으로 성냥개비 하나를 뜯어 가장자리의 검은 부분에 대고 그었다. 작은 불꽃이 튀었지만 성냥은 불이 붙지 않았다. 축축한가? 다른 성냥개비를 그었다. 이번에도 바로 쉭 꺼져 버렸다. 조쉬는 연달아 시도해 보았다. 성냥개비 한 개에 불이 붙었지만 잔가지 아래 갖다 대자마자 꺼졌다. 다른 성냥개비는 불꽃이 일었지만 때마침 불어온 미풍에 꺼져 버렸다.

지금은 종이가 있다면 속임수라도 썼을 것이라는 생각이 들었다. 그러고 보니, 종이가 있을지도 몰랐다. 집을 나오기 전에 바지 주머니에 쑤셔 넣은 돈을 좀 태울 수도 있지 않을까? 지폐 말이다. 청바지 주머니를 뒤졌다. 하지만 손가락이 젖은 지폐 뭉치에 닿자마자 그럴 수 없다는 사실을 알게 되었다.

아빠는 언제나 불 피우는 일은 쉽다고 말했다. 자연스럽게 놔두면 불꽃이란 타게 마련이지만 항상 조바심 때문에 꺼뜨리고 만다고 했다. 성냥개비 하나를 또 그으면서도 이번에도 실패할 것이란 생각이 커다란 그림자처럼 마음 한구석에 서성거리고 있었다. 불 피우는 것이 그렇게 쉽기만 하다면 얼마나 좋을까.

돈을 태우려 했으나 그것마저 맘대로 되지 않았다. 더 이상 상황이 얼마나 나쁠 수 있을까? 새로운 성냥개비에 불이 붙어 꺼지지 않는 것을 보며 조쉬는 애써 눈물을 삼켰다.

조쉬는 약 올리듯 넘실거리는 불꽃을 얼른 잔가지 아래에 밀어 넣고 싶은 마음을 꾹 참으면서 보고 있었다. 조쉬는 성냥개비의 끝을 잡았다. 불꽃이 커지자 조쉬는 그것을 몸으로 가려 바람을 막았다. 노란 불꽃이 손가락에 닿을락말락 할 때 성냥을 수평으로 들고 둥지처럼 모아 놓은 잔가지 아래로 가져갔다. 불꽃은 손가락 쪽으로 점점 더 가까이 기어왔다. 그래도 조쉬는 기다렸다. 불꽃이 너울거리며 탁탁 튀었고 손가락에 열이 느껴졌지만 그래도 그 성냥을 떨어뜨릴 수는 없었다. 이제 겨우 세 개 남은 성냥이 축축하지 않으리란 보장이 없었기 때문이다. 작은 가지 하나가 불을 받아들이더니 다른 가지로 불꽃을 옮겨 주었다. 조쉬는 숨을 멈추어 손이 떨리지 않도록 했다. 하지만 불꽃이 손가락을 파고드는 바람에 흠칫하며 성냥을 떨어뜨렸다.

그 성냥이 다 탈 때까지 지켜보았다. 그래도 잔가지의 작은 불꽃은 여전히 혀를 날름거리고 있었다. 몇 번이나 그 불꽃은 오므라들면서 파드득거렸다. 조쉬는 엎드려 아주 약하게 입김을 불었다. 조금이라도 더 세게 불었다간 불꽃이 날아갈 터였다. 곧 노랗고 파란 줄기가 잔가지들을 휘어감아 가느다랗게 올라가면서 연기가 났다. 당장이라도 소리를 지르고 웃음을 터뜨리면서 껑충껑충 뛰고 싶은 마음이었지만 조쉬는 숨을 죽이고 불한테 잔가지를 하나씩 먹여 주었다.

불길이 무릎 높이까지 올라왔을 때에야 조쉬는 긴장을 풀었다. 이것은 좋은 불, 진짜 불, 정직한 불이었다. 공기가 따뜻했고 산을 오르락내리락 하느라 몸이 더웠는데도 조쉬는 두 손을 불에 갖다 대고 쬐었다. 어쩌면 그 끔찍한 폭풍의 기억을 몰아내려는 것인지도 몰랐다. 그렇게 불을 쬐어서 몰아낼 수 없는 것이 있다면 바로 머드플랩에 대한 생각이었다. 머드플랩은 폭풍을 이겨내지 못했을 것이다. 침낭에서 잘 수도 없었으니까.

해가 높이 솟아 이글거렸다. 폭풍이 몰고 온 먹구름이 동쪽으로 떠나가 버려 파란 하늘은 구름 한 점 없이 맑았다. 배가 부른 포키는 기운이 넘쳤다. 바위를 중심으로 통통 뛰며 원을 그리다가 흥분해서 펄쩍 뛰어올랐다. 몇 번이고 계속해서 몸을 굴렸다. 그러다간 일어나서 고개를 너무 세게 흔드는 바람에 넘어졌고 다시 일어나 앉아서 어리둥절한 표정을 지었다. 조쉬는 포키의 장난을 보면서 웃어 댔다. 이렇듯 사랑스러운 동물을 살리기 위해 애쓰는 일이 잘못일 수는 없었다. 어떻게 포키를 죽일 수 있다는 것일까?

조쉬도 활기가 샘솟아 젖은 옷을 훌훌, 속옷까지 다 벗어 버렸다. 벌거벗은 채로 새끼 곰의 밧줄을 바위에서 풀어 손에 쥐고 모닥불 주위를 빙글빙글 돌기 시작했다. 큰 소리로 웃으면서 거리낌 없이 신나게 소리를 질렀다. 포키도 곧 그 놀이에 동참했다. 둘은 번갈아 가며 서로 쫓고 쫓기며 동굴 입구 주위를 뛰어 다녔다. 마침내 조쉬는 킬킬거리며 쓰러졌다. 숨을 몰아쉬는 조쉬의 말라깽이 다리와 창백하고 가냘픈 갈비뼈가 떨리고 울렁거렸다.

"아무도 널 죽이지 못하게 할 거야, 포키."

조쉬는 헉헉 숨을 몰아쉬었다. 새끼 곰은 화답하듯 몸을 흔들더니 앞발로 덮쳤다.

포키가 장난삼아 공격을 해 올 때마다 조쉬는 포키를 뒤집어서 간질였다. 포키는 즐거워하며 몸을 비비 꼬았다. 까만 단추 같은 눈은 햇빛을 받아 반짝이며 춤을 추었다. 마침내 지쳐 버린 새끼 곰은 모닥불 옆에 누워 잠이 들었다.

조쉬는 나뭇가지 몇 개를 모닥불에 넣고 나서 여기저기 옷을 널어놓았다. 그러나 불을 보면서 걱정을 하지 않을 수 없었다. 불이 꺼지면 어떻게 하지? 저 식량으로 얼마나 버틸 수 있을까? 과연 어른들이 포키를 데리고 있게 하고 수렵법도 바꿀까? 만약 그렇게 하지 않으면 집으로 돌아가지 않을 작정이었다.

그 생각을 하니까 다시 외로워졌고 엄마와 아빠가 그리웠다. 욕을 하고 때리는 아빠가 아니라 자기 어깨에 태워 말 노릇을 해 주던 아빠 말이다. 끈 실 한가운데를 고삐처럼 물고서 조쉬가 말 모는 방법을 익히도록 해 주던 아빠 말이다. 아빠는 지금 조쉬가 그리하듯 모닥불 곁에 앉아서 나무를 깎아 장난감을 만들어 주곤 했다. 아빠는 나무토막마다 장난감이 들어 있으니까 자기는 불필요한 부분을 깎아 내기만 하면 된다고 말했다. 조쉬는 불을 보면서 지금 저 속에서 타고 있는 장난감은 어떤 것들일까 생각했다.

날카로운 소리가 정오의 공기를 가르고 조쉬의 귀에 들어왔다. 짧게 울부짖는 소리가 풀밭에서 뚜렷하게 메아리쳐 왔다. 조쉬는 달려가서 아래를 내려다보았다. 아무것도 움직이지 않았다. 그때 날카로운 그 소리가 좀 더 깨끗하게 들렸다. 그래도 여전히 알아볼 수가 없었다. 그때 갑자기 눈에 들어오는 것이 있었다. 저 아래 풀밭을 가로지르며 눈 사이로 풀쩍풀쩍 뛰는 것은 검은 털과 하얀 털이 어우러진 작은 짐승이었다.

머드플랩

"머드플랩! 머드플랩!"
조쉬가 소리쳤다.
그 얼룩덜룩한 짐승은 멈춰 서서 주위를 두리번거렸다.
"머드플랩! 너 맞지?"
조쉬는 팔을 흔들었다.
그것은 머드플랩이었고 조쉬를 알아보고 펄쩍 뛰어올랐다. 고개를 꼿꼿이 세우고 언덕길을 달려 올라왔다. 조쉬도 마주 뛰어나가 머드플랩을 만나서 붙잡고는 빙글빙글 돌았다. 털이 엉클어지고 지저분했다. 거의 반 시간 동안 조쉬는 개를 끌어안고 울었다. 개는 조쉬의 팔에 안겨 몸을 꼬고 비틀면서 꼬리를 흔들고 조쉬의 얼굴을 핥았다.
머드플랩이 어떻게 살아날 수 있었는지 전혀 알 길이 없었지만 어쨌거나 포키조차 머드플랩을 보게 되어 반가운 모양이었다. 모닥불 곁에서 포키는 꿀꿀거리고 머드플랩은 낑낑거리면서 서로 냄새를 맡았다. 조쉬는 미안한 마음이 들어 머드플랩과 포키가 먹을 수 있는 것은 다 내주었다. 머드플랩과 포키는 빵, 팬케이크 반죽, 육포를 꿀꺽꿀꺽 먹어 치웠다. 조쉬는 토마토 수프 통조림까지 따 주었다.

　다 먹고 난 다음 두 짐승은 따뜻한 햇볕 속에서 놀기 시작했다. 여기저기 뛰어다니면서 빙글빙글 돌기도 하고 서로 물기도 하는 모습이 꼭 서로 다치게 하려고 작정한 것처럼 보였지만 어느 한쪽도 그만두려고 하지 않았다. 그동안 조쉬는 개울로 내려가서 침낭을 빨았다. 눈이 빠르게 녹고 있어서 셔츠를 벗어 햇볕에 널었다. 동굴로 돌아와서 축축한 소지품들을 전부 바위에 널어 말렸다.

　한낮의 해가 기울면서 놀이가 점점 시들해지자 마침내 두 짐승은 엎드려 누워서 앞발로 서로 토닥거렸다. 조쉬도 그 곁에서 쉬며 가볍게 누르고 밀며 장난을 쳤다. 얼마 안 가 포키와 머드플랩은 곯아떨어졌다. 그 모습을 보자 빙그레 웃음이 나왔다. 도망치는 것이 결코 나쁘기만 한 것은 아니었다.

　동굴에서 보내는 첫날 밤은 영원히 끝나지 않을 것처럼 길고도 길었다. 포키와 머드플랩은 밤새 서로 끌어안고 낑낑거렸다. 소중한 불이 꺼질까 봐 조마조마한 조쉬는 거의 잠을 이루지 못하고 한 시간마다 나뭇가지를 보태었다. 사실 밤에 불을 피워 놓는 것이 썩 내키지는 않았다. 멀리서 누군가 볼 수도 있었기 때문이다.

하지만 불을 지피느라 그렇게 고생했던 기억과 폭풍의 기억을 떠올리면 다른 선택을 하려야 할 수가 없었다.

다른 일도 생각이 났다. 폭풍 때문에 부모님이 자기를 엄청나게 걱정하고 있을 것이 뻔했다. 특히 엄마는 울지도 몰랐다. 엄마가 우는 것은 싫었다. 누구든 우는 것은 싫었다. 아빠는 절대 울지 않았고, 타이 형은 항상 겁쟁이나 우는 거라고 말했다. 조쉬는 부모님에게 자기가 어디 있는지 말하지 않겠지만 최소한 걱정할 필요가 없다는 사실은 알려야겠다고 결심했다.

또 다른 문제가 있었다. 어제 머드플랩과 포키가 너무 측은해서 한 짓이긴 했지만 먹고 싶어 한다고 다 주지는 말았어야 했다. 머드플랩과 포키는 팬케이크 반죽, 수프, 오트밀, 빵을 내주자마자 다 먹어 치워 버렸다. 이제 먹을 것이 다 사라져 버렸는데도 머드플랩은 배낭 위로 코를 실룩거리며 낑낑거렸다.

"이제 먹을 게 없어. 미안하다."

조쉬가 말했다. 그리고 먹을 것을 달라며 은빛이 감도는 검은 눈으로 자기를 뚫어져라 바라보는 개를 외면하며 고개를 숙였다. 조쉬도 똑같이 배가 고파 창자가 뒤틀렸다. 이제 남은 음식이라고는 포키가 먹는 계란 섞은 우유 조금뿐이었다. 그러니 그만 포기하고 집으로 가야 할까?

"안 돼!"

조쉬는 냅다 말을 뱉었다. 그렇게 생각하는 것조차 싫었다.

"우린 집에 가지 않을 거야."

마음을 결정했지만 걱정스러워진 조쉬는 자리를 박차고 일어났다. 포키와 머드플랩은 뒤에서 주춤주춤 따라오게 하고 조쉬는 풀밭으로 내려가서 얌파를 찾았다. 아버지는 이 나물의 하얀 뿌리를 먹을 수 있다고 가르쳐 주었다. 이 나물은 엄지손가락 한 마디 길이로 작은 당근처럼 생겼다. 질척하던 눈은 이제 거의 사라졌다. 작은 눈덩이들이 몇 그루 서 있는 나무 그늘 쪽에 드문드문 붙어 있었다. 두 시간 동안 찾아 헤맨 끝에 얌파를 겨우 열두 개 정도 찾아냈지만 너무 작고 맛이 썼다. 포키와 머드플랩이 이것을 먹으려 들지 않을 것이 뻔했다.

다음으로 조쉬는 낚싯줄을 가지고서 산마루로 갔다. 그곳에서 3킬로미터 정도 내려가면 램스 혼 호수가 있을 터였다. 산마루로 오르는 동안 포키와 머드플랩은 서로 쫓고 쫓기고 물고 까불었다. 조쉬도 같이 놀고 싶었지만 먹을 것을 찾아야만 했다.

두 봉우리 사이의 움푹 들어간 곳에서 그 호수가 보였다. 멀리 보이는 호숫가의 야영지에서 연기가 구불구불 올라오고 있었다. 이 산의 뒤쪽에 있는 분지와는 달리 이 작은 산속 호수는 사람들이 야영지로 즐겨 찾는 곳이었다. 내일은 아무도 없을지 몰라도 당장은 아니었다. 조쉬가 운이 없었다.

아빠의 말을 흉내 내자면, 요는, 먹을 것을 충분히 가져오지 않았다는 얘기였다. 생각할 수 있는 유일한 방법은 모터사이클을 타고 가디너에 다녀오는 것이었다. 그 마을은 옐로스톤 공원 가까이 있었고 톰 마이너 분지로 들어오는 자갈길과 간선도로가 만나는 지점에서 20킬로미터 정도 떨어져 있었다.

호수로 가는 것보다는 가디너로 가는 편이 안전했다. 호수에서는, 설령 새끼 곰이 없다고 하더라도 아이 혼자서 돌아다니는 것이 이상해 보일 터였다. 마을에서는 그다지 눈에 띄지 않을 테고, 혼자 모터사이클을 몰고 가도 남의 주의를 끌지 않을 것이다. 마을 입구에 모터사이클을 세워 놓으면 교통이 복잡한 길을 비집고 들어갈 필요도 없었다. 처음에는 어리석은 생각 같았지만, 점점 배가 고프다 보니 그렇게 할 수밖에 없다는 것을 알게 되었다. 하늘을 쳐다보고서 정오에서 조금 더 지났을 거라고 짐작했다.

조쉬는 우선 불을 잘 지펴 놓았다. 그런 다음 포키와 머드플랩을 커다란 바위에 묶어서 굴 입구를 지키게 하고 모터사이클이 있는 곳으로 갔다. 짐승들이 무사하기를 빌었다. 오후의 햇살은 산자락을 따라 따뜻한 산들바람을 보내 주었다. 조쉬는 가지고 있는 모든 옷가지를 걸치고 빈 배낭을 멨다. 땀이 흐르는 것을 느꼈지만 고집스럽게 아무것도 벗으려 하지 않았다.

모터사이클은 조쉬가 놓아 둔 대로 골짜기에 있었다. 가지를 걷어 내고 막대기 하나를 집어서 연료 통 안에 넣어 보았다. 막대기 끝에 엄지손가락 한 마디쯤 되는 연료가 묻어 나온 것을 보니 가디너까지 가기가 힘들 것 같았다. 모터사이클의 시동을 걸고 골짜기에서 빠져나온 다음에는 엔진을 끄고 그냥 타 내려갈 수 있을 듯했다. 처음 7~8킬로미터 정도는 거의 내리막길이었다.

헬멧을 쓸 때 귀와 손가락이 찌르는 듯 아팠다. 조쉬는 애써 참으며 초크를 두 번 당겨 시동 걸 준비를 했다. 그런 다음 이를 악물고 힘을 주면서 껑충 뛰어올라 시동 페달을 힘껏 밟았다. 세 번째에 엔진이 부르르 떨더니 생명을 얻어 큰 소리를 내뱉으며 공기를 진동시켰다. 행여 소리 때문에 들킬까 봐 엔진 배기통에 나뭇잎이라도 쑤셔 넣고 싶은 심정이었다. 엔진을 조금 돌게 한 다음 한껏 속도를 내어 비탈을 거슬러 올라 풀밭에 이르렀다. 그러자마자 엔진을 끄고 풀밭을 가로질러 오솔길까지 왔다.

한낮인 데다 짐승들도 떼어 놓으니 운전이 한결 쉬웠지만 군데군데 눈이 녹아 길이 미끄러웠다. 낮에는 모든 것이 달라 보였다. 길 가까이 와서 조쉬는 시동을 걸고 작은 사냥용 오두막을 지나쳤다. 오두막에는 전기 설비와 프로판가스통이 있는 것이 보였다. 어쩌면 음식이 있어서 구할 수 있을지도 몰랐다. 하지만 그것은 도둑질이다. 조쉬는 속도를 높여 계속 달렸다. 곧 잘 닦인 간선도로에 올라서 가디너를 향해 남쪽으로 모터사이클을 몰았다.

연료가 떨어질까 봐 걱정이긴 했지만 마음에 아무런 두려움이 없다는 사실을 깨닫고 조쉬는 스스로 놀랍다고 느꼈다. 첫날 밤 도로에서 얼마나 무서웠는지 기억을 떠올려 보면 이제 조쉬는 공포에 무감각했다. 조쉬는 헬멧을 이마 쪽으로 수그리고 대담하게 달렸다. 적어도 가디너 입구에 있는 주유소에 닿을 때까지는 말이다. 그때 목구멍이 꽉 죄는 느낌이 들었다. 조쉬는 연료를 채우는 동안 누구하고도 말을 하지 않으려고 애썼다. 그 작은 연료 통을 채우는 데는 1달러밖에 들지 않았다. 조쉬는 주유소 귀퉁이에 모터사이클을 세워 놓고 공중전화로 갔다.

주머니에서 잔돈을 꺼내 집 전화번호를 돌렸다. 아빠가 받으면 불같이 화를 낼 것이다. 조쉬는 아빠의 화난 모습이 떠오르자 전화번호를 끝까지 돌릴 수가 없었다. 손이 떨려서 수화기를 올려

놓고 가만히 바라보았다. 애써 보았지만 그것을 다시 집어 들 용기가 나지 않았다. 그때 다른 생각이 떠올랐다.

얼른 전화번호부에서 오티스의 전화번호를 찾아 다이얼을 돌렸다. 통화를 하려면 1달러 80센트를 넣으라는 안내 말이 나왔다. 손이 여전히 떨려서 조쉬는 더듬거리며 동전을 구멍에 넣었다. 신호음을 들으면서 숨이 가빠졌다. 오티스는 누구 편일까? 조쉬가 달아나서 화가 났을지도 모르고, 찾으려 할 수도 있었다. 하지만 조쉬는 손에서 땀이 나도 여전히 전화가 울리도록 놔두었다. 오티스가 아빠에게 자기 소식을 전하지 않을 수도 있었다. 아빠는 오티스를 싫어했고 오티스도 그 사실을 알고 있었다. 조쉬가 그만 포기하려 할 때 찰칵 소리가 들렸다.

"뭐요?"

퉁명스런 목소리가 흘러나왔다.

조쉬의 목소리가 갈라졌다.

"오티스…… 저 조쉬예요."

조쉬는 말을 더듬었다.

가디너의 상점

"조쉬! 너 대체 어디 있는 거냐?"
오티스가 소리를 질렀다.
"말씀드릴 수 없어요. 그냥 걸었어요."
조쉬는 당장이라도 끊고 싶은 마음이 들었다.
"무슨 소리야? 말을 못 하겠다니? 지금 폭풍 때문에 죽었을 거라고 생각하면서 카운티 사람 절반이 나서서 널 찾고 있어. 멀리서 전화를 거는 모양이지?"
"네, 좀…… 아니, 말씀드릴 수 없다니까요."
"괜찮은 거야?"
"그런 것 같아요. 그런데 손가락이 많이 아프고 귀도 좀 그렇고요."
"폭풍 때문에?"
"네. 진짜 추웠거든요. 오티스, 더 이상은 말씀드릴 수 없어요.

우리 엄마, 아빠한테 제가 괜찮다고 좀 전해 주실래요?"

"왜 직접 전화하지 않고?"

"왜냐면 아빠가 화를 낼 테니까요. 저…… 오티스."

"왜?"

"부엉이는 어떻게 지내고 있어요?"

"별로 좋지 않아. 네가 와서 먹여 주기를 기다리는 눈치던데."

"다시 날 수 있을 거라고 생각하세요?"

"살아날지조차 잘 모르겠어. 순전히 그 녀석이 얼마나 끈질기냐에 달린 문제지. 집에는 언제 돌아올 거야, 조쉬?"

"어쩌면 영영 안 갈지도 몰라요."

"왜? 그 새끼 곰 때문에?"

"네. 제가 새끼 곰을 키울 수 있게 하고 곰 사냥을 금지하면 집에 돌아갈 거예요."

"그렇게 되지 않을 거야. 너도 알잖아."

"그러면 집에 안 갈 거예요. 그래도 부모님한테는 제가 무사하다고 말씀해 주세요, 네?"

"조쉬, 네 아버지가 날 어떻게 생각하는지 알잖니. 내가 전화를 건대도 날 믿지 않으실 거야."

"엄마는 믿을 거예요."

"그럴지도 모르고 아닐지도 모르지. 내가 너한테 연락할 방법은 없니?"

"없어요."

"그럼, 나한테 다시 전화를 걸래? 새끼 곰을 키우게 해 주고 네

바람을 들어줄지도 모르니까 말이야."
"노력은 하겠지만 어떻게 할지 아직은 잘 모르겠어요. 저, 오티스…… 아빠가 아저씨 말을 믿지 않으면 제가 무키맨이 아니라고만 말하세요."
"무키맨? 그게 뭐냐?"
"아빠는 알아들을 거예요. 그냥 그렇게 말하세요. 아셨죠?"
갑자기 기계 음성이 끼어들었다.
"3분 지났습니다. 1달러 20센트를 투입하세요."
"저 잔돈 없어요. 안녕히 계세요, 오티스."
"조쉬."
"네?"
"나한테 전화를 하고 싶으면 수신자 부담으로 해. 그리고 한 가지 더…… 네가 정말 자랑스럽다."
조쉬는 전화를 끊었다. 자랑스러울 게 뭐 있지? 이제까지 자기가 한 일의 대부분은 멍청하기 짝이 없는 짓 같았다. 길을 건너 식료잡화점으로 들어가면서 조쉬는 자기 손을 보았다. 불을 때며 그을음이 묻어 까맸다. 조쉬는 양손에 퉤퉤 침을 뱉고 비볐다. 그런 다음 손바닥을 청바지에 쓱쓱 문질렀다. 바지도 원래 너무 더러웠기 때문에 손의 때를 문지른 자국은 잘 보이지도 않았다.
가게에 들어가자마자 목소리가 들려와 깜짝 놀랐다.
"얘, 여기 카운터에 배낭을 내려놔야 해."
조쉬는 얼른 몸을 돌렸다. 계산대의 아줌마가 이상한 눈초리로 쳐다보고 있었다. 몸집이 큰 아줌마는 할머니 안경을 쓰고 있었고 안경걸이 사슬이 양 뺨에 드리워져 있었다. 조쉬의 움직임 하나하나를 놓치지 않고 빤히 쳐다보는 모습이 마치 가게 물건을 슬쩍하러 온 아이로 의심하는 것 같았다. 아니면 다른 이유가 있어서 그러는 것일까?

조쉬는 고개를 끄덕이고 아줌마가 가리킨 장소에 배낭을 내려놓았다. 그러고는 아줌마의 시선을 애써 무시하면서 화장실이 어디 있는지 둘러보았다. 이 작은 시골 가게의 뒤편에는 남자와 여자가 같이 쓰는 화장실이 하나 있었다. 조쉬는 안으로 슬쩍 들어가서 문을 잠갔다. 거울을 쳐다보니 먼지와 검은 그을음이 얼굴과 목에 잔뜩 끼어 있었다. 머리는 아무렇게나 던져 놓은 건초더미 같았다. 아줌마가 그렇게 이상하게 쳐다보는 것도 무리는 아니었다.

조쉬는 종이 타월을 마구 뽑아서 수돗물에 적셨다. 척척한 종이 타월 뭉텅이를 손에 쥐고서 얼굴을 문지르기 시작했다. 금세 뭉텅이는 더러워졌고 때를 문대어 놓은 얼굴은 끔찍했다. 조쉬는 셔츠를 벗고 수돗물을 틀어서 팔과 얼굴에 끼얹었다. 이 방법이 좀 나았다. 통 안에 있던 종이 타월을 모조리 뽑아서 물기를 닦아 낸 다음 떡이 된 머리카락을 손가락으로 쓸어내리려고 했다. 하지만 빗이 없이는 엉겨 붙은 머리카락 덩어리를 떼어 낼 수가 없었다. 결국 포기하고는 젖은 종이 타월로 뭉치고 헝클어진 머리를 두드렸다. 달리 방법이 없었다.

화장실 밖으로 나오면서 조심스레 주위를 둘러보았다. 아무도 없었다. 한숨을 쉬고 상품 진열대를 왔다 갔다 하면서 수레에 먹을 것을 담기 시작했다. 바로 먹을 수 있거나 모닥불에서 조리할 수 있는 것으로 골랐다. 거기에 머드플랩에게 줄 5킬로그램짜리 개 사료와 포키에게 줄 우유와 달걀을 추가했다. 또 성냥을 큰 것으로 여덟 개 샀다. 꼭 그래야 한다면 이 성냥만으로도 아주 큰 모닥불을 피울 수 있을 정도였다.

10분 후에 조쉬는 자기가 담은 식품 꾸러미를 들어 보았다. 너무 많아서 짐 지는 노새 허리도 휠 것 같았다. 하지만 언제 다시 오게 될지 기약할 수가 없었다. 어쩔 수 없이 수레를 끌고서 그 뚱뚱한 점원 아줌마에게 다가갔다.

아줌마는 계산을 하는 동안 내내 조쉬를 흘끔거렸다.

"36달러 40센트예요."

아줌마가 말했다.

조쉬는 주머니에서 마른 돈 뭉치를 꺼내 구겨진 지폐를 한 장 한 장 벗겨 냈다. 36달러는 이제껏 잔디를 깎아서 마련한 돈의 거의 절반이었다. 윌리스 코스트투코스트 상점에서 10단 기어가 달린 빨간 신형 자전거를 사려고 모아 둔 돈이기도 했다. 지금 그 돈을 먹을 것을 사는 데 쓰고 있다.

뚱뚱한 점원 아줌마는 아직도 예사롭지 않은 눈초리로 조쉬를 보고 있었다.

"캠핑 가니?"

여자는 이렇게 물으면서 조쉬가 배낭 꾸리는 모습을 뚫어져라 보았다.

"네."

조쉬가 마주 보지 않으려고 애쓰며 대답했다.
"어디로?"
"옐로스톤 공원요. 안녕히 계세요."
조쉬는 얼른 내뱉고는 서둘러 배낭을 짊어졌다. 가게에서 달려 나오듯 하는데 뒤를 돌아볼 엄두가 나지 않았다. 모터사이클이 있는 데까지 와서야 어깨 너머로 힐끔 쳐다볼 수 있었다. 그 아줌마는 가게 앞에 서서 조쉬를 보고 있었다. 조쉬는 숨을 깊이 들이마셨다. 보이지 않는 손이 가슴의 공기를 쥐어짜 내는 것 같아서였다. 심장이 머리뼈 속에 들어가서 뛰는 것처럼 머리가 두근거렸다. 내가 누구인지 알아보았을까? 왜 그렇게 뚫어져라 쳐다보는 거지? 조쉬는 화가 나기도 했다. 할 일도 되게 없나 봐!

서둘러 헬멧을 쓰고 배낭을 운전석 뒷자리에 끈으로 동여맸다. 시동을 켜고 곧장 시내 쪽으로 몰고 가면서 그 아줌마를 지나쳤다. 옐로스톤 공원으로 캠핑을 간다고 말했으니 그쪽으로 가는 것처럼 보이는 편이 좋았다. 몇 블록을 지난 뒤에 모터사이클을 돌려서 큰 길을 피해 다시 북쪽으로 향했다.

어업수렵관리소의 대답

 브루스터는 순찰차의 계기판을 손끝으로 가만가만 두드리고 있었다. 어느덧 오후도 절반이 지났다. 브루스터는 큰 나무들이 빽빽한 산비탈을 쳐다보았다. 저기 어딘가에 소년과 새끼 곰과 개가 있다. 정말 안 좋은 일이 벌어지는 것은 아닐까 싶어 두려웠다.
 어제 아침에 일어나면서부터 브루스터는 역량을 최대로 동원하여 구조 활동을 벌여 왔다. 스콧 공군 기지의 명령에 따라 민간 항공 정찰대의 세스나 180 항공기(미국 세스나 항공기 회사에서 네 명이나 여섯 명이 탈 수 있도록 만든 경비행기 모델명이다─옮긴이) 두 대가 바둑판무늬를 그리며 브리저 산의 서쪽 경사면 위를 날고 있었다. 그중 한 비행기는 근거리 이착륙 장치가 있어서 필요한 경우에는 산의 좁은 풀밭에도 내릴 수 있었다. 거의 50명 정도 되는 자원 보안대 대원들이 말을 타거나 걸어서 산비탈을 샅샅이 훑고 있었다. 한 보안관 대리는 보안관 사무소에 남아서 전화를 받고 단서를 추적하는 임무를 맡았다. 그의 통신명은 '탐색 본부'였다.

브루스터는 휴대용 무전기의 주파수를 맞추었다.

"션, 내 말 들리나?"

션 오샤네시는 산속 어딘가에서 지상 탐색을 지휘하고 있었다. 아무런 응답이 없자 브루스터는 주파수를 다시 맞추었다.

"션, 내 말 들리나? 이상."

귀에 익은 소리가 시끄럽게 들려왔다.

"들려, 이 사람아. 난 끙끙거리면서 바위를 올라가는데 자네는 수다나 떨자고 불러내는군."

션의 목소리를 들으니 마음이 조금 편안해졌다.

"아직 아무 흔적을 못 찾았어?"

브루스터는 션이 뭐라고 대답할지 뻔히 알면서도 이렇게 물었다. 탐색대가 무엇이든 발견했다면 브루스터도 이미 보고를 받았을 터였다.

"아니. 눈이 다 녹았어. 그 꼬마 친구가 이 엄청난 폭풍 속에서 살아남았다면 뭔가 흔적이 남아 있을 법한데 말이야. 이런 말을 해서 안됐지만, 느낌이 별로 좋지 않아."

"알았어. 무슨 일이 있거든 연락해 줘."

브루스터는 운전대 위에 푹 고꾸라졌다. 션은 여간해서는 의심을 내비치지 않았다. 열세 살짜리 소년이 그런 폭풍에서 살아남을 수 있는 길이 과연 있었을까? 계곡의 온도는 영하 5도까지 떨어졌었다. 바람이 강하게 불었기 때문에 실제로 몸으로 느끼는 온도는 영하 18도를 훨씬 밑돌았다. 폭풍은 난폭했다. 브루스터는 슬픔에 잠겨 고개를 가로저었다.

이따금 정찰기가 하늘을 가로지르는 소리가 낮고 단조롭게 들려왔다. 비행 탐색은 풀을 말리는 들에서 생쥐 한 마리를 찾는 것과 비슷했다. 몇 번인가 비행기를 타고 직접 탐색을 했을 때 브루스터는 자연의 모습에 일정한 규칙이 있다는 사실을 발견했다. 탐색하는 사람이 집중하는 것은 개별 목표물이 아니었다. 탐색자는 숲과 풀밭을 눈으로 쓱 훑으면서 전체 질서를 깨뜨리는 것이 있는지 찾아야 했다. 질서는 쉽게 깨졌다. 텐트, 동물, 무너진 바위, 쓰레기, 쓰러진 나무처럼 온갖 것들이 자연이 정교하게 수놓은 장관을 어지럽혔다.

이따금 정찰기들은 이미 지났던 길을 쓸데없이 다시 도는 것 같아 보였다. 하지만 아침이나 정오의 햇살 아래 그늘이 져서 안 보이던 것이 어스름이 옅게 깔릴 무렵에는 사람 눈에 뜨일 수도 있다는 사실을 브루스터는 알고 있었다. 이것은 사람의 목숨이 달려 있는 거대한 게임이었다.

브루스터는 무전기의 마이크를 뽑아서 전원을 켜고 6번 채널을 연결하는 스위치를 눌렀다. 6번은 담색용 통신에만 지정된 채널이었다. 본부에 있는 젊은 보안관 대리가 이 채널을 관리하고 있었다. 브루스터가 말했다.

"탐색 본부, 여기는 22호다. 무슨 소식 있나?"

"없습니다, 22호. 하지만 전할 말이 있습니다. 그 소년을 빨리 찾지 않으면 이 나라의 모든 신문사가 죄다 여기로 모여들 겁니다. 사람들이 동물원 관람객처럼 몰려들어서 그 소년과 새끼 곰이 어떻게 되었냐고 난립니다. 다들 대리님이나 다른 탐색대원을 만나 얘기하고 싶답니다. 동물 권리 보호 단체 몇 군데에서도 그 새끼 곰은 어떻게 되는 거냐고 전화를 했다니까요."

"그래서 뭐라고 하고 있나?"

"새끼 곰에 대해서는 이 지역 어업수렵관리소에 문의하라고 하고 있습니다. 우리만 이 문제로 골머리를 앓을 수는 없으니까요."

브루스터는 잠시 생각했다.

"탐색 본부, 지금 어업수렵관리소로 가려고 한다. 그쪽하고 협력을 해야지, 그러지 않으면 언론이 꼬투리를 잡아서 물고 늘어질 수도 있을 것 같다."

"알았습니다, 22호. 계속 상황을 보고하십시오."

브루스터는 마이크를 걸어 놓고 계기판을 손바닥으로 후려쳤다. 최대 규모의 탐색 작업을 진행하는 것도 모자라 소년의 가족, 언론, 그리고 냄새를 맡고 모여드는 호기심 많은 인간들까지 다 상대해야 했다. 거기다가 인근 다섯 주에 있는 동물 애호가들의 동정심까지 보태어져 일이 갈수록 꼬여 가고 있었다. 언젠가 갤러틴 강에 학교 버스 한 대가 미끄러져 들어가 구조 작업을 벌인 적이 있다. 그 사고로 어린이 열다섯 명이 죽었지만 지금 한 소년과 그 아이가 데리고 있는 새끼 곰에게 쏟아지는 만큼 관심과 걱정을 유발하지는 못했다.

브루스터는 좁은 벌목 길로 순찰차를 도로 몰고 가서 반대 방향으로 돌았다. 20분 후에 그는 시내 서쪽 끝에 있는 어업수렵관리소 건물에 도착했다.

브루스터는 로비 안내대의 안내원에게 자신을 소개했다.

"안녕하십니까. 갤러틴 카운티 보안관 사무소에서 나온 빙엄 보안관 대리입니다. 도망친 조쉬 맥과이어 문제를 처리하는 분과 얘기를 했으면 합니다."

"아, 그 새끼 곰을 데리고 있는 애 말이죠?"

녹색과 갈색이 섞인 깔끔한 근무복을 입은 젊은 안내원 여자가 말했다.

브루스터는 고개를 끄덕였다.

"그러면 디크 미즈너 씨를 만나셔야겠군요. 여기 소장님이시거든요. 이쪽으로 오세요."

안내원은 브루스터를 데리고 길고 어두운 복도를 지나 거의 끝에 있는 한 우중충한 사무실로 들어가라며 손짓했다.

의자 깊숙이 몸을 묻고 있던 뚱뚱한 남자가 꾸물꾸물 자세를 고쳐 앉으며 브루스터에게 짜증이 나 죽겠다는 듯한 표정을 지어 보였다. 벗겨진 머리와 구부정한 어깨 때문에 당나귀 같은 인상이었다. 그토록 괴상한 미소를 짓지 않았다면 아무런 느낌도 받지 못하고 지나쳤을 만큼 단조로운 얼굴이었다. 책상 위에 기다랗게 누운 명패가 여봐란 듯 미즈너라는 이름을 알려 주고 있었다. 이름 아래 '소장'이라는 직함은 더욱 눈길을 끌었다.

"제가 도울 일이 있습니까?"

남자는 지루한 목소리로 물었다.

"네. 저는 갤러틴 카운티 보안관 사무소의 빙엄 대리입니다. 실종된 소년, 조쉬 맥과이어의 탐색 작업을 지휘하고 있습니다. 혹시……."

디크 미즈너가 말을 가로막았다.

"자기 일을 제대로 하지 않는 사람이 있군요."

"뭐라고 하셨죠?"

디크는 브루스터를 빤히 쳐다보았다.

"이틀 동안 당신한테 가야 할 전화를 받느라 다른 일은 아무것도 하지 못했소."

브루스터는 놀란 몸짓을 했다.

"사람들이 조쉬 맥과이어 문제로 당신에게 전화를 한다고요?"

"아뇨. 그 새끼 곰 말이오."

디크가 코웃음을 치며 말했다.

브루스터는 제멋대로 의자를 끌어다 앉았다.

"뭣 때문에 전화를 걸죠?"

"그 아이의 요구를 들어주어 수렵법을 개정할 거냐고 묻는 거요."

"개정할 필요가 있는 것입니까?"

브루스터가 짐짓 아무것도 모른다는 듯 물었다.

디크는 벗겨진 머리에 대고 손가락을 쫙 폈다.

"그건 우리 소관이지 그 사람들이 참견할 일은 아니오."

"미즈너 씨, 이런 질문을 해도 될지 모르겠습니다만, 왜 봄철에 곰 사냥을 하는 거죠? 이맘때는 체중이 적게 나가잖아요? 또 갓 태어난 새끼를 보호해야 하는 때이기도 하잖습니까?"

디크 미즈너는 다시 몸을 의자에 편안히 기대면서 말했다.

"새끼가 있는 녀석도 있죠. 어미 곰을 사냥하는 것은 불법입니다."

"그건 저도 압니다. 그런데 곰한테 새끼가 있는지 없는지 어떻게 구별합니까? 전 새끼 곰이 어미한테서 수백 미터나 떨어져 노는 것을 몇 번이나 봤거든요."

"아, 그래서 어미 곰을 쏘는 일도 생기는 것입니다. 그렇지만 아메리카곰이 멸종 위기에 처해 있는 것은 아닙니다. 녀석들은 뭐든 잘 주워 먹지요."

디크는 하품을 하고 나서 다시 말했다.

"설령 몇 마리를 추가로 수확한다고 해도 걱정할 것은 없습니다."

"수확이라고요? 곰이 무슨 곡식이라도 되는 듯이 말씀하시네요. 체중도 적게 나가고 한창 묵은 털을 문질러 떨어내는 시기에 왜 사냥을 하는 것입니까?"

기분이 상한 디크가 얼굴을 살짝 붉히며 펜을 만지작거렸다. 그는 신경질을 부리듯 말을 내뱉었다.

"이른 봄철 털가죽이 으뜸이오."

"하지만 이맘때 곰은 동작이 굼뜨고 먹을 것만 보면 사정없이 덤비지요."

브루스터는 그치지 않고 밀어붙였다.

"이런 곰을 상대로 스포츠를 하는 것이 과연 옳을까요?"
그는 디크를 똑바로 쳐다보았다.
디크가 느릿느릿 말했다.
"한낱 도망자 때문에 주 의회가 정한 법을 바꾸는 일은 없을 것입니다. 잘 알아들었으면 좋겠소만. 또 다른 용무가 있소, 보안관 대리?"
브루스터는 남자의 이마에 온통 땀방울이 맺히는 것을 보았다. 디크는 규칙과 정책을 앵무새처럼 복창하면서 출세의 사다리를 타고 올라온 남자였다. 브루스터는 이런 부류의 사람을 너무 많이 보아 왔다. 그들은 책에 적혀 있지 않는 한 그 어떤 결정도 내리기를 두려워하며 안전한 퇴직을 향해 미끄럼을 타듯 살아간다.
"미즈너 씨, 저 멀리 남쪽에 있는 덴버 주(미국 중부에 있는 주이며 작품의 배경이 되는 몬태나 주는 북쪽 국경에 닿아 있다-옮긴이) 같은 곳의 신문사에서도 이 사건에 대한 정보를 요청해 오고 있습니다. 우리가 좋아하든 싫어하든 이 소년과 새끼 곰은 관심을 모으고 있어요. 최선을 다해서 우리가 하는 모든 일을 정당화하지 않으면 언론이 우리를 잘근잘근 씹어서 뱉어 버릴 겁니다. 하긴 신문사와 방송국은 일이 어떻게 되든 그렇게 하겠지요. 제가 여기 들른 이유는 보안관 사무소와 이곳 관리소가 의논하고 의견을 조정해서 함께 답변을 마련해 보자는 생각 때문이었습니다."
"답변이라……. 우리 측 답변은 안 된다는 것이오! 그 망나니 같은 아이한테 생기는 문제는 당신들이 알아서 챙기시오. 누군가

가렵다고 할 때마다 그 등을 긁어 준답시고 주의 법을 바꾸는 일은 결코 없소. 한 가지 더 있군. 새끼 곰은 그 아이 것이 아니오. 당신들이 새끼 곰을 발견하면 그 새끼 곰은 이곳으로 압류될 것이오. 알았소?"

브루스터는 헛기침을 했다.

"사람들이 새끼 곰에게 무슨 일이 생길지 걱정하더군요."

"그건 당신이 상관할 일이 아니오. 새끼 곰의 처분은 우리가 맡을 것이오. 그건 내 권한이오."

"마찬가지로 봄철 곰 사냥에 대해서도 권한이 있겠죠."

브루스터는 이렇게 말하면서 일어서서 떠나려 했다.

디크는 고개를 들어 브루스터를 쏘아 보면서 말했다.

"당신, 자기가 누군지도 제대로 모르는 모양이군, 보안관 대리. 당신 일이나 제대로 하시오, 난 내 일을 할 테니."

"이 사건이 끝날 때 우리가 자리나 지키고 있을지 모르겠군요."

브루스터는 이렇게 말하면서 사무실에서 걸어 나왔다.

전화

 조쉬가 전화를 끊은 지 반 시간이 지났는데도 오티스는 여전히 혼자서 킬킬거리고 있었다. 조쉬, 요 악동이 어른들을 골탕 먹였구나. 조쉬는 장거리 전화를 걸어 왔다. 그것은 조쉬가 브리저 산에도 없다는 뜻이었다. 이번 일이 어떤 쪽으로든 결말이 나면 누군가 혹독한 대가를 치러야 할 터였다. 수프를 잔뜩 휘저어 놓고 먹지 않으면 안 되는 법이니까.
 그런 다음 조쉬가 부탁한 일을 다시 생각해 보았다. 조쉬 말대로 샘이 화를 낼 것은 뻔했다. 문제는 누가 전화를 걸든 그가 화를 내리라는 것이었다. 이 문제를 생각하면 할수록 전화를 걸고 싶은 마음이 사라졌다. 빙엄에게 전화를 걸어서 조쉬 말을 부모에게 전하도록 해야겠어. 그런 일을 하라고 공무원이 있는 게 아니겠어.
 오티스는 보안관 사무소에 전화를 걸어 브루스터를 찾았지만 젊은 보안관 대리가 전화를 대신 받아서는 자기가 탐색과 관련된 정보를 수집하는 사람이라고 말했다.

보안관 대리가 말했다.

"죄송합니다만 브루스터 빙엄 대리는 지금 통화를 할 수 없습니다. 실종된 소년에 대한 정보는 저에게 주시면 됩니다."

오티스는 툴툴거렸다.

"물론 내겐 정보가 있다네, 젊은이. 하지만 그걸 원한다면 나한테 전화를 하라고 브루스터 빙엄에게 전하게."

"성함과 전화번호가 어떻게 되십니까, 선생님?"

"일을 시킨 사람이라고만 전하게."

"뭐라고요?"

젊은 보안관 대리가 항의하듯 말했다.

오티스는 전화를 끊었다. 뒷마당으로 걸어가 새장 앞에 멈춰서 몸을 구부정하게 숙이고 그 안에 있는 부상당한 부엉이를 들여다보았다. 한 주 내에 부목을 떼어 내고 뼈가 붙었는지 살필 생각이었다. 지금 부엉이는 기운이 없었고 염증이 여전할지도 몰랐다. 염증이 아니더라도 동물들은 그냥 포기하는 일이 이따금 있었다. 그렇게 되면 동물들은 병에 걸렸을 때처럼 죽어 버렸다.

오티스는 구구구 소리를 내며 부엉이를 달랬다.

"포기하지 마, 아가씨. 저기 어딘가에서 네 생각을 하는 고집불통 녀석이 있어. 그 애를 실망시키면 안 되잖아."

전화가 울리자 오티스는 어슬렁어슬렁 집 안으로 들어가서 수화기를 들었다.

"여보세요."

"여보세요. 브루스터 빙엄 보안관 대리입니다. 저하고 애기를 하고 싶으시다고요?"

"아니. 하지만 샘 맥과이어한테 하는 것보다 자네한테 말하는 게 더 나을 것 같아서 말이야."

"무슨 얘기인데요?"

"빙엄…… 방금 조쉬한테서 전화를 받았어."

"뭐라고요? 조쉬는 어디에 있습니까?"

"말하려 들지 않더구먼. 하지만 부모한테 전화를 걸어서 자기가 무사하다고 전해 달라고 부탁을 했어. 자네라면 이런 심부름을 즐길 것 같아."

"조쉬는 어떤 상태인가요? 집에 올 거래요?"

"그거야 상황에 따라 다르지. 그 애 요구를 들어줄 건가?"

"오, 이런 세상에, 지금 농담하세요?"

"조쉬는 진지해. 내 생각에도 그것이야말로 중요한 문제라고."

"저, 댁에 계속 계실 거예요?"

브루스터가 물었다.

"자네가 여기 온다면 일을 좀 시켜야겠어."

"정말 멋대로이시네요 . 곧 가겠습니다."

오티스는 수화기를 내려놓고 부엌 탁자에 펼쳐 놓은 그날의 신문을 보았다. 첫 페이지에 조쉬의 사진과 "새끼 곰과 도망친 소년 행방 탐색 중"이란 제목이 큼지막하게 자리 잡고 있었다. 불과 며칠 만에 조쉬는 지난 30년 동안 오티스가 관찰해 온 그 어느 때보다 관료들을 긴장시켜 놓았다. 조쉬는 정말이지, 작지만 강력한 화약이었다. 하지만 조쉬가 조금 더 컸더라면 이것이 가망 없는 일임을 알았을 터였다.

오티스는 창 너머로 산을 바라보면서 가만히 속삭였다.

"따끔한 맛을 보여 줘, 애야."

브루스터 빙엄은 수화기를 내려놓았다. 그 아이는 대관절 어떻게 해서 그 폭풍에서 살아남고 탐색대원들을 따돌렸을까? 지방 교도소에서 수감자들이 탈출했을 때도 지금보다 쉽게 잡을 수 있었다. 어쩌면 오티스 싱클레어가 속임수를 쓰는 것일지도 몰랐다. 만사 제쳐 놓고 그 은둔자한테 가서 얘기를 들어 보고 싶었다.

10분 후에 브루스터는 오티스의 작은 오두막으로 가는 좁고 구불구불한 길로 접어들었다. 오티스는 뒷마당에서 엉거주춤 서서 동물 우리를 손보고 있었다. 브루스터가 다가서면서 인사도 생략하고 말을 걸었다.

"그 아이가 뭐라고 했는지 전부 말해 주십시오, 싱클레어 씨. 전화를 건 시각이 정확히 몇 시인지, 목소리는 어떠했는지, 무슨 이상한 점은 없었는지 알아야겠습니다."

오티스는 경계하는 듯한 목소리로 말했다.

"아까 자네한테 말한 것처럼 별 얘기 없었어. 무서워서 집에 전화를 못 걸겠다고 하더군. 손가락하고 귀가 아프다는 것을 보니 동상에 걸린 것이겠고. 자기 요구를 들어주기 전에는 집에 오지 않겠다고 말했지."

"얼마나 오랫동안 통화하셨습니까?"

"빙엄, 그 삽을 집어서 여기 철망 근처의 모래를 좀 퍼 주지 않겠나?"

오티스는 가장 가까이 있는 우리의 바닥을 가리켰다.

브루스터는 한 발짝도 움직이지 않았다.

"얼마나 오랫동안 통화하셨습니까?"

목소리에 신경질이 배어났다.

오티스가 비꼬듯이 말했다.

"정확히 3분간 얘기했네."

"정확히요?"

"그때가 돈을 더 넣으라는 안내가 나왔을 때니까."

브루스터의 생각이 빨라지기 시작했다.

"얼마를 넣으라고 하던가요?"

오티스가 날카롭게 쏘아보았다.

"1달러 20센트였던 것 같네. 왜…… 내 말을 못 믿겠다는 건가, 응?"

"아뇨. 전화 요금이 얼마 부과되는지 알면 그 아이가 얼마나 떨어져 있는지 계산할 수 있으니까요."

생물학자의 눈에 근심이 어렸다.

"다시 전화를 걸겠지요?"

브루스터가 물었다.

"빙엄 보안관 대리, 이제 떠나 줘야겠소. 그 아이는 나를 믿고 전화를 했는데 내가 정치인들처럼 너무 입을 나불거리고 있군."

전화 165

"한 가지만 더 말씀해 주십시오, 싱클레어 씨. 제가 당신 말을 정말 믿어도 되는 건가요?"

오티스는 눈을 가늘게 떴다.

"날 믿든 말든 상관없어. 조쉬는 자기 부모한테 말을 전해 주길 원했을 뿐이고 난 그렇게 하려는 것뿐이니까. 자네가 그 아이를 찾든 말든 무슨 상관이야? 사실 난 그 아일 찾지 못하길 바라네. 조쉬 말이 맞아. 어업수렵부로 넘어가는 날, 새끼 곰은 죽어서 고기가 될 거야. 그리고 나는 봄철 곰 사냥 정책을 전혀 지지하지 않아."

브루스터는 몸을 돌려서 떠나려고 하다가 뒤를 돌아보았다.

"뭐가 어찌 되었든…… 선생님을 믿습니다. 조쉬가 다시 전화를 하면 저에게도 알려 주시겠지요?"

오티스는 고개를 저었다.

"그건 조쉬한테 달려 있지. 조쉬가 알리지 말라고 하면, 알리지 않을 걸세."

"그렇게 하면 공범죄에 해당할 수 있다는 사실을 아십니까?"

브루스터가 덧붙여 말했다.

오티스는 화가 나 얼굴이 일그러졌고 참을 만큼 참았다는 듯 험악한 목소리로 말했다.

"공범죄라고? 뭣에 대해 공범이라는 말인가? 도망치는 것이 범죄인 줄은 몰랐는데."

"수사를 방해하는 것이 범죄입니다."

"잘 듣게, 빙엄. 멍청이처럼 위협할 생각이거든 내 집에서 썩

나가게. 어서, 나가!"

브루스터는 자기가 한 말을 후회하고 만회해 보려고 했다.

"오티스, 제 말을 끝까지 들어 보세요. 저는 보안관 대리 배지가 부끄럽지 않도록 임무에 충실하려는 것입니다."

오티스가 말했다.

"자네 배지는 아주 말짱하네. 자네 순찰차에 들어가면 한결 더 어울려 보일 거야."

브루스터는 잠시 뚫어져라 쳐다보더니 고개를 젓고 차로 돌아갔다. 멍청한 실수를 했다. 그 야윈 생물학자는 차를 타고 도로로 나서는 자신을 쳐다보고 있었다. 누구라도, 물론 자기도 공무집행방해죄로 그를 체포할 수 있었다. 하지만 오티스를 체포하는 것은 독사한테 침을 뱉는 격이었다.

브루스터는 오티스 생각으로 괴로워하지 않으려고 애썼다. 50명이 산에서 기다리고 있고, 공중에는 비행기가 두 대 떠 있었다. 브루스터는 그 늙은 괴짜의 말을 어디까지 믿을지 판단해야 했다. 오티스가 수색 작전을 방해하려고 그러는 것은 아닐까?

브루스터는 간선도로로 접어들서 휴대용 무전기를 잡았다. 본능을 믿고 그저 나쁜 손의 농간에 놀아나지 않기만을 바라는 수밖에 없었다. 션을 불러내기에는 자신이 산에서 너무 멀리 떨어져 있는 듯했지만 연락을 시도해 보았다.

"션, 여기는 브루스터다. 들리나? 이상."

무전기에서는 잡음만 나왔다.

"션, 여기는 브루스터다. 들리나? 이상."

수신 상태가 좋지 않았으나 잠시 후 션의 목소리가 약하게 들려왔다.

"이봐, 도대체 어디 있는 거야? 거의 들리지 않아."

"그쪽으로 가는 길이야. 그 아이는 그 산에 있는 것 같지 않아."

"아이가 여기 없다고? 지금 그렇게 말했나?"

션의 말은 띄엄띄엄 토막 났고 잘 들리지 않았다.

"그래. 소년한테서 연락이 왔어. 아이는 무사한 것 같네. 산 근처로 가서 다시 연락할게."

브루스터는 무전기를 내려놓았다. 애초에 그럴 생각은 아니었지만 어느덧 자기도 모르게 그 소년을 진심으로 걱정하게 되었고, 그 새끼 곰마저도 염려하게 되었다. 원래 브루스터는 사람들의 문제에서 초연한 편이었다. 하지만 어쩐 일인지 그 소년과 새끼 곰은 남다르게 느껴졌다. 브루스터는 무전기 마이크를 집어 들었다.

"연락원, 여기는 22호다. 맥과이어 집으로 연결해 달라."

"알았다, 22호. 잠시 대기하라."

전화가 몇 번 울리다가 찰칵 하는 소리가 났다.

"여보세요."

리비의 목소리였다.

브루스터는 숨을 깊게 들이마셨다.

"안녕하세요, 리비. 브루스터 빙엄입니다. 알려 드릴 일이 있습니다."

"조쉬를 찾으셨어요?"

"그게 아니고, 오티스 싱클레어 씨가 조쉬한테서 전화를 받았습니다. 무사하다고 하네요."

리비가 숨을 들이쉬는 소리가 들렸다.

"조쉬가 오티스한테 전화를 걸어서 자기가 무사하다고 말했다는 얘기예요?"

리비는 단숨에 말을 내뱉었다.

"네, 제가 곧……."

갑자기 전화기를 두고 실랑이를 벌이는 소리가 나더니 샘의 목소리가 끼어들었다.

"대리님, 조쉬가 오티스한테 전화를 걸었다고 했습니까?"

"네."

"왜 우리가 아니라 그 작자한테 전화를 했죠?"

"제가 설명할게요, 맥과이어 씨. 곧 그리로 갈 겁니다. 잠시 기다리세요."

샘이 소리를 질렀다.

"그 건달이 거짓말을 하고 있소! 조쉬가 전화를 한다면 이리로 먼저 했을 거요. 내가 가서 이 말도 안 되는 일의 결판을 짓겠어."

전화기를 찰각 내려놓는 소리가 들렸다.

무기맨이 아니야

"이 정신 나간 멍청이 같으니!"

브루스터가 낮은 목소리로 중얼거렸다. 샘이 술을 마시고 있었다면 그는 언제 터질지 모를 폭탄이나 다름없었다. 자기 아들의 목숨이 위태로운 상황이니만큼 더욱 위험했다. 무엇보다도 브루스터가 보기에 샘은 말하는 대로 행동하는 사람이었다. 괜히 허풍을 떨지는 않을 것 같았다.

순찰차를 돌려서 다시 오티스의 오두막으로 향했다. 차를 몰아가면서 탐색 본부를 호출했다. 보안관 사무소에 있는 기지용 무전기는 강력해서 멀리 떨어진 션에게 메시지를 전달할 수 있었다.

"탐색 본부, 여기는 22호다. 내 말 들리나?"

"말하라, 22호."

"나는 통신 범위 바깥에 있다. 션에게 연락해서 탐색대원들을 대기하도록 할 수 있나? 일이 생길 수도 있을 것 같다."

"알았다, 22호."

브루스터는 오티스의 오두막 옆에 차를 세웠다. 샘 맥과이어의 모습은 아직 보이지 않았지만 금세 나타날 터였다. 브루스터는 텅 빈 마당을 보면서 오두막으로 향했다.

문을 두드리기도 전에 오티스가 문을 열었다.

"다시 일을 하러 왔나, 빙엄?"

"아닙니다. 맥과이어 씨 댁에 전화를 했습니다. 샘이 제 설명은 들으려고도 하지 않더군요. 선생님과 결판을 짓겠다면서 이리로 오는 중입니다."

"그래서 내 보모 노릇을 하겠다고 이리 온 겐가?"

브루스터는 천천히 숨을 내뱉었다. 사람들이 브루스터를 한계까지 밀어붙이는 일은 거의 없었지만 이 냉소적인 은둔자는 그의 인내력이 어디까지인지 시험하고 있었다.

"오티스, 전 당신을 도우려고 온 겁니다. 정 싫으시면 그렇다고 말씀하세요. 떠날게요. 혼자서 샘을 상대하고 싶으세요?"

오티스가 말없이 노려보았다.

브루스터가 물었.

"그러면 일이 어떻게 될까요? 걸핏하면 성질을 부리는 은둔자하고 싸우느니 저도 다른 할 일을 하는 편이 낫습니다."

말을 하던 도중에 브루스터는 차 한 대가 간선도로에서 내려오는 소리를 들었다. 그쪽을 바라보니 샘 맥과이어의 초록색 트럭이 자동차 진입로로 돌진해 들어오고 있었다.

"자, 오티스? 제가 갔으면 좋겠어요?"

오티스는 자동차 진입로 쪽을 초초한 표정으로 힐끗 쳐다보았다. 볼멘 목소리가 많이 누그러졌다.

"아니. 한바탕 소동이 있을 테니 자네도 있는 게 낫겠군."

트럭은 미끄러지듯 들어와 순찰차 옆에 섰고 곧바로 샘이 뛰어나왔다. 그는 차 문을 쾅 닫고 단숨에 마당을 가로질러 왔다. 샘이 물었다.

"여기서 뭘 하십니까, 보안관 대리님?"

"전화로 설명할 기회를 안 주셨잖아요."

샘이 오티스 쪽을 보며 말했다.

"이 거짓말쟁이가 조쉬가 자기한테 전화를 했다고 우기는 한, 설명하고 말고 할 것도 없습니다."

"전화를 했소. 두 시간쯤 전에."

오티스가 말했다.

샘은 울화가 치밀어 올라 목이 꿈틀거리고 핏줄이 툭툭 불거졌다. 위스키를 마셨는지 술 냄새가 나고 말도 거칠었다.

"당신은 더럽고 치사한 사기꾼이야. 조쉬가 당신한테 전화를 할 리 없잖아."

오티스가 여전히 침착한 것을 보고 브루스터는 놀랐다. 샘보다 한 뼘이나 작고 뼈만 앙상한 교수는 볕에 그을린 목장 주인 옆에 있으니 너무 연약해 보였다. 오티스가 말했다.

"그 애는 당신이 화를 낼까 두려워하고 있었소. 그러는 것도 무리는 아니지."

샘이 브루스터에게 말했다.

"이 사람 말을 믿는 건 아니겠지요? 만약 조쉬가……."
오티스가 끼어들었다.
"샘. 나도 조쉬한테 당신이 날 믿지 않을 거라고 말했어. 그랬더니 자기는 무키맨이 아니라고 전해 달라더군. 그러면 알아들을 거라고."
샘은 전기 울타리에 감전된 것처럼 꼼짝도 하지 않았다. 눈이 가늘어졌다.
오티스는 더 밀어붙였다.
"샘, 그 새끼 곰의 어미를 죽였나?"
"조쉬가 그렇게 말했소?"
"새끼 곰이 어미가 죽은 자리 근처에서 자고 있는 걸 봤다고 하니 그렇다고 믿을 수밖에."
"그 아이는 새빨간 거짓말을 하고 있어."
오티스는 물러서지 않았다.
"조쉬가? 그 애가 거짓말하는 법을 알기라도 하는지 모르겠군. 샘, 얼른 술을 끊지 않으면 호미로 막을 걸 가래로 막아야 할지도 몰라."
샘은 주먹을 불끈 쥐고 내뱉었다.
"당신도 똑같은 거짓말쟁이야."
브루스터가 차분하게 말했다.
"오티스가 거짓말을 하는 것 같지는 않아요, 맥과이어 씨. 그렇게 술을 마시는 것을 보니 조쉬가 정말 당신을 무서워할 만하다는 생각이 드는군요."

샘은 홱 돌아서서 트럭으로 발걸음을 옮기며 소리쳤다.
"다 필요 없어!"
그러고는 트럭 앞에 멈추더니 잠깐 뒤를 돌아보았다.
"다시 오겠어, 오티스."
그렇게 윽박지르고는 트럭에 잽싸게 올라탔다. 트럭 꼬리를 이리저리 흔들며 진입로를 나가면서 샘은 오티스의 낡은 승용차와 브루스터의 순찰차에 녹은 눈과 자갈을 튀겼다.
오티스와 브루스터는 녹색 트럭이 사라지는 모습을 조용히 지켜보고 서 있었다. 트럭 엔진이 회전수를 높이면서 토해 내는 거친 소리가 들렸다.
먼저 말을 꺼낸 사람은 오티스였다.
"조쉬는 저 미치광이랑 같이 있느니 산속에 있는 것이 훨씬 안전하겠어."
"도대체 무키맨이 뭐죠?"
빼빼 마른 남자는 고개를 저었다.
"나도 모르지. 두 사람의 비밀인 모양이야."
브루스터가 오티스 쪽으로 돌아섰다.
"조쉬를 찾을 수 있게 도와주세요."
마른 남자는 여전히 고집스럽게 고개를 저었다.
"아니…… 조쉬한테 필요한 것은 그게 아니야. 새끼 곰을 구할 수 있도록 돕는 것이지. 애초에 그것 때문에 이 모든 일이 벌어졌으니 그 일을 해결해야지. 샘, 그 사람이 문제란 말이야."
브루스터는 실망스러워 입을 꽉 다물었지만 어쩔 수 없어서 고개를 끄덕였다.

"맞는 말씀인 것 같습니다. 샘하고 디크 미즈너 말이죠."

오티스가 놀란 목소리로 말했다.

"디크 미즈너라고 했나? 그 사람이 어업수렵부에서 동물들을 여기로 데리고 오지. 다친 짐승들을 정말 대수롭지 않게 여긴다네. 그 사람이 어떻게 이 일에 연관되어 있지?"

"그는 새끼 곰을 압수해서 처리하려고 합니다."

오티스가 코웃음을 쳤다.

"그 사람이 곰을 처리한다는 말은 곰 가죽 속을 채워서 앞발에 재떨이를 들게 한 다음 싸구려 모텔 같은 데 세워 놓는다는 뜻이야."

브루스터도 동감한다는 뜻으로 고개를 끄덕이고 말했다.

"전 얼른 가 봐야겠습니다. 비행기와 탐색대원들이 아직도 브리저 산을 샅샅이 뒤지고 있어요. 샘이 나타나면 개의치 말고 전화하세요."

오티스는 한마디 대꾸도 없이 돌아섰다.

브루스터는 진입로에서 나와 간선도로로 들어섰다. 그는 곧장 보안관 사무소로 차를 몰았다. 사건이 빨리 진행되고 있었기 때문에 서둘러야 했다. 보안관 사무소로 들어서는데 평소에 텅 비어 있던 주차장이 차로 빼곡하게 들어차 있었다. 도대체 무슨 일이 벌어지고 있는 것일까? 건물로 한 발짝 들여놓기가 무섭게 그는 영문을 알게 되었다. 기자와 촬영 기자들이 로비를 꽉 메우고 서 좁은 창 너머로 연락원에게 질문을 퍼부어 대고 있었다. 그중 몇 명이 돌아서서 브루스터에게 달려들었다. 그들은 입을 모아 외쳤다.

"당신도 탐색대 소속입니까?"

브루스터가 목소리를 높였다.

"여러분, 새로운 소식이 있습니다. 약 30분 뒤에 기자회견을 열겠습니다."

브루스터는 고함 소리를 못 들은 체하며 기자들 사이를 비집고 나아가 본부 사무실로 갔다. 아쉽게도 지금은 취미를 즐길 때가 아니었다. 주간 연락원인 뷸라를 골리는 일 말이다. 뷸라가 연락 장치 앞에 앉은 모습은 마치 정차한 셔먼 탱크 같았다. 콧소리가 많이 섞인 목소리는 확성기처럼 쩌렁쩌렁 울렸다.

브루스터는 정중하게 말했다.

"뷸라, 애덤스 반장님께 잠시 뵐 수 있겠냐고 여쭤 봐 주세요. 난 우선 탐색대원들한테 연락을 해야겠어요."

뷸라가 고개를 끄덕였고 브루스터는 통신실로 향했다. 그곳은 탐색 본부의 지휘실이었다. 폭과 너비가 각각 여덟 걸음, 열 걸음쯤 되는 이 우중충한 공간은 때에 따라 탐색구조 작업에 사용했다. 탐색 본부를 구성하는 것은 무전기 세 대, 전화 두 대, 컴퓨터 한 대, 벽을 온통 뒤덮은 갖가지 지도, 책상 하나, 그리고 이 임시 임무를 떠맡은 운 나쁜 보안관 대리였다. 이번에는 젊은 보안관 대리, 에드 그린이 전화 업무를 처리하고 단서를 추적했다.

브루스터가 그 방에 들어가자 회전의자에 앉아 있던 에드 그린이 몸을 돌렸다.

"브루스터, 진짜 반갑네요. 몇 가지 단서가 있어요. 보울더 강에 있던 어떤 남자가……."

브루스터가 한 손을 들어 올렸다.

"잠깐, 에드. 션한테 호출해야 해. 그런 다음 자네 얘길 듣자고."

그는 본부용 무전기의 주파수를 조정하고 마이크를 켰다.

"션, 브루스터다. 내 말 들리나?"

귀에 익은 우악스런 소리가 들려왔다.

"들린다. 그 아래에서 대체 무슨 일이 일어난 거야?"

"오티스가 조쉬 맥과이어한테서 전화를 받았어. 아이가 어디 있는지는 아직 모르고, 동상을 입긴 했지만 무사해."

"여기 있는 사냥용 오두막에서 전화를 했다고 생각하나?"

"그렇지 않아. 장거리 전화였어."

션은 잠시 아무 말이 없었다.

"장거리라고 말했나?"

"그래."

브루스터가 대답했다.

"자네 말은 우리가 지금까지 이 숲에서 뛰어다니며 웃음거리만 되었단 뜻인가? 나, 이 아이가 점점 미워지는군."

"션, 새로운 사실을 알아낼 때까지 대원들을 산에서 철수시켜. 민간 항공 정찰대에도 연락해서 대기하라고 해 줄 수 있겠나?"

"기꺼이 그렇게 하지. 이틀 동안이나 비행기가 내 머리 위를 꿀벌처럼 윙윙거리며 날아다녔다고."

"내려오면 만나지."

"브루스터…… 그 아이를 찾게 되면 내가 그 말썽쟁이의 목을 졸라도 아무 소리 말게."

브루스터가 미소를 지었다.

"자네 맘대로 해도 돼. 그럼 이만."

그는 마이크를 내려놓고 옆에 있던 젊은 보안관 대리에게 말했다.

"어떤 단서가 있나?"

"확인된 것은 아니지만 소년을 목격했다는 제보가 네다섯 건 있습니다. 보울더 강에서 조쉬와 닮은 소년이 남자 두 명과 함께 트럭 안에 있었다는 제보가 있었습니다. 다른 하나는 주디스 산 등성이 근처에서 조쉬를 보았다는 제보입니다. 그 밖에 소년을 봤다는 전화가 몇 번 걸려왔습니다. 각각 쇼핑몰, 극장, 쓰레기 수거장 근처에서 봤다고 합니다. 그리고 가디너에서 한 여자가 전화를 걸었습니다. 신문에 난 소년처럼 생긴 아이가 모터사이클을 타고 옐로스톤 공원으로 들어가는 것을 봤답니다."

브루스터는 고개를 저으며 킬킬 웃었다.

"모터사이클이라고, 허! 단서가 전부 엉성해 보이는군. 그래도 추적해 보는 게 좋을 거야. 뭔가 나올지도 모르니까. 리비 맥과 이어가 조쉬의 방에서 없어진 옷가지라고 말한 것과 제보자들이 말하는 옷을 비교해 보게. 도움이 될 거야. 또 하나, 전화 회사에 연락해서, 공중전화로 낮에 보즈먼으로 전화를 걸 때 첫 번째 추가 3분 통화로 1달러 20센트를 부과하는 지역이 정확히 어디까지인지 알아 봐. 정확한 범위를 알아야 하네."

"알았습니다. 참, 브루스터. 한 시간 전에 에이피 통신에서 전화를 받았습니다. 사건의 진행 상황을 전부 알았으면 하더군요. 그래서 그 회사 가맹사가 우리보다 더 많지 않으냐고 해 주었습니다. 나 참, 사실이 그러니까요. 이 염치없는 족속들은 애 아빠가 술 마시는 거며, 형이 죽은 사실을 알고 있고, 심지어 그 집 개에 대해서도 훤히 꿰고 있어요. 맥과이어 부부는 입도 벙긋 안 했을 텐데 도대체 기자들은 그걸 다 어디서 알아냈을까요? 우리한테서 나오지 않은 것은 분명한데 말입니다."

브루스터는 고개를 뒤로 젖히고 얼굴을 손으로 쓸어내렸다.

"그 사람들 근처에서 트림 한 번만 해도 자네가 무슨 피자를 먹었는지 알아낼 거야. 그들은 이 방에서 하는 모든 통신 내용을 다 탐지하고 있다네. 지금부터 말을 조심하자고……. 아이고, 제발 이 아이를 빨리 찾았으면 좋겠군."

그때 내부 연락 장치로 뷸라의 목소리가 우렁우렁 울렸다.

"브루스터, 반장님을 온종일 기다리게 하실 거예요?"

브루스터는 내부 연락 장치로 손을 뻗어 탭을 눌렀다.

"금방 갈게, 비이이울라아아아아."

그는 이름을 가지고 짓궂게 장난쳤다.

브루스터는 방을 떠나면서 젊은 보안관 대리의 등을 가볍게 토닥거리며 말했다.

"계속 수고하게. 내 느낌에는 상황이 좀 나빠졌다가 다시 좋아질 것 같아."

브루스터는 애덤스 반장의 사무실 문을 두드리고 들어갔다. 그는 해병 출신으로 턱이 네모난 반장에게 고개를 까딱했다.

"안녕하세요, 반장님."

몸집이 단단해 보이는 남자가 서류를 보다가 고개를 들었다.

"어서 오게, 브루스터. 뭘 좀 찾아냈나?"

"소년이 살아 있는 것 같습니다만 아직 어디 있는지 단서조차 찾지 못하고 있습니다. 신문사와 방송국에서 파리 떼처럼 달라붙고 있고 에이피 통신에서도 한 시간 전에 전화를 해 왔습니다."

브루스터는 그날 있었던 일을 요약해서 보고했다.

"문제는, 오티스 싱클레어가 거짓말을 하는 것으로 보이지는 않지만 그 아이가 다시 전화를 걸더라도 우리에게는 알려 주지 않을 것 같다는 점입니다. 싱클레어 집에 대한 도청 승인을 받을 방법이 있을까요?"

반장은 고개를 가로저었다.

"꿈도 꾸지 말게. 연방 경찰이나 그런 영향력을 행사할 수 있지. 우리가 할 수 있는 일은 전화 회사가 통화 기록 장치를 걸어 놓게 하는 것뿐일세. 우리한테 그런 권한은 있지."

브루스터는 생각해 보았다. 통화 기록 장치는 특정한 전화로 걸리는 모든 전화를 기록한다. 전화가 오면 전화 회사는 발신지를 추적할 수 있었다. 그는 반장에게 고개를 끄덕였다.

"그렇게 하면 몇몇 제보 가운데 쓸 만한 것을 가려내는 데 도움이 되겠습니다. 오티스 싱클레어처럼 세상을 등지고 사는 사람한테 장거리 전화가 많이 걸려 오지는 않을 테니까요."

브루스터가 일어서서 말했다.

"고맙습니다."

"별 도움이 되지 못해서 미안하군."

브루스터는 고개를 까딱하고 문으로 향했다.

"한 가지 말할 게 있네."

반장이 말했다.

브루스터는 문손잡이에 손을 댄 채 몸을 돌렸다.

"네?"

"해야 할 일을 하되, 주위를 살펴서 하게. 지금은 우리가 하는 일 하나하나가 세상의 주목을 받고 있으니까."

"이 일을 처음 시작할 때부터 그랬던걸요."

브루스터는 억지로 희미한 웃음을 띠며 말했다. 그는 좁은 복도를 걸어 나와 본부 사무실과 기자들이 있는 곳으로 향했다. 탐색과 구출 임무에서 그가 실제로 두려워하는 부분이 바로 이것이었다. 기자들 가운데 있으면 언제나 무대 한가운데 서서 비난을 받는 기분이 들었다. 그는 셔츠를 바지 안으로 말쑥하게 집어넣고 숱이 적은 머리를 빗으로 빗어 넘겼다.

"쇼를 시작할 시간이군."

그는 뮬라에게 힘없이 말하면서 로비로 통하는 문으로 다가갔다. 몸집이 단단해 보이는 그 여자는 샐쭉한 표정을 지으면서 아무런 격려의 표시도 하지 않았다.

브루스터가 작은 로비로 들어서자 기자들은 일제히 큰 소리로 질문을 퍼부어 대며 그를 맞았다. 그가 손을 들어 올리고 조용히 서 있자 기자들은 아무리 고함을 쳐도 쓸데없다는 사실을 깨닫기 시작했다. 브루스터는 여전히 소란스럽게 구는 사람들보다 목소리를 높여서 말했다.

"여러분, 조금 전에 브리저 산에서 조쉬 맥과이어를 찾는 탐색대가 철수했습니다. 그 소년은 오늘 이른 시간에 전화를 걸어 왔습니다. 자신이 어디 있는지는 밝히지 않았지만 우리는 그 아이가 장거리 전화를 걸었다는 사실을 알아냈습니다."

어떤 사람이 큰 소리로 외쳤다.

"누구한테 전화를 했습니까?"

"제가 말씀드릴 수 있는 것은 조쉬가 원래 내걸었던 조건, 여러분도 알고 있을 그 조건을 여전히 주장하고 있다는 사실입니다. 그는 새끼 곰을 데리고 있게 해 달라고 요구하고 있습니다. 또한 몬태나 주에서 곰 사냥을 금지할 것을 요구합니다."

그러자 여러 사람이 한꺼번에 물었다.

"왜죠?"

"그 곰이 압수당하면 죽을 거라고 믿기 때문입니다. 제가 한마디 덧붙이자면, 타당한 걱정이지요. 그 아이는 또한 지금과 같은 수렵법이 유지된다면 다른 새끼 곰도 고아가 될 것이라며 걱정하고 있습니다."

"어업수렵부도 협력하고 있습니까?"

누군가 새된 목소리로 물었다.

"이 지역의 어업수렵관리소는 협력하지 않고 있습니다."

브루스터가 대답했다.

많은 사람들이 그렇다는 듯 웅성거렸다. 그들도 이미 어업수렵 관리소에 연락을 해 본 것이 틀림없었다.

한 남자가 외쳤다.

"그 사람들은 우리 전화에도 답변을 하지 않을 겁니다."

"헬레나에 있는 주 청사에 연락을 해 보시는 편이 좋을 겁니다. 여러분의 요청에 대해 이곳 지방 관청이 어떤 반응을 보였는지 알려 주십시오."

브루스터는 이렇게 말하면서 애써 미소를 감췄다.

"죄송합니다, 여러분. 이것으로 마치겠습니다."

사람들이 소리를 지르게 놔두고 브루스터는 본부 사무실로 돌아왔다. 손목시계를 보았다. 저녁 6시가 조금 지나 있었다. 브루스터는 아침을 먹은 뒤로 아무것도 먹지 못한 상태였다.

샘 맥과이어가 있는 힘껏 브레이크를 밟자 자동차는 앞마당에서 얼마간 더 미끄러진 후에야 멈춰 섰다. 병신들 같으니! 아들은 아무도 신경 쓰지 않는 문제 때문에 제 아비를 탓하고 있었다. 리비는 더 이상 말을 걸지 않았고, 그렇게 굳게 다문 입으로 샘을 크게 비난하고 있었다. 신문사와 텔레비전에서는 그가 알코올 중독자로 알려져 있으며, 새끼 곰을 고아로 만들었다고 보도했다. 이제 그 머저리 보안관 대리마저 사회의 낙오자인 오티스를 믿기로 작정한 모양이었다. 조쉬는 내 아들이지, 네놈들 아이가 아니야, 젠장!

샘은 차에서 빠져나와 자갈 마당에 침을 뱉었다. 그는 차 안으로 손을 뻗어서 운전석 밑에 있는 위스키 병을 들고 들판으로 향했다. 왜 모두들 내 삶에서 꺼져 주지 않는 거지?

 분노를 삭이며 터덜터덜 걷는데 밝게 빛나는 해가 멀리 있는 산봉우리로 천천히 내려오는 것이 보였다. 산봉우리들은 하늘에서 쭉 잡아 뜯어낸 것처럼 들쭉날쭉했다. 그가 언제나 사랑하던 산이었다. 따뜻한 산들바람이 얼굴을 쓸어내렸다. 이곳 들판에는 바가지 긁는 아내도, 오티스도, 신문의 머리기사도, 자신을 추궁하는 보안관 대리도 없다. 이곳에서는 그 모든 부당함에서 탈출할 수 있었다.

 샘은 드넓은 밭 한가운데로 가서 멈춰 섰다. 혼자 선 채, 바람 속의 나무처럼 천천히 흔들리면서 술병을 입으로 가져갔다. 한 모금을 빨아들이고 나서 입안에서 그 독한 술을 굴렸다. 그런 다음 태양 쪽으로 병을 들어올려서 그 호박색 액체 속에서 반짝거리는 갖가지 빛깔을 쳐다보았다. 증오, 고통, 슬픔에 가득 찬 샘의 몸은 점점 더 세게 휘청거렸다. 아직까지도 그는 입안의 술을 삼키지 않고 있었다.

 느닷없이 샘은 낮은 신음 소리를 내면서 술을 뱉어 냈다. 술은 바지에 흩뿌려졌고 먼지 쌓인 신발도 검게 적셨다. 그는 고개를 뒤로 젖혔다.

 "이 망할 자식!"

 그는 목청껏 소리를 질렀다.

 "어디 있는 거니, 조쉬!"

 샘은 병을 목 근처까지 들어 올렸다가 있는 힘껏 내던졌다. 빙그르르 돌던 병이 바닥에 부딪히면서 둔한 소리와 함께 산산이 부서졌다. 샘은 거친 땅에 털썩 주저앉았다. 무릎을 두 팔로 꼭 잡고 웅크렸다. 두 눈에 눈물이 고였다.

"어디 있니, 조쉬? 제길, 어디 있는 거야?"

그는 쉰 목소리로 소리 내어 울었다.

"제발 집으로 돌아와, 얘야. 넌 무키맨이 아니야."

모터사이클

 창문의 햇빛 가리개를 치켜들고서 리비는 샘이 자동차 진입로로 들어오는 것을 보았다. 남편이 트럭에서 뛰어내릴 때 리비는 몸을 움찔했다. 이 악몽이 언제쯤에야 끝날까? 그러나 샘은 안으로 들어오는 대신 집 서쪽, 울타리를 치지 않은 밭으로 향했다. 리비는 마음이 놓여 한숨을 쉬면서 샘의 거동을 자세히 살폈다. 뭘 하려는 것일까? 샘은 왼손으로 느슨하게 술병을 쥐고 흔들면서 터벅터벅 걸어갔다. 그러고는 고랑이 진 밭 한가운데 서서 비틀거렸다.
 리비는 술병을 보고 고개를 저었다. 남편이 술을 한 병씩 마실 때마다 꼭 그만큼 리비한테서 떠나가는 느낌이 들었다. 그런 생각을 확인하기라도 하듯 샘은 갑자기 술을 들이마시더니 병을 높이 치켜들고 가만히 바라보았다. 그러더니 갑자기 술병을 난폭하게 내동댕이쳤다. 도대체 샘은 어떤 악마와 싸우고 있는 것일까? 동정심이 밀려들었다. 당장이라도 샘에게 달려가고 싶은 마음이었다.

그런데 샘이 땅바닥에 주저앉아서 꼼짝을 하지 않는 것이 보였다. 리비는 남편이 곧 일어나 득달같이 달려올 것이라 생각했다. 이제까지 늘 그래 왔기 때문이다. 하지만 거의 반 시간이 지나 버리자 리비는 더 이상 참을 수가 없었다. 그는 다름 아닌 자기 아이들의 아버지였다. 좋을 때나 어려울 때나 함께 있겠다고 약속한 남자였다. 지금이 아니라면 그 어느 때가 어려울 때이겠는가! 리비는 문을 열고 밖으로 나갔다.

잠시 뒤 리비는 샘 앞에 서 있었다. 샘은 기척을 느꼈을 테지만 전혀 알은체하지 않았다. 리비는 주저하면서 몸을 숙여 샘의 팔에 손을 갖다 대었다. 리비의 손길은 바람이 스치는 것이라고 해도 좋을 정도였다. 샘은 꼼짝도 않고서 몸을 웅크린 채 생각에 잠겨 있었다. 리비가 샘의 뒤로 가서 등을 어루만지기 시작했다. 아무 말 없이 리비는 샘의 넓고 힘센 어깨를 주무르고 다독여 주었다. 그런 다음 무릎을 꿇고 앉아서 남편의 목에 팔을 두르며 부드럽게 껴안았다.

정신이 멍해졌다. 왜 삶은 내가 가진 모든 것을 앗아가려고 하는 것일까? 이미 충분히 가져가 버리지 않았단 말인가? 갑자기 샘이 자기 팔을 거칠게 잡는 것을 느꼈다. 그는 손아귀에 힘을 꼭 쥐고 있었다. 눈물이 나왔지만 팔이 아파서 그런 것은 아니었다.

"리비, 당신은 어떻게 아직도 날 사랑할 수 있어?"

별안간 말을 내놓는 샘의 쉰 목소리는 둔탁하고 갈라졌다.

"어떻게 그럴 수 있어?"

리비는 샘을 더 꼭 껴안았다.

"당신은 좋은 사람이니까, 샘 맥과이어. 당신이 좋은 사람이 아니었다면 난 여기 있지 않았을 거야. 당신이 타이를 너무 사랑했기 때문에 모든 일이 어려워진 것이겠지. 하지만 당신 잘못은 아니야. 사랑은 죄가 아니잖아."

두 사람은 한참이나 아무 말이 없었다. 서로에 대한 증오로 가시 돋친 침묵이 아니라 걱정이 깃든 고요함이었다.

"리비, 내가 뭘 할 수 있지?"

샘은 목이 메었다.

리비는 얼른 대답하지 않고 신중하게 생각을 하고 입을 열었다.

"내가 기억하는 한, 샘, 당신은 아이들에게 자기가 옳다고 생각한 일을 하라고 가르쳤어. 문제에서 도망치지 말라고 했지. 내가 오늘 당신한테 온 것은 당신이 그 위스키 병을 던져 버리는 것을 봤기 때문이야. 병에 술이 남아 있었잖아, 그렇지?"

샘은 잠깐 고개를 들어 지평선을 쳐다보았다.

"응."

샘은 나지막이 말하면서 다시 땅으로 시선을 돌렸다.

"맞아."

"제발 말해 줘, 샘. 당신이 그 새끼 곰을 고아로 만들었어?"

샘은 대답하려 하지 않았다.

산비탈에 그림자가 길게 누울 즈음, 조쉬는 모터사이클 운전석에서 튕겨 오르며 풀밭으로 돌아오고 있었다. 가디너에서 여기까지 오는 길은 먹을거리로 묵직해진 짐 때문에 무척 힘이 들었다. 조쉬는 손을 뻗어서 오른쪽 무릎을 문질렀다. 산길에 접어든 지 얼마 안 되었을 때 가방에 든 것들이 쏟아졌다. 모터사이클은 무사했지만 무릎이 까지고 말았다.

시간을 아끼기 위해 조쉬는 모터사이클을 몰고 더 이상 갈 수 없을 때까지 비탈길을 올라와서는 짐을 내렸다. 그리고는 다시 물이 마른 도랑으로 내려가서 모터사이클을 나뭇가지로 가렸다. 오후 내내 머드플랩과 포키 걱정뿐이었다. 내가 없는 동안 무슨 일이 생긴 것은 아닐까? 곰이 아직도 어슬렁거리고 있을까? 그 큰 발자국을 남겼던 곰 말이다. 조쉬는 다시 뛰어 올라가 배낭을 짊어지고 동굴을 향해 언덕 비탈을 허둥지둥 올라갔다. 조쉬는 이를 악물었다. 땀이 나고 바지가 스치는 탓에 타는 듯이 아픈 무릎으로 산을 올랐다.

조쉬는 숨을 헐떡이면서 마침내 그렇게 걱정하던 머드플랩과 포키를 보게 되었다. 개와 곰은 동굴 입구에서 서로 다리를 겹쳐 놓고 누워 편안히 쉬고 있었다. 조쉬의 발소리가 메아리치자 포키가 눈을 크게 뜨면서 벌떡 일어났다. 머드플랩은 나른한 듯이 고개를 들면서 꼬리로 바닥을 철썩 내리쳤다.

"안녕, 얘들아! 잘 있었어?"

조쉬는 숨을 돌리려고 멈춰 서서 헉헉거렸다. 그리고 옆구리를 쥐고 달려갔다. 두 짐승이 한꺼번에 조쉬에게 매달렸다.

"정말 반갑다."

조쉬는 숨을 몰아쉬었다.
"너희를 잊었다고 생각한 거야, 응? 내가 이렇게 먹을 것을 가져왔어."

조쉬는 잠시 함께 뒹굴고 장난을 치면서 까진 무릎이 부딪힐 때마다 얼굴을 찡그렸다. 곧 장난치는 몸짓이 너무 거칠어져서 조쉬는 둘 한테서 떨어졌다. 포키와 머드플랩은 배가 무척 고플 터였다.

조쉬는 둘에게 먹이를 준 다음 무릎을 꿇고 앉아 불을 피우는 구덩이 옆에 쌓아 둔 가지에서 불쏘시개를 집었다. 꺼진 것처럼 보였지만 불씨를 살릴 수 있을지도 모를 일이었다. 불씨가 없다고 해도 이제는 성냥이 있어 든든했다. 조쉬는 재의 윗부분을 걷어 낸 다음 입김을 불었고 곧 타고 남은 회색 잿덩이가 마술처럼 빛을 내는 것을 보게 되었다. 불쏘시개를 한 줌 집어 숯덩이 위에 올리고 계속 입김을 불어 댔다. 빨갛게 빛나는 깜부기불이 부싯깃 사이로 새로운 불꽃을 피워 올렸다. 하필이면 이렇게 불이 잘 붙는 때 아빠가 옆에 없다니.

녀석들이 먹는 동안 조쉬는 저녁을 준비했다. 햄을 얇게 썰어 은박지로 싸서 불잉걸 위에 놓고 지글지글 구웠다. 옥수수 캔이 보글거리는 동안 팬케이크 반죽을 만들었다. 넓적한 점판암 조각을 프라이팬 삼아서 요리를 했다. 조쉬는 부스러기 하나 남기지 않고 그 음식을 먹어 치운 다음 일어서서 주위를 둘러보았다. 어둠이 풀밭을 덮고 나무 위에도 무겁게 내려앉아 있었다. 조쉬는 불에 나뭇가지를 더 넣은 다음 하품을 하면서, 자고 있는 녀석들을 보았다. 머드플랩과 포키가 서로 어지간히 못살게 군 모양이었다. 서로 몸에 기대어 누운 채로 잠꼬대를 하듯 낑낑거리고 몸을 뒤척였다.

조쉬는 모닥불 곁에서 기지개를 켜고 별을 보았다. 수억 개도 넘는 별들이 흔들리며 깜빡거리는 모습이 검은 천장에 바늘구멍을 뚫어 놓은 듯했다. 암흑을 가르는 별똥별은 은가루를 뿌리듯 가는 꼬리를 길게 늘이며 떨어졌다. 집에서 엄마나 아빠가 하늘을 보며 자기 생각을 하고 있을지 궁금해졌다. 조쉬는 지금 엄마와 아빠 생각뿐인데 말이다.

잠시 뒤, 밝은 달이 산봉우리에 걸렸을 때 조쉬는 모닥불을 떠났다. 다리를 절면서 동굴 가까이 비죽비죽 튀어나온 바위너설 주위를 어슬렁거렸다. 간간이 크고 평평한 바위 밑에 눈이 조금 남아 있는 것이 보였다. 한낮의 태양은 산중의 눈을 거의 다 녹여 버렸다. 조쉬는 시린 눈을 손에 가득 긁어모아 까진 무릎에 문질렀다. 무릎은 천천히 감각이 없어졌고 아픔도 사라졌다. 조쉬는 절뚝거리면서 모닥불 곁으로 돌아와서 야구공만 한 바위 위에 엉덩이를 걸쳤다.

성냥이 아주 많이 있었기 때문에 오늘밤엔 불이 꺼지게 놔둘 참이었다. 그런데도 조쉬는 한동안 앉아서 불을 지폈다. 불을 바라보면 참 좋았다. 아빠는 늘, 불과 친구가 되기 위해서 불을 피우는 것이라고 말했다. 아무리 큰 어려움도, 아무리 말하기 어려운 비밀도 타닥타닥 타오르는 모닥불한테는 속삭일 수 있었다. 아빠는 모닥불이 대부분의 사람들보다도 사람의 유치한 면을 잘 이해하니까 부끄러워하지 말고 털어놓으라고 말했다. 아빠 말대로 얘기를 꺼내 놓기로 했지만, 그처럼 고요하고 맑은 밤공기에 퍼져 나오는 자신의 목소리는 우스꽝스럽게 들렸다.
"내가 뭘 원하는지 알아?"
조쉬는 질문을 던져 놓고 잠시 뜸을 들였다.
"우선, 자전거 사려고 모아 놓은 돈이 아직 있었으면 좋겠어. 무릎이 다치지 않았으면 좋았을 거고, 그 사람들이 나를 찾아서 포키를 데려가지 않았으면 좋겠어. 타이 형이 죽지 않았으면 좋았을 텐데. 정말 그랬으면 좋겠어. 내가 집에서 가족들과 함께 있으면 좋겠어. 아무도 오티스네 집에 있는 부엉이를 쏘지 않았으면 좋았을 거야. 언젠가 그 새가 다시 날 수 있기를 바라. 그리고 다른 건 다 안 된다고 해도, 아빠랑 엄마가 아직도 서로 사랑했으면 좋겠어."
사그라지는 불꽃에 잔가지를 또 한 줌 던져 넣었다.
"내가 너무 많은 걸 바라는 것 같아, 그치?"
불은 타닥거리는 소리로 대답했다.
타오르는 불꽃을 바라보다가 조쉬는 산비탈을 타고 흐르는 바람 소리에 귀를 기울였다. 동굴 입구 천장에 튀어나온 바위가 바람을 막아 주었다. 그런데도 재킷을 벗지 않고 무릎을 가슴께로 끌어모으고 앉아서 생각에 잠겼다. 코요테 무리가 멀리서 컹컹 짖다가 길게 울부짖었다. 바람 소리 너머로, 소름끼치게 날카로운 올빼미 울음소리가 들리더니 이어서 토끼의 새된 비명이 울려 퍼지다 갑자기 조용해졌다. 그것이 무슨 소리였는지 조쉬는 알고 있었다. 한밤의 죽음이었다. 조쉬는 몸을 부르르 떨고 불로 가까이 다가갔다.

퍼덕이던 불꽃이 마침내 이글거리는 숯 덩어리로 변해 갈 무렵 조쉬는 뻣뻣한 몸을 일으켜 하품을 했다. 과연 불을 꺼뜨려도 괜찮을까? 성냥이 남아돌 정도로 많긴 하지만 다음에 불을 켜려고 할 때 성공하지 못할 가능성도 있었다. 불은 늘 그런 식이었다. 하지만 불이 꺼지도록 놔둬야만 했다. 아직도 밤에 불을 피우는 것이 위험할 수 있었다. 산비탈 높은 곳에서 불을 피우면 몇 킬로미터 밖에서도 보였기 때문이다.

조쉬는 절룩거리며 튀어나온 바위 밑으로 가서 포키와 머드플랩 옆에 침낭을 폈다. 둘 다 깨어나더니 침낭 위로 다가와서 누웠다. 조쉬는 자기가 안고 있는 녀석이 포키인지 머드플랩인지 모르겠다고 생각하면서 잠에 빠져들었다. 빙그레 웃음이 나왔다. 삶이 그렇게 나쁜 것은 아니었다. 사실, 지금 이 순간만큼은 끝내주게 멋있고 근사했다.

조쉬는 자는 동안 단 한 번 무엇인가 이마를 세게 누르는 것을 느끼고 잠에서 깨었다. 정신을 추슬러 보니 포키가 머리에 앉아 있었다. 마치 사람이 의자에 앉은 것처럼 몸을 곧추세우고서. 새끼 곰은 하품을 하면서 무심결에 몸을 앞뒤로 흔들고 있었다.

조쉬는 그 무거운 녀석을 세게 밀어붙였다.

"에잇, 포키. 저리 가!"

새끼 곰은 참 귀찮다는 시늉을 하며 튕겨 나갔다. 조쉬는 새끼 곰을 달래어 옆으로 데려와서 팔로 그 복슬복슬한 녀석을 껴안

앉다. 곧, 밤이 잠 속으로 살랑살랑 실려 들어왔다.

짧은 밤이었다. 자정께 커피를 마시면서 브루스터는 션에게 제보가 확실해질 때까지 수색 임무를 중단하라고 일렀다. 오샤네시의 대답은 이랬다.
"자네 말은, 내 휴가가 끝났단 얘기야?"
피곤에 지치고 퀭해진 션의 눈을 떠올리면서 브루스터는 이 남자가 과연 휴가가 뭔지 알기나 하는 걸까 하고 생각했다.
브루스터는 김이 모락모락 오르는 커피를 홀짝거리면서 대학 근처에 있는 자기 집에서 보안관 사무소까지 800미터를 운전했다. 몬태나의 6월 공기는 찼지만 못 견딜 정도는 아니었다. 안개 구름 속으로 아침 햇살이 희미하게 번져 오고 있었고 브루스터는 하품을 했다.
보안관 사무소 주차장에 차를 세우면서 보니 가장자리에 반장의 승용차인 하얀 플리머스 한 대만 항구에 정박한 배처럼 세워져 있었다. 이렇게 이른 아침의 좋은 점은 바로 고요함이었다. 주간조가 아직 도착하기 전이었다. 출입문을 열고 들어서면서 브루스터는 지쳐 보이는 당직 보안관 대리를 향해 미소를 지어 보이며 통신실로 향했다. 비이 있을 것이라 생각했는데 뜻밖에도 젊은 보안관 대리 에드 그린이 귀에 전화기를 대고 있었다.
브루스터가 말했다.
"세상에, 이렇게 일찍 뭔 일이래?"
에드 그린은 미소를 짓고 전화기를 내려놓았다.

"단서가 끊어졌나 싶었는데, 이상한 점이 있어요. 가디너에서 그 여자가 본 아이는 테니스화, 더러운 청바지, 갈색 겨울 재킷, 초록색 플란넬 셔츠를 입고 있었다고 했거든요. 그런데 이걸 보세요."

보안관 대리는 브루스터에게 종이 한 장을 내밀었다.

브루스터는 조쉬가 입고 나갔을 옷이라며 리비 맥과이어가 적어 준 옷가지 목록을 확인했다. 방금 에드가 말한 것과 모두 일치했다.

"하지만 그 아이는 모터사이클을 타고 옐로스톤 공원으로 들어갔다고 하지 않았나?"

브루스터가 물었다.

"그게 모를 일이에요. 모터사이클이 어디서 났으며 관광객들이 득시글거리는 그 공원에 무슨 수로 숨어들어 갔을까요?"

"전화 요금 부과 범위는 확인해 보았나?"

브루스터가 물었다.

"안 그래도 말씀드리려던 참이었어요. 이걸 보세요."

젊은 보안관 대리는 일어서서 옆 벽에 붙여 놓은 커다란 주 지도를 가리켰다.

"그 요금이 부과되는 지역은 빅 스카이에서, 에니스, 그리고 여기, 부테 동쪽이에요."

그는 손가락으로 커다란 원을 그리며 말했다.

"거기서 클라이드 공원 북쪽과 월설을 지나고, 스프링힐로 내려가서, 남쪽 옐로스톤까지 이어져요."

브루스터가 펜으로 가디너를 가리켰다.

"그 공원 경계선은 와이오밍 주와 몬태나 주 사이의 경계로군, 맞지?"

젊은 대리는 고개를 끄덕였다.

"가디너는 그 요금이 부과되는 범위 안에 있어요. 하지만 뭔가 께름칙해요. 통화 범위와 옷은 맞는데 옐로스톤 공원에 숨는 것과 모터사이클을 탔다는 점은 맞지 않아요."

"조쉬가 모터사이클을 가지고 있었는지 그 가족한테 물어봤나?"

브루스터가 물었다.

"마침 확인하려던 참이었어요."

브루스터가 전화기를 들으며 말했다.

"내가 전화하지. 그러잖아도 조쉬 어머니가 잘 있는지 확인을 해야 하니까."

전화벨이 울린 지 얼마 되지 않아 리비의 목소리를 들을 수 있었다. 리비가 말했다.

"여보세요."

"리비, 브루스터 빙엄입니다. 이렇게 아침 일찍 전화를 드려 죄송합니다. 조쉬가 모터사이클을 가지고 있나요?"

"아뇨. 왜요? 무슨 소식이 들어왔어요?"

"아니면 꼭 자기 것이 아니라도 모터사이클을 탈 줄 아나요?"

"음, 타이가 산악용 모터사이클을 가지고 있었어요. 하지만 타이가 죽은 후로는 쭉 광에 놔두고 있었어요."

"아직도 그 자리에 있습니까?"

"네. 확실히 거기에 있지요…… 아니, 그게 사라진 걸 확인해 보지는 않았어요. 잠깐만요. 샘을 깨워서 물어볼게요."

브루스터는 말을 주고받는 소리를 희미하게 들었다. 곧 리비가 돌아왔다.

"샘이 그러는데 바로 어제 그 자리에 있는 것을 봤대요."

"네, 고맙습니다. 어떤 식으로든 조쉬가 모터사이클을 탔을 거란 생각이 들면 바로 알려 주세요. 우리가 추적하는 단서 중에 하나거든요."

리비가 말했다.

"그럴게요. 전화 주셔서 고맙습니다."

"리비."

"네?"

"어떻게 지내세요?"

리비는 잠시 주춤하다가 대답했다.

"저는 괜찮아요."

"그럼, 무슨 일이 있거든 바로 전화하세요."

"그럴게요."

브루스터는 천천히 수화기를 내려놓고 말했다.

"그 제보는 제외하게. 훔쳤다면 몰라도 그 아이한테는 모터사이클이 없어. 어째서 그 아이를 본 사람이 아무도 없을까? 수증기처럼 증발해 버린 것 같군. 새끼 곰과 개를 태운 모터사이클을 타고 옐로스톤 공원 근처에 얼씬거렸다면 우리 전화가 북새통이 없을 거야. 그렇지만 옷가지가 우연히 일치할 수는 없단 말이야. 우리가 놓치고 있는 게 대체 뭐지?"

젊은 보안관 대리는 고개를 저었다.

"애가 우리를 갖고 노는 것 같습니다."

"이러다간 나도 두 손 두 발 다 들게 생겼어."

브루스터가 말했다.

단서

"조쉬가 모터사이클을 타고 있는 걸 봤대?"
샘이 투덜거리며 침대에서 일어나 앉으며 물었다.
리비가 전화기를 내려놓으며 말했다.
"아니. 그냥 단서를 추적하고 있대. 어떤 사람이 모터사이클을 탄 남자애를 봤다고 신고한 모양이야. 뭔가 이상한 것만 봤다 하면 너도 나도 전화를 하나 보지."
샘은 리비한테 성질을 부리고 싶어졌다. 무엇 때문인지는 모르겠지만 여하튼 추궁할 게 있는 듯했다. 지금 같은 상황에서 리비는 너무나 자신을 잘 추스르고 있었다. 마치 뭔가 아는데도 샘에게는 말하지 않는 것 같았다. 어제 새끼 곰을 고아로 만들었냐고 물었을 때 대답을 하지는 않았지만 목소리만 들어도 자기한테 책임이 있다고 생각하는 것이 뻔했다. 그래서 뭐 어쨌단 말인가? 맹세코 일부러 어미 곰을 쏘지는 않았는데 말이다.

"뭘 그렇게 쳐다봐?"

샘은 자기를 바라보는 리비에게 냅다 쏘아붙였다.

"아무것도 아니야. 그저 조쉬가 어디서 모터사이클을 구할 수 있을지 생각해 보고 있었어."

"오, 하느님 맙소사. 설마 그 녀석이 모터사이클에 개와 곰을 태우고 다닐 수 있다고 생각하는 건 아니겠지?"

"그냥 생각해 본 거야. 틀림없이 광에 모터사이클이 있는 것을 봤지?"

리비가 말했다.

"그래, 틀림없이 광에 모터사이클이 있는 것을 봤어."

샘은 리비의 말을 흉내 내어 물었다.

"내가 거짓말을 한다고 생각해?"

"아니, 난 그냥……."

"그냥 뭐?"

리비는 대답하지 않았다.

샘은 능글맞은 웃음을 띠며 옷을 입었다. 그러고는 재킷을 걸치고 집 밖으로 나갔다. 새벽부터 전화를 걸어 대니 이제 내 집에서 잠조차 제대로 잘 수 없군. 무슨 뚱딴지같은 소리냔 말이야? 도대체가 상식도 없는 모양이지? 모터사이클 따위 허무맹랑한 단서나 추적하고 있으니 아직 조쉬를 찾지 못한 것도 당연하지. 샘은 축사로 가서 마구간의 썩은 널 몇 개를 고치기 시작했다. 떼어지지 않는 널을 가지고 욕을 하면서 씨름하다가 결국 쇠지레를 가지러 광으로 건너갔다.

쇠지레를 찾아서 광에서 나오는 길에 샘은 방수포로 덮어 놓은 모터사이클에 힐끗 눈길을 주었다. 여전히 제자리에 있었다. 방수포가 바닥까지 늘어져 있어서 실제로 모터사이클을 볼 수 있는 것은 아니었지만 분명히 거기에 있었다. 샘은 문으로 몇 발짝 걸음을 옮기다가 다시 뒤를 돌아보았다. 왠지 바보가 된 기분이 들었다. 물론 모터사이클은 방수포에 덮여 있었다. 그런데 그도 다른 사람들처럼 이상한 생각이 들기 시작했다. 샘은 먼지 쌓인 초록색 캔버스 천이 불룩 솟아 나온 것을 보았다. 뭔가 이상해 보였다.

"오, 하느님 맙소사."

샘은 나직이 중얼거리고 방수포 쪽으로 걸어갔다. 천의 한 귀퉁이를 붙잡아 확 걷어 낸 다음 무엇이 있는지 확인했다.

"이, 이놈…… 자식!"

샘이 내뱉는 날카로운 욕설에 공기가 쩌렁 울렸다. 샘은 얼굴이 화끈 달아오르는 것을 느꼈다. 널빤지 몇 개로 기름 먹인 캔버스 천을 떠받쳐 위장해 놓고 있었다. 샘은 쇠지레를 바닥에 내동댕이치고 널빤지 두 개를 부러뜨렸다. 그는 고함을 질렀다.

"시건방진 녀석! 날 바보로 알았겠다!"

샘은 화가 나서 몸을 부들부들 떨었다. 조쉬가 모터사이클을 가져가도록 리비가 도왔을지도 모른다. 리비와 조쉬가 자기를 바보로 만들어 놓고 지금 비웃고 있을 것이라는 생각이 들었다. 샘은 집으로 쳐들어갔다. 이제 바보 취급을 당하는 것도 신물이 났다.

"리비!"

샘은 소리치면서 현관문을 발로 차 열었다.

"왜?"

리비가 물었다.

"왜?"

샘은 리비의 말을 그대로 따라하더니 말했다.

"그 이유는 당신이 알 텐데. 당신은 모터사이클이 없어진 걸 알고 있었잖아?"

리비가 부엌에서 달려 나왔다.

"모터사이클이…… 없어졌어? 도대체 무슨 말을 하는 거야?"

샘은 리비를 노려보면서 거짓말하는 기색이 있는지 살폈다. 리비는 너무나 진지하고 걱정스러운 표정이었다. 오, 연기를 정말 잘하는군. 샘은 목소리를 높였다.

"녀석이 모터사이클을 가져간 걸 당신은 알고 있었잖아?"

"모터사이클을? 그 애가 어떻게…….."

리비는 손으로 입을 막았다.

"아무것도 모른다고 시치미 떼지 마."

샘이 말했다. 자신이 광에서 모터사이클을 봤다고 그 보안관 대리에게 말했는데 이제 와서 그것이 사라진 것을 알았다고 하면 사람들은 자기가 거짓말을 한다고 말할 터였다. 정작 거짓말을 하는 것은 리비와 조쉬였다. 두 사람이 널빤지를 대놓고 방수포를 덮어 씌웠던 것이다. 샘은 리비를 손가락질하며 말했다.

"당신은 모터사이클이 없어진 걸 알고 있었어."

리비가 샘의 팔을 잡았다.

"샘, 그만해! 생각해 봐. 내가 어떻게 알았겠어? 난 광에는 간 적도 없다고."

샘은 팔을 휘둘러 리비를 뿌리치고 전화기를 잡고 다이얼을 돌렸다. 샘은 기다리면서 뭐라고 중얼거렸다.

"탐색구조 본부입니다. 무엇을 도와드릴까요?"

앳된 목소리였다.

"빙엄 보안관 대리에게 말할 게 있소."

샘이 말했다.

"잠시만요."

곧 브루스터가 전화를 받았다.

"빙엄 보안관 대리입니까?"

샘이 물었다.

"네. 누구십니까?"

"샘입니다. 조쉬가 타이의 모터사이클을 가지고 갔습니다."

"정말입니까?"

"모터사이클이 없어졌습니다. 뭘 더 알고 싶습니까?"

"좋습니다. 어떤 모터사이클인지 말씀해 주실래요?"

"빨간색 혼다 엔듀로 125요. 그걸 산다고 타이가 2년 동안 일해서 돈을 모았소."

"조쉬가 그것을 탈 줄 아나요?"

"타이가 녀석에게 한두 번 타게 해 주었던 것 같습니다. 그렇다고는 해도 한밤중에 개와 곰을 싣고 나갈 방법은 없소."

빙엄 보안관 대리의 목소리는 신중했다.

"조쉬는 여태 우리가 생각지 못한 일을 꽤 많이 해 왔으니까요."

샘은 욕을 내뱉고 수화기를 쾅 내려놓았다.

리비는 부엌 탁자에 팔꿈치를 괴고 앉아 있었다. 손바닥으로 이마를 짚은 모습이었다. 리비가 맥 빠진 목소리로 물었다.

"뭐라 그래?"

샘은 리비를 노려보았다.

"다들 조쉬가 자기 자식인 것처럼 행세하는군."

샘은 이렇게 중얼거리고 침실로 올라갔다.

샘이 욕설을 내뱉으며 전화를 끊고 나서도 브루스터는 그대로 전화기를 들고 있었다. 그러다가 수화기를 내려놓고 젊은 보안관 대리에게 몸을 돌렸다.

"할 일이 생겼어, 에드. 가디너에 나타났다는 그 모터사이클이 어떤 것인지 알아보게. 참, 또 하나. 제보자한테 그 모터사이클이 실제로 옐로스톤 공원으로 들어가는 것을 봤는지, 아니면 그냥 그 방향으로 갔는지 물어보게."

잠시 뒤 젊은 보안관 대리가 전화기를 내려놓으며 말했다.

"브루스터, 그 아이가 그 방향으로 가는 것만 봤다고 하네요. 모터사이클 제조 회사는 모르지만 빨간색이고 젊은이들이 울퉁불퉁한 흙길에서 타거나 산에 오를 때 타는 종류라고 합니다."

"산악용 모터사이클이야."

젊은 보안관 대리는 고개를 끄덕였다.

"좋았어!"

브루스터는 탁자를 탁 내려치고 지도를 보았다.

"그 아이가 처음부터 우리를 엉뚱한 길로 데려갔군. 내가 그 애 아버지라면 정말 자랑하고 싶었을 거야."

브루스터의 손가락은 지도 위를 더듬다가 옐로스톤 공원 근처에서 머뭇거렸다. 그러다가 갑자기 몸을 돌렸다.

"아니야! 조쉬처럼 영리한 아이가 사람들이 많은 공원으로 들어갔을 리가 없어. 가디너에 나타났다면 그 근방에 있긴 할 거야. 하지만 어디에 숨어 있을까? 이것 봐, 그 아이가 정말 야영을 하고 있을까? 다른 사람의 집에 숨어 있을지도 모르잖아?"

젊은 보안관 대리는 고개를 저었다.

"그 가게에서 일하는 여자는 아이가 더러워 보이는 데다 몸에서 연기 냄새가 났다고 했어요. 그리고 야영할 때 조리해 먹을 수 있는 것들을 사 갔답니다."

"그렇다면 이 근처 어딘가에 있어야겠지."

브루스터는 갤러틴 산의 남쪽 끝을 가리켰다.

"범위가 넓긴 하지만 브리저 산보다 넓진 않지."

대리는 고개를 끄덕였다.

브루스터는 펜을 던지듯이 내려놓았다.

"좋아, 그쪽을 찾아보자고."

"잠시 기다리게."

두 사람의 등 뒤, 복도에서 반장의 걸걸한 목소리가 들려왔다.

"안녕하세요, 반장님."

브루스터가 돌아서서 얼굴에 웃음기라고는 없는 반장을 맞이하며 말했다.

반장이 안으로 들어왔다.

"그다지 안녕하다고는 할 수 없겠어. 이걸 보라고."

반장은 유에스에이투데이 오늘자 신문을 긴 의자 위에 던졌다.

브루스터는 신문을 내려다보며 나직이 휘파람을 불었다. 신문 첫 페이지의 상단에 조쉬의 사진이 나와 있고 굵직한 글씨로 다음과 같은 제목이 붙어 있었다. "몬태나 산에 숨어든 소년과 새끼 곰에 온 국민이 주목."

반장이 성난 목소리로 말했다.

"오늘 주요 방송국에서 취재진이 몰려올 거야. 그 아이의 부모에게 미리 준비하라고 일러두게. 자, 이제부터 모든 보도 자료는 내가 먼저 검토하겠네. 세상에, 이번 일은 내가 두 팔 걷고 나서서 한시라도 빨리 마무리 짓고 싶은 마음뿐이야."

브루스터는 서둘러 오늘 아침에 알아낸 사실들을 전했다. 그러고는 지도를 가리키며 자신의 생각을 말했다.

다 듣고 난 반장이 말했다.

"자네 판단이 맞기를 바라네. 이 사건은 정말 까다롭군. 할 수 있는 데까지 힘껏 밀어붙이게. 한 시간마다 전화 회사에 연락해서 통화 기록 장치를 확인하라고. 오티스 싱클레어가 그 아이와 다시 접촉할 가능성이 있으니 그 집에 순찰차를 한 대 보내서 잠복시켜야겠어."

"언론 쪽은 어떻게 하지요?"

"모두 이 파티에 참여하고 싶어 하지만 케이크 드는 수고를 하려는 사람은 하나도 없는 형편이지. 신문사와 방송국은 내게 맡겨 두게. 자네들은 그 아이를 찾는 데만 힘을 써!"

반장이 말했다.

"반장님."

브루스터가 말했다.

"그래."

"그 아이가 달아난 이유에 저도 어느 정도 수긍을 하고 있습니다. 지금까지 어업수렵부는 이 사건에 전혀 협력하지 않고 있습니다. 그 사람들이 언론사에 답변을 하도록 만들 수는 없을까요?"

반장은 고개를 끄덕였다.

"당연히 그렇게 해야지."

브루스터는 디크 미즈너를 떠올리며 빙그레 웃었다.

해가 산 위로 떠오르고 있을 때 조쉬는 찬 공기를 느끼며 잠에서 깨었다. 손등으로 눈을 문질러 잠을 몰아내고 침낭에서 꾸물거리며 기어 나왔다. 입에서 지독한 맛이 났다. 아빠는 이것을 사슴 입 냄새라고 불렀다. 조쉬는 뻣뻣한 무릎을 구부리며 얼굴을 찌푸렸다.

여기 산에서는 모든 것이 정말 달랐다. 집에서는 음식을 남긴다고 엄마가 자주 야단을 쳤다. 여기서는 배고픔이 가시지 않았다. 집에서는 조금 베이거나 긁히기만 해도 난리법석을 떨었다.

이제는 아픔을 모른 척하는 법을 배우고 있었다. 하지만 모른 척할 수 없는 것은 감정이었다. 시도 때도 없이 설움이 북받쳐서 눈물을 흘리고 나서야 그런 우울한 생각에서 벗어날 수 있었다.

주로 아빠 생각이 나면 그랬다. 정말 공평하지 않다는 생각이 들었다. 아빠가 누구를 더 좋아할지, 타이 형과 실랑이를 벌이던 기억이 났다. 한번은 아빠한테 물어보기도 했다. 아빠는 조금도 망설이지 않고 대답했다.

"너희 둘 다 똑같이 사랑해. 너희는 내 두 다리와 같아. 한쪽 다리가 다른 하나보다 좋거나 싫을 수는 없잖아. 너희 가운데 하나라도 없으면 나는 제대로 살아갈 수 없단다."

어쩌면 그 말이 맞는지도 모른다고 조쉬는 생각했다. 타이 형이 죽고 나서 아빠는 잘 살아가지 못하고 있으니까. 아빠는 한쪽 다리를 잃은 것과 다름이 없었고, 남은 한쪽 다리 때문에 모든 것이 잘못되고 있다며 화를 냈다.

조쉬는 동굴 밖 산의 경치를 내다보았다. 하늘에는 아침노을이 펼쳐지고 저 아래 풀밭에는 옅은 안개가 드리웠다. 오늘은 자질구레한 일이 많았다. 날씨가 다시 나빠질 때를 대비해서 불을 피울 잔가지와 불쏘시개를 많이 비축해 놓아야 했다. 시간이 되면 꼬챙이 빵도 만들어 볼 생각이었다. 타이랑 아빠가 이름 붙인 이 빵은 팬케이크 가루를 아주 되게 반죽해 꼬챙이에 감아서 핫도그처럼 구워 먹는 음식이었다.

조쉬는 포키를 건너다보았다. 그 목에 감은 밧줄을 풀어 주고 싶었지만 그렇게 하면 달아날 것이 뻔했다. 포키는 뭣에 놀랄 때마다 냉큼 도망가 버렸다. 갑자기 한 가지 생각이 떠올랐다. 조쉬는 바위에 묶어 놓은 밧줄을 풀어서 머드플랩의 목에 맸다. 둘이 밧줄로 연결되어 있으면 마음껏 달리고 서로 쫓아다닐 수도 있었다. 새끼 곰을 불러들이고 싶으면 머드플랩을 부르기만 하면 되었다.

새로운 해결책을 마련해 놓고 기분이 좋아진 조쉬는 불 땔 가지를 마련하려고 언덕 아래로 떠날 채비를 했다.

"머드플랩, 넌 여기 있어."

조쉬가 일렀다. 사실 그런 명령을 할 필요는 없었다. 두 짐승은 보금자리 근처에서 숨기도 하고 장난삼아 공격을 하면서 신나게 서로를 쫓아다녔다.

15분쯤 뒤에 조쉬는 나뭇가지를 한 아름 안고 돌아왔다. 그런데 두 짐승이 보이지 않았다. 조쉬는 고함을 질렀다.

"야, 머드플랩, 포키, 어디 있니?"

나무를 얼른 내려놓고 주위를 둘러보았다. 동굴 안에서 새끼 곰과 개는 놀기를 멈추고 뭔가를 먹고 찢느라 여념이 없었다. 조쉬는 달려 들어가서 눈앞의 광경을 보고는 숨이 멎는 듯했다.

사방에 흐트러져 있는 것은 배낭에 들어 있던 음식이었다. 팬케이크 가루가 바닥에 쏟아져 있었고 그 가루를 뒤집어 쓴 포키는 네 발 달린 유령처럼 보였다. 육포와 초콜릿 바도 게걸스럽게 먹어 치운 뒤였다. 토마토 수프 캔 네 개가 뜯겨서 거기서 나온 국물이 하얀 담요 같은 팬케이크 가루를 적셔 놓았다. 쿠키는 하나도 남아 있지 않았고 포키를 주려고 산 계란도 마찬가지였다.

분유와 오트밀 통도 부서져서 흙먼지와 뒤섞여 버렸다.

 잠시 동안 조쉬는 손끝하나 까닥할 수가 없었고 입도 벙긋하지 못했다. 뭣에 세게 얻어맞은 것 같았다. 조쉬는 만찬을 즐기느라 정신이 없는 두 짐승을 밧줄로 잡아당겨 거칠게 끌어냈다.

 "그만해!"

 조쉬는 소리를 질렀다.

 두 짐승은 다시 음식을 먹으려고 안간힘을 쓰며 할퀴고 잡아당겼다. 그 녀석들은 힘을 합쳐서 그 작은 다리로 조쉬를 다시 동굴 안으로 끌어당겼다.

 "머드플랩, 안 돼!"

 조쉬는 날카롭게 외치며 개의 엉덩이를 걷어찼다. 발길질이 빗나가는 바람에 조쉬가 넘어졌지만 머드플랩은 말을 알아들었다. 풀이 죽어서 다리 사이로 꼬리를 내렸다. 새끼 곰은 포기하지 않았다. 더 먹고 싶다고 소리를 지르고 꿀꿀거렸다. 음식이 있는 쪽으로 엉덩이를 들이밀면서 초콜릿 바 조각이 있는 쪽으로 뒷다리 하나를 뻗으려고 했다.

 조쉬는 일어나서 몸부림치는 새끼 곰을 끌고 동굴 밖으로 나갔다. 새끼 곰과 개를 묶어 놓은 다음 배낭이 있는 자리로 돌아왔다. 그러고는 땅에 주저앉아 울기 시작했다.

곰의 습격

 조쉬가 흘린 눈물은 하얀 팬케이크 가루에 아주 작은 분화구를 여럿 만들어 놓았다. 왜 모든 일이 엉망이 되어 버릴까? 포키와 머드플랩은 자기들이 방금 음식의 대부분을 먹어 치우고 엉망으로 만들어 놓았다는 사실을 알고 있을까?
 조쉬는 엉겨 버린 음식 덩어리에서 먹을 만한 것을 느릿느릿 가려 주웠다. 그러고 있자니 화가 났다. 머드플랩은 개 먹이는 하나도 건드리지 않았다. 하지만 이제 남은 것이라고는 그것뿐이었다. 조쉬는 마음을 다잡았다. 그것 말고 먹을 것을 찾아야만 했다. 조쉬는 절망감을 느끼며 포키와 머드플랩을 묶어 놓고 낚싯줄을 들고 산등성이로 올랐다. 두 봉우리 사이의 우묵한 산등성이에 올라 호수를 쳐다보았다. 아직도 멀리 보이는 호숫가에는 텐트 하나와 모닥불이 자리 잡고 있었다.
 "거기서 영원히 살 거냐?"

조쉬는 중얼거렸다. 밤에 저 야영지로 몰래 기어들어 가서 괴상한 소리를 내면 사람들이 떠날까? 텐트 말뚝을 잡아 빼면 효과가 있을지 몰랐다. 그런 짓은 하지 않겠지만, 포키를 텐트 안에 집어넣으면 재미있지 않을까? 돌아오는 동안 너무 배가 고파 위장이 뒤틀리는 것 같았다.

조쉬는 캠프로 돌아와서 한 가지 결심을 했다. 머드플랩의 개 먹이가 무슨 맛이 나든 간에 당분간 그것으로 사는 수밖에 없었다. 그것을 먹고 개가 죽지 않으니 사람도 죽지 않을 터였다. 조쉬는 주저주저하면서 딱딱한 개 먹이를 씹어 먹기 시작했다. 지독한 맛이 났고 물과 함께 먹는데도 엉겨 붙어서 입안에 찰싹 달라붙었다. 어떻게 해서 개들은 이런 먹이를 보고 좋아하는 것일까?

조쉬는 몇 움큼쯤 집어먹다가 입에 든 것을 뱉어 버렸다. 그 이상한 맛 때문에 토하고 싶었는데 갑자기 새로운 생각이 떠올랐다. 조쉬는 포키의 줄은 그대로 두고 머드플랩의 줄을 풀어 손에 쥐었다. 그리고 이렇게 선언했다.

"자, 여러분. 들꿩 사냥을 나갑시다. 어제 풀밭에 몇 마리 있었어."

조쉬는 타이 형이 들꿩에게 어떻게 돌을 던졌는지 기억했다. 그 바보 같은 새들은 돌멩이가 제 옆을 휙 스치는데도 그냥 앉아 있었다. 운이 조금만 따라 주면 타이 형은 곧잘 맞혔다. 조쉬는 손목에 밧줄을 감고 언덕 아래로 떠났다. 조쉬는 개와 새끼 곰에게 털어놓았다.

"난 한 번도 맞혀 본 적이 없어. 하지만 타이 형이 할 수 있는 일이라면 나도 할 수 있겠지."

풀밭을 향해 걸어가면서 조쉬는 괜찮은 돌이 눈에 띄면 주워서 주머니에 집어넣었다. 달걀만 한 크기라면 어떤 돌이든 상관없었다. 그러고는 나무에 몇 개를 던져 보았다. 돌멩이는 쓸 만했는데 목표물은 맞히지 못했다. 몇 미터나 빗나가 버렸다. 가만히 서 있는 나무도 맞히지 못하는데 무슨 재주로 들꿩을 맞힐 수 있을까? 왜 나는 타이 형처럼 잘 던지지 못하는 것일까? 이런 생각 때문에 골이 지끈거렸다.

조쉬는 포키와 머드플랩을 끌고 너른 풀밭으로 가면서 떨기나무나 키가 큰 나무들이 모여 있는 데가 어디인지 살폈다. 들꿩은 떨기나무가 빽빽한 곳에서 놀기를 좋아한다고 타이 형이 가르쳐 주었기 때문이다.

걸어가면서 처음 눈에 띈 들꿩이 열 발짝쯤 떨어진 데서 푸득거리며 날아올랐다. 새가 힘찬 날갯짓을 하며 가까운 가지로 날아가는 모습이 꼭 헬리콥터 같았다. 조쉬는 포키를 나무 그루터기에 매어 놓고 머드플랩에게 가만히 있으라고 지시했다. 그런 다음 살살 몸을 낮추어 그 잿빛 새에게 가만히 다가갔다. 스무 발짝쯤 떨어진 데 서서 돌을 던지기 시작했다.

돌이 몇 번이나 쉭 소리를 내며 지나가는데도 작은 닭만 한 그 새는 꼼짝도 않고 앉아 있었다. 마침내 돌 하나가 새가 앉은 나뭇가지를 맞히자 새가 갑자기 날아갔다. 조쉬는 그 들꿩이 날개를 푸드덕거리며 들판을 가로질러 눈앞에서 사라지는 모습을 지켜보았다.

"다음에는 꼭 잡고 말겠어."

조쉬는 다짐을 하듯 속삭였다.

들꿩을 돌로 맞히는 것이 해를 끼치는 일일지 모른다는 생각이 들었다. 오티스가 짐승들이 다른 짐승들에게 어떤 식으로 의지하면서 사는지 설명해 준 적이 있었다. 아저씨는 모든 생명체는 커다란 퍼즐의 한 조각과 같다고 말했다. 오티스는 그 퍼즐을 생명의 순환이라든가 사슬이라고 불렀다. 동물을 하나 죽이면 다른 동물에게 해를 입힐 수도 있었다. 조쉬는 들꿩도 그런 퍼즐의 일부인지 잘 알 수가 없었다. 그러지 않기를 바랄 뿐이었다. 자신은 그저 한 마리를 잡아서 배고픔을 채우고 싶은 마음이었다.

조쉬는 돌아와서 포키와 머드플랩을 데리고 풀밭을 똑바로 가로질러 건너편으로 넘어갔다. 언덕 비탈에 산쑥이 빽빽하게 자라 있었다. 저런 곳에서 돌멩이를 잘 던질 수 있을지 확신이 서지 않았지만 어쨌든 해 보기로 했다. 앞쪽으로 이백 발짝쯤 되는 거리에 있는 우거진 나무들 사이에서 들꿩 몇 마리가 갑자기 솟아올랐다. 사슴 한 마리도 뭣에 놀랐는지 튀어나왔다. 그 암사슴은 언덕을 얼마쯤 올라가다가 멈춰 서서는 그 울창한 떨기나무 숲을 다시 돌아보았다.

조쉬는 나름대로 추측하면서 말했다.

"들꿩이 사슴을 놀라게 한 모양이야. 어쩌면 그 안에 몇 마리가 더 있을지도 몰라. 자, 가 보자."

조쉬는 새끼 곰을 끌어당기면서 걸음을 재촉했다. 그 숲 가장자리에 이르렀을 때 포키는 더 이상 앞으로 나아가려 하지 않으며 뻗대었다. 머드플랩이 나지막이 으르렁거렸다.

"그만해, 이 녀석. 새가 놀라 달아나겠어."

조쉬가 말했다. 조쉬는 포키의 밧줄을 아스펜나무에 매어 놓고 돌아섰다.

"머드플랩, 엎드려. 엎드려서 기다려."

머드플랩은 마지못해 주인의 말을 들으면서도 여전히 낮게 그르르 소리를 내고 있었다. 조쉬는 고개를 젓고 나무가 우거진 곳으로 향했다. 살그머니 움직였다. 몇 차례 들꿩에게 가까이 다가갈 수 있었지만 두세 걸음 남았을 때 날아가 버렸다. 잿빛 새들은 눈에 잘 띄지도 않았다.

왼쪽에서 뭔가 와지끈 하는 소리가 들렸다. 사슴이 또 있는 모양이었다. 그때 머드플랩이 등 뒤에서 으르렁거렸다.

"머드플랩, 닥쳐!"

조쉬는 고개를 살짝 돌리며 을러댔다. 온 세상이 다 듣도록 으르렁거리는 개를 데리고서 어떻게 몰래 들꿩에게 다가갈 수 있을까? 하지만 이 바보 천치는 멈추질 않았고 급기야 짖기 시작했다. "이 녀석, 혼나야 정신을 차리지."

조쉬는 중얼거리면서 다시 개가 있는 쪽으로 향했다.

머드플랩은 짖다가 이빨을 드러내고 으르렁대다가 다시 짖곤 했다. 앞쪽에서, 그 다음엔 옆쪽에서 나뭇가지가 부러지는 소리가 들리기 시작했다. 커다란 것이 풀밭을 향해 움직이고 있었다. 도대체 뭐가 저런 소리를 낼까? 사람일까? 사슴이 있었다면 개

짖는 소리에 벌써 도망을 가 버렸을 터였다. 아니면 혹시…… 조쉬는 그 생각이 떠오르자 온몸에 힘이 쭉 빠져 버렸다.

　와지끈거리는 소리는 더 이상 들리지 않았다. 그것이 무엇이든 풀이 나 있는 평평한 땅으로 들어갔다는 뜻이었다. 머드플랩이 위급함을 느낀 듯이 한껏 목청을 높여 짖어 댔다. 조쉬는 머드플랩이 이렇게 짖는 것을 본 적이 없었다. 조쉬는 달리기 시작했다. 마침내 비틀거리며 나무가 없는 풀밭에 이르렀을 때 조쉬는 커다란 검은 곰이 포키에게 덤벼드는 것을 보았다.

　"곰! 곰이다!"

　조쉬는 어쩔 줄 모르고 서서 비명을 질렀다.

　포키가 울부짖으면서 밧줄에 묶인 채로 이리저리 뛰었다. 맹렬하게 밧줄을 물어뜯는 새끼 곰의 작은 구슬 같은 눈은 두려움으로 일렁거렸다. 바로 그때 입을 쩍 벌린 그 무시무시한 짐승이 포키를 쳤다. 커다란 곰은 날쌔게 움직이며 그 뻣뻣한 털이 난 입으로 포키를 낚아채서 흔들었다. 곰이 속도를 조금도 늦추지 않고 펄쩍 뛰면서 밧줄을 건드렸다. 밧줄이 팽팽해지면서 포키가 곰의 억센 턱에서 떨어져 나왔다. 곰은 금세 돌아서서 다시 공격했다. 벌어진 입에서 침이 기다란 실처럼 흘러내려 왔다.

　포키가 일어서서 겁에 질려 달리며 괴상한 소리를 냈다. 포키는 덮쳐 오는 곰한테서 도망쳤지만 이내 팽팽해진 밧줄 끝에서 곤두박질쳤다.

　"죽이지 마!"

　조쉬가 비명을 질렀지만 너무 무서워서 목이 꺽꺽 막혔다.

느닷없이 옆에서 하얗고 까만 형체가 섬광처럼 날아갔다. 그것은 곰의 얼굴을 향해 곧장 뛰어들었다. 곰이 놀라서 고함을 지르고 꿀꿀거렸다.

"머드플랩. 달려들어, 어서!"

곰이 돌아서서, 몸을 뒤틀면서 피하는 개를 향해 앞발을 저었다. 머드플랩은 몇 번 낑낑거렸지만 공격을 계속했다. 잠깐 동안 그 작은 개는 곰을 당황하게 했고 화가 나게 만들었다. 성가신 각다귀처럼 머드플랩은 몸을 돌려서 번개처럼 빠른 움직임으로 이 산짐승의 얼굴을 향해 달려들어 물어뜯었다. 집에서 머드플랩은 원반을 잡을 때 공중으로 다섯 걸음 정도 뛰어오를 수 있었다. 하지만 지금 머드플랩이 상대하는 것은 원반이 아니었다. 큰 곰은 거칠게 꿀꿀거리고 콧구멍으로 숨을 내뿜으면서 다시 공격해 왔다.

조쉬는 새끼 곰을 묶어 놓은 나무로 곧장 달려갔다. 불과 열 걸음도 떨어지지 않은 곳에서 개와 곰의 무시무시한 싸움이 벌어지고 있었다. 나무에 다가가서 무릎을 꿇고 밧줄을 당겼다. 소용없었다. 새끼 곰이 몸부림치는 바람에 밧줄은 더 꽉 조여지고 말았다. 조쉬는 주머니칼을 꺼내 칼집을 벗겼다. 그러고는 떨리는 손으로 밧줄에 칼을 대었다.

귀청을 찢을 듯이 울부짖는 소리가 들려와 조쉬는 고개를 들었다. 머드플랩이 곰의 코에 달려들어 꽉 물었던 것이다. 거대한 짐승은 높이 솟구쳐 오르면서 머드플랩을 공중으로 추켜올렸다. 머드플랩이 내려오면서 곰을 놔주고 끙끙거리면서 땅에 떨어졌다.

머드플랩은 몸을 추스른 다음 다시 덤벼들었다. 다시 한 번 곰이 울부짖고 침을 흘리면서 공격해 왔다.

싸우는 두 짐승은 점점 조쉬 쪽으로 가까이 왔다. 마침내 밧줄이 끊어졌다. 새끼 곰은 풀려나자 풀밭을 가로질러 뛰기 시작했다. 새끼 곰은 고함을 지르면서 작은 앞다리를 엉덩이 뒤로 뻗어 땅을 박차며 미친 듯이 달아났다.

조쉬는 새끼 곰을 따라 뛰었다. 포키와 함께 있는 것이 좋을 듯했다. 동굴 쪽으로 산비탈을 오르기 시작해서야 조쉬는 숨을 돌리면서 질질 끌리던 포키의 밧줄을 거머쥘 수 있었다. 숨을 몰아쉬자 허파가 찔리듯 아파 왔다. 포키도 눈을 희번덕거리며 거칠게 숨을 몰아쉬었다.

뒤를 돌아보자 머드플랩이 아직도 그 거대한 검은 곰의 주위를 빙글빙글 돌면서 몸을 피했다가 덤벼드는 것이 보였다. 곰은 한자리에 서서 작은 공격자를 향해 앞다리를 세차게 휘저었다.

"이리 와, 머드플랩. 이리 와."

조쉬가 큰 소리로 불렀다. 머드플랩이 공격을 멈추면 곰이 물러갈 수도 있었다.

"안 돼! 그만 해, 머드플랩."

조쉬는 소리쳤다.

머드플랩이 잠깐 고개를 들어 조쉬를 바라보았다. 바로 그 순간 곰이 작은 개의 가슴을 앞발로 쾅 내리쳤다. 둔한 소리와 함께 머드플랩은 공중으로 날아올랐다. 개는 땅에 떨어져 구른 다음 가만히 누워 있었다. 곰은 사납게 고함을 지르며 빠른 속도로 머드플랩을 향해 돌진했다.

"안 돼!"

조쉬는 날카롭게 비명을 지르며 포키를 놓아주었다. 그러고는 말라 버린 개울에 있던 기다란 막대기를 잡고 언덕을 내려갔다. 목구멍에서 끓어오르는 듯 소름 끼치는 소리를 길게 내지르고 막대기를 머리 위로 빙빙 휘두르면서 넘어지고 허둥거리며 풀밭을 가로질러 갔다.

비명을 들은 곰이 멈춰 서서 조쉬가 성이 나 돌진하는 모습을 바라보았다. 곰은 제자리를 지키고 서 있었다. 마침내 조쉬가 100미터도 채 안 되는 거리까지 빠르게 다가오자 곰은 갑자기 몸을 돌려 더 낮은 계곡을 향해 성큼성큼 달아났다.

조쉬는 쓰러진 개에게 허둥지둥 달려가 털썩 무릎을 꿇었다. 머드플랩의 숨소리는 고르지 않았다. 한쪽은 검고 한쪽은 하얗던 작은 몸뚱이는 피범벅이 되었다. 한쪽 어깨는 몇 군데나 길게 베여 거죽이 찢어져 있었다. 코에도 열십자로 베인 상처가 있었고 한쪽 다리는 엉뚱한 방향으로 꺾여서 몸에 짓눌려 있었다.

"머드플랩!"

조쉬는 울부짖었다. 눈물이 솟아올랐다.

개는 일어서려고 했지만 맥없이 풀밭에 쓰러지며 끙끙거렸다. 조쉬는 주위를 두리번거렸다. 언덕 위에서 포키가 동굴 입구로 들어가며 사라지는 것이 보였다.

머드플랩이 힘없이 낑낑거렸다.

조쉬는 떨리는 팔로 피로 물든 개의 얼굴을 뺨에 갖다 대었다.

"도와줄게, 머드플랩. 죽지 마. 내가 도와줄게. 이 바보, 바보 같은 개야!"

조쉬는 흐느꼈다.

눈물은 피와 섞여서 머드플랩의 주둥이를 뒤덮었다. 머드플랩은 낑낑거리는 소리로 대답했다.

하지만 조쉬는 도와주겠다는 말을 되풀이하면서도 어떻게 해야 할지 전혀 알 수가 없었다.

오두막

조쉬는 머드플랩의 머리를 끌어안고 울부짖으며 소리 내어 애원했다.
"죽지 마, 머드플랩…… 제발 죽지 마!"
머드플랩은 힘없이 눈을 깜빡거렸다.
조쉬는 머드플랩이 죽음에 아주 가까이 다가갔음을 알 수 있었다. 그렇게 축 늘어져 있는 것이 심상치 않았다. 목장의 병든 말과 약한 송아지들도 그런 적이 있었다. 그런 상태는 관찰해서 안다기보다 느낌으로 알게 되었다. 무슨 일이든 빨리 해야만 했다. 하지만 어떻게 해야 하나?
오티스가 도와줄 수 있을지도 모르지만 가장 가까운 전화기라야 가디너에 가야 있었다. 아니, 정말 그런가? 시내로 가는 간선도로에 닿기 전에 작은 오두막이 하나 있지 않았던가? 전기 설비가 되어 있고 바깥에 커다란 프로판가스통이 있던 그 오두막. 그

곳에 전화가 있을지도 모른다. 무슨 일이든 해야지, 울보처럼 마냥 여기 앉아 있을 수만은 없었다.
"머드플랩, 금방 돌아올게."
조쉬는 코를 훌쩍거렸다. 머드플랩의 축 늘어진 머리를 풀밭에 가만히 뉘었다. 머드플랩은 느리게 숨을 쉬다가 이따금씩 멈추면서 들쑥날쑥 고르지 않게 호흡했다. 눈도 뜨지 않았다. 조쉬는 일어나서 동굴을 향해 달려갔다.
붉은 태양은 산봉우리 위로 낮게 떠서 커다란 불공처럼 타고 있었다. 몇 시간 안에 어두워질 터였다. 왜 나쁜 일은 항상 이렇게 느지막하게 일어나지? 동굴에 다가가면서 조쉬는 새끼 곰이 나무더미 옆에서 돌돌 말아 놓은 침낭에 기대 웅크리고 있는 것을 보았다. 밧줄은 땅에 느슨하게 늘어져 있었다. 포키는 코를 아래로 숙이며 작은 단추 같은 눈을 희번덕거렸다.
"포키. 이리 와, 아가. 널 묶어 놔야 해."
새끼 곰이 몸을 부르르 떨었다.
조쉬가 앞으로 다가갔지만 새끼 곰은 입술을 말아 올리고 거친 숨을 몰아쉬며 위협했다. 그러고는 갑자기 땅을 치면서 "우우우 우프!" 하고 거세게 소리를 내뱉었다. 새끼 곰은 얼굴을 괴상하게 일그러뜨리며 공격하려는 낌새를 보였다. 조쉬는 뒤로 물러나 배낭에서 개 먹이를 한 움큼 꺼냈다. 그리고 조용하게 말했다.
"아프게 하지 않을게. 자, 이거…… 맘에 들 거야."
새끼 곰은 노려보았다. 그런데 느닷없이 목구멍에서 처량한 울음소리가 새어나왔다. 조쉬는 손으로 땅을 짚고 무릎으로 기어가며 개 먹이를 내밀었다. 포키는 마지못해 코를 킁킁거리면서 다리를 떨었다. 그러더니 개 먹이를 지나쳐서 조쉬의 다리에 달라붙었다. 불과 몇 초 만에 포키는 앞발 하나를 빼서 부드러운 발바닥을 꼼꼼히 핥았다. 조쉬는 몸을 숙여 새끼 곰을 껴안았다.

세상이 무섭고 외로워 떨고 있는 포키를 달래 줘야만 했다. 하지만 지금 마냥 곁에 있을 수가 없었고, 포키는 그 이유를 알지 못할 터였다. 포키를 옆으로 떼어 내고 밧줄을 쥐는데 눈물이 핑 돌았다.

"미안해, 포키. 무서워하지 마. 난 머드플랩을 구하러 가야 해. 그 녀석이 아파!"

커다란 바위에 밧줄을 둘러매자 포키는 밧줄을 잡아당겼다. 그러더니 시무룩해져서는 털이 복슬복슬한 턱을 땅에 댈 듯이 축 늘어뜨렸다.

"빨리 갔다 올게. 정말이야."

조쉬는 개 먹이를 바닥에 조금 떨어뜨려 주며 말했다. 포키는 한낮에 포식을 한 터라 여전히 배가 부른 모양이었다. 조쉬는 꺼져 가는 불을 힐끗 쳐다보았다. 불을 피워 놓으면 큰곰이 다가오지 않을지도 모른다는 생각이 들어 나뭇가지를 조금 더 얹어 놓았다.

풀이 우거진 땅에 누워 있는 머드플랩의 몸은 그저 검은색과 흰색이 뒤섞인 덩어리처럼 보였다. 조쉬는 재킷을 걸치고 한달음에 언덕길을 달려 내려가 모터사이클이 있는 곳으로 향했다. 너무 시간을 끌고 있었지만 달리 무슨 수가 있을까? 오티스에게 개를 데려다 주는 길밖에 없었다.

 떨리는 손으로 초크를 당기고 연료가 들어갔는지 확인했다. 그런 다음 열쇠를 돌리고 시동 페달을 힘껏 밟았다. 여러 번 시도를 해도 시동이 걸리지 않았고 그때마다 두려움이 밀려왔다. 눈물이 나와 속도계의 숫자가 흐릿하게 번져 보였다. 조쉬는 눈을 질끈 감고 다시, 또다시 밟았다.

 모터사이클은 마침내 연기를 토해 내면서 부르르 소리를 내었고 시동이 걸렸다. 조쉬는 엔진 회전수를 한껏 높였다. 타이 형은 그렇게 하지 말라고 했지만 지금은 시간이 없어서 느긋하게 엔진을 준비시킬 시간이 없었다. 조쉬는 계곡에서 나와 머드플랩이 있는 곳으로 맹렬하게 달렸다.

 작은 개는 죽은 것 같았다. 산들바람이 불어와 복슬복슬한 꼬리털을 물결치듯 흔들었다. 조쉬는 그 모습을 보고 숨이 멎는 듯했다. 하지만 머드플랩의 가슴이 보일 듯 말 듯 움직이는 것이 보였다. 조쉬는 숨을 토해 냈다.

 "잘했어. 포기하지 마."

 모터사이클은 날카로운 북소리처럼 폭발하는 소리를 반복하면서 거칠게 공회전했다. 조쉬는 개를 안아 올리며 우유 상자의 바닥과 옆면이 너무 딱딱한 것을 알게 되었다. 조쉬는 입고 있던 두터운 갈색 재킷을 얼른 벗어서 상자 안에 넣어 폭신한 자리를 만들어 놓았다. 조쉬가 비좁은 상자 안에 들여놓을 때 머드플랩은 낑낑거리며 신음했다. 그 작은 공간에서 개의 몸은 불편하게 비틀렸고 머리는 상자 바깥으로 처졌다.

조쉬는 숨을 몰아쉬며 모터사이클에 올라타고 지지대를 걷어 올렸다. 그런 다음 엔진 속도를 높여 더 낮은 풀밭으로 내달으며 잎사귀와 잔가지들을 바퀴 뒤로 튕겨 냈다. 해는 산마루에 걸렸고 짙은 황금빛을 쏘았다. 긴 그림자가 드리워 오솔길은 보이지 않게 되었다.

뭔가에 부딪힐 때마다 개의 작은 머리가 이리저리 흔들렸고 약하게 끙끙거리는 소리가 났다. 조쉬는 그 소리를 들을 때마다 가슴이 찢어지는 듯했고, 어찌할 바 모르는 마음에 뒤를 돌아보았다. 어쩌면 이런 식으로 내리 달려서는 안 되는지도 몰랐다. 이렇게 가다가 머드플랩을 죽일 수도 있었다. 어쩔 수 없이 얼마간 속도를 높였다가 다시 브레이크를 잡아 속도를 늦추기를 반복하면서 길을 따라 모터사이클을 몰았다.

절반쯤 내려왔을 때 손마디가 새하얗게 질리도록 운전대를 꼭 잡은 탓에 팔과 어깨가 욱신거리고 경련까지 일어났다. 근육이 타는 듯한 날카로운 아픔은 마치 칼날을 넣어 쑤시는 것처럼 격렬했다. 머드플랩은 얼마나 아플까?

조쉬는 입을 옹다물고 정신을 집중해서 모터사이클을 몰았다. 길이 구부러지더니 내리막길이 나왔다. 어떤 지점에 이르자 길이 낯설고 새롭게 보였다. 길을 잘못 든 것일까? 몇 분 동안 계속 타고 있으면서도 그 생각 때문에 두렵고 괴로웠다. 그때 어스름한 빛이 잠깐 비치며 길 위에 난 타이어 자국을 드러냈다. 조쉬는 한숨을 내쉬었다. 그 자국은 가디너로 갈 때 자신이 남겨 놓은 것이었다.

일단 험한 산비탈 길을 벗어나자 자갈길조차 고속도로처럼 평평하게 느껴졌다. 조쉬는 몇 분 만에 갈색 통나무 오두막 옆으로 왔다. 잠시 망설였다. 차는 없었다. 지붕 그림자가 드리운 앞마당에는 솔잎이 담요처럼 깔려 있었다. 도랑에서 벌레를 잡는 개똥지빠귀 두 마리 말고는 아무것도 움직이지 않았다. 곧 어두워질 터였다. 전력선이 눈에 띄었는데, 길옆의 전봇대에서 오두막 안으로 이어져 있었다. 전력선 아래로 작은 선 하나가 드리워져 있었다. 조쉬는 가슴이 벅차올랐다. 집에서 보았던 그 선은 다름 아닌 전화선이었기 때문이다.

조쉬는 엔진을 끄고 지지대를 세워 받쳤다. 조심스럽게 머드플랩의 옆구리에 손을 대었다. 희미한 심장박동이 느껴지긴 했지만 숨이 얕고 고르지 못했다. 조쉬는 오두막으로 달려가 문을 열어 보았다. 잠긴 손잡이를 비틀어 보고 옆으로 달려가서 창문을 열어 보았지만 열리지 않았다. 실망한 조쉬는 다음 창문으로 갔다. 오두막에 있는 모든 문과 창문을 당겨 본 다음 조쉬는 작대기를 집었다. 조쉬는 뒤편 창문 옆에 붙어 서서 그 작대기를 힘껏 휘둘렀다. 유리는 산산조각이 났고 조쉬는 파편이 비뚤비뚤 남아 있는 창틀을 넘어 들어가 걸쇠를 풀었다. 지금 하는 행동은 모두 잘못된 것이었다. 하지만 달리 무슨 방법이 있을까?

안으로 기어가서 주위를 둘러보았다. 방 두 칸짜리 작은 오두막은 멋지게 꾸며져 있었다. 뒤편은 부엌과 화장실이었다. 응접실로 쓰는 앞쪽 방에는 멋진 소파가 있었다. 사실 이 오두막의 살림살이는 조쉬네 집에 있는 것보다 좋았다. 응접실에는 양탄자까지 깔려 있었다. 모든 것이 아주 깨끗한 것으로 봐서 이 오두막을 꽤 자주 사용하는 모양이었다. 텔레비전과 스테레오 시스템이 한쪽 벽에 나란히 놓여 있었다. 소파 옆 말끔히 치워진 탁자에 노란색 전화기가 놓여 있었다. 조쉬는 달려가 떨리는 손으로 수화기를 들었다. 뚜우 하고 귀에 울리는 신호음이 얼마나 아름답게 들렸는지 모른다.

조쉬는 오티스의 전화번호를 기억할 수 없었다. 수신자 부담을 어떻게 요청하는지도 몰랐다. 그래서 전화교환원을 호출하는 다이얼을 돌렸다.

"안녕하세요."

여자의 목소리였다.

"여보세요. 오티스 싱클레어에게 전화를 하고 싶습니다."

"어느 도시죠?"

"보즈먼이에요."

성가시게 군다고 느끼면서 조쉬가 말했다. 달리 어디에 산다고 생각하는 것일까?

"요금 청구는 어떻게 하시겠습니까?"

조쉬는 당황했다.

"요금 청구요? 무슨 소리예요?"

"이 통화 요금을 어떻게 부담하시겠습니까?"

"부담이요? 저, 아…… 오티스, 오티스 아저씨가 낼 거라고 했어요."

"수신자 부담을 원하신다고요?"

"네."

"전화하신 분 이름이 어떻게 되죠?"

조쉬는 되도록이면 차분하게 말하려고 했다.

"왜 제 이름을 알아야 하죠?"

조쉬가 물었다.

"수신자 부담을 요청하려면 필요합니다. 이름을 말씀해 주실래요?"

"조쉬."

조쉬는 이름을 밝혔다.

"그리고, 저기요…… 오래 걸리더라도 전화를 받을 때까지 기다려 주세요. 오티스는 전화받는 것을 좋아하지 않아요."

오티스는 놀랍도록 빨리 교환원의 전화를 받고 수신자 부담 요청을 받아들였다. 오티스가 걸걸한 목소리로 "여보세요."라고 하는 말이 음악처럼 들렸다. 조쉬는 흥분해서 두서없이 말을 뱉어냈다.

"오티스, 저 조쉬예요. 저 좀 도와주실래요? 제발, 아저씨께서 도와주셔야 해요."

오티스가 말했다.

"잠깐 숨 좀 돌려라. 너 괜찮니?"

"네, 그런데 머드플랩이 다쳤어요. 아저씨께서 꼭 도와주셔야 해요."

"거기가 어디니?"

"오티스, 큰곰이 포키를 죽이려 들었어요. 그런데 머드플랩이 살려 줬죠. 그런데 그 곰이 머드플랩에게 상처를 입혔어요. 제발 도와주세요. 제발."

목소리가 떨렸고 거의 악을 쓰듯이 말하고 있다는 것을 조쉬 자신도 알고 있었지만 어쩔 수가 없었다.

오티스가 말했다.

"알았다, 알았어. 하지만 조쉬, 좀 진정해라. 아주 천천히 말해 봐. 지금 어디에 있니?"

"작은 오두막에 있어요. 지금 당장 오실 수 있죠? 머드플랩이 다쳤는데."

"조쉬!"

오티스는 따끔하게 말했다.

"내 말 들어! 도와줄 테니, 우선 흥분을 가라앉혀. 네가 있는 곳이 정확히 어디인지 말해 봐. 알았니?"

조쉬는 숨을 깊이 들이쉬었다. 손바닥이 축축하고 뼛속까지 한기가 도는 듯했다. 천천히 말을 내뱉으려고 하니까 자꾸만 더듬거리게 되었다.

"아, 아, 아, 알았어요. 여기는 록 강 야영지 바로 아래예요."

"파라다이스 계곡 말이니?"

"네. 거기 있는 자, 작은 오두막의 창문을 깨고 들어왔어요."

"계곡 남쪽 입구에 있는 그 오두막 말이니?"

"네."

"잘됐구나, 조쉬. 근처에 가 본 적이 있어. 머드플랩의 상처는 얼마나 심각하지?"

"아, 아, 아주 나빠요. 여러 군데 찢어졌고, 한 군데는 정말 심해요. 그, 그, 그리고 다리 하나가 이상하게 구부러졌어요."

"정신은 말짱하냐?"

"누, 누, 눈을 뜨지 않아요. 제발 빨리 오세요. 머드플랩이 곧 죽을 거예요."

"알았다. 잘 들어. 난 멀리 떨어져 있어. 개에게 담요를 덮어 주고, 피가 나는 곳은 전부 가볍게 눌러 줘. 금방 떠날게."

"하, 하, 하지만 오티스, 전 여기 있을 수 없어요. 머드플랩을 두고 떠날 테니 와서 데려가면 안 돼요?"

"무슨 소릴! 개를 살리고 싶으면 곁에 있어라."

"아무한테도 말하지 아, 아, 않으실 거죠?"

"그래. 머드플랩을 따뜻하게 해 주고 절대 떠나지 마."

전화가 딸깍 끊긴 다음 뚜우 하는 소리가 들려왔다. 이제 그 신호음을 들으니 겁이 났다. 또다시 온전히 혼자가 되어 버렸다. 조쉬는 몸을 떨었다. 곧 캄캄해질 것이다. 오티스가 길을 잃으면 어떡한다? 어쩌면 아빠나 경찰을 불러야 할지도 모른다. 아빠가 화낼 것을 생각하자 몸이 더 심하게 떨렸다.

조쉬는 얼른 현관문으로 달려가 잠금 장치를 풀었다. 그러고 나서 다리가 꺾인 머드플랩을 거실 양탄자 위에 내려놓았다. 조쉬는 머드플랩의 자세를 편안하게 해 주려고 애썼다. 재킷을 벗어서 피에 젖고 축 늘어진 개의 몸을 덮었다. 벌어진 상처에서 핏방울이 찔끔찔끔 새어 나왔다. 조쉬는 셔츠를 벗어서 상처 주위를 부드럽게 눌러 주었다.

기다리는 동안, 맨살이 드러난 팔과 가슴에 소름이 돋았다. 조쉬는 작은 오두막을 둘러보았다. 조쉬가 깨고 들어온 창문 아래 바닥이 유리 조각으로 뒤덮였다. 주머니에 손을 넣어 보니 남아 있던 돈 뭉치가 만져졌다. 창문 값으로 탁자에 20달러를 남겨 놓아야 한다. 그러고 나면 자전거를 살 돈에서 30달러도 채 남지 않을 것이다.

조쉬는 양탄자를 내려다보았다. 개 주위에 핏자국이 얼룩져 있었다. 조쉬는 핏자국을 손으로 문질렀지만 오히려 더 번지고 말았다. 왜 진작 머드플랩을 부엌의 타일 바닥으로 옮기지 못했을까? 조쉬한테는 새로운 양탄자를 살 돈이 없었다. 이제 확실히 무키맨이 되는 순간이었다. 엄마와 아빠는 영원히 나를 사랑하지 않을 거야. 조쉬는 몸이 떨리는 것을 어찌지도 못하고 입으로 가쁜 숨을 몰아쉬기 시작했다. 추워서 그런 것일까, 아니면 두려워서 그런 것일까? 어쩌면 무키맨도 못된 짓을 했을 때 이렇게 몸이 떨렸을지 모른다.

소파에 담요가 있었다. 조쉬는 얼른 일어나 그것을 집어 들어 어깨에 대충 휘감았다. 그러고는 머드플랩 옆에 쭈그리고 앉아서 피가 엉겨 붙은 개의 가슴팍을 바라보았다. 그 약한 숨이 다시 이어지기를 매 순간 초조하게 기다렸다.

"반장님! 일이 생겼습니다."
브루스터가 외쳤다.
애덤스 반장이 자기 사무실에서 뛰어나왔다.

"무슨 일인가?"

"오티스 싱클레어가 움직이고 있습니다. 55호 순찰차가 보즈먼 통행로를 지나 동쪽으로 가는 오티스를 미행 중입니다. 저는 전화 회사에 연락해 봤습니다. 통화 기록 장치에 의하면 약 반 시간 전에 그의 집으로 장거리 전화가 걸려 왔다고 합니다. 가디너 북쪽에서 걸려온 전화랍니다. 전화 회사가 추적하고 있습니다."

"좋았어. 우리도 움직이자고. 55호라…… 켈리인가?"

브루스터는 고개를 끄덕였다.

반장은 고개를 저었다.

"브루스터 자네가 그 젊은 신참 대신 그 차에 타고 있었다면 훨씬 안심이 되었을 텐데. 자, 뭐, 어쨌든, 켈리한테 좀 떨어져서 미행하라고 이르게. 그 소년한테 가는 것일지도 모르니까 오티스 싱클레어를 놀라게 해서는 안 돼. 그리고 무전기로 이름을 부르지 말게. 지금 카메라 기자들이 피에 굶주린 상어처럼 지켜보고 있으니까."

"벌써 몇 사람이 순찰차를 쫓아가기 시작했습니다, 반장님."

이 몸집이 다부진 해병 출신 반장은 주먹을 꼭 쥐었다.

"순찰차에 따라붙는 것들은 모조리 기록해 놔. 그들이 불법 도청했다는 사실을 라디오로 발표하게."

브루스터는 입술을 내밀며 얼굴을 찡그렸다.

"반장님…… 오늘 저녁에 이 소년에 대한 이야기가 전국에 있는 방송사를 통해서 알려졌습니다. 이제 무슨 일이 벌어질 거라고 생각하세요?"

윤곽이 뚜렷한 반장의 얼굴에 쓰디쓴 좌절감이 어렸다.

"아침까지 그 아이를 찾지 않으면 언론에서 우리를 목매달 거야. 탐색구조대를 호출하게. 인원을 총동원해서 야간 탐색을 벌여."

"야간 탐색이라고요? 하지만 반장님!"

"달리 방법이 없네. 전화 회사에서 연락이 오는 대로 일을 추진하게. 탐색대가 어디로 가든, 브루스터 자네가 같이 있기를 바라네. 오늘 밤은 중대한 결정을 내려야 할지도 몰라. 자네가 현장에 있어야겠어."

"새끼 곰을 찾으면 압수합니까?"

반장은 고개를 끄덕이며 말했다.

"선택의 여지가 없어. 그건 그렇고, 자네 디크 미즈너를 아나?"

"모르는 편이 나았겠지만 알긴 알지요. 왜요?"

"그 작자가 한 시간 전에 전화를 걸었더군. 날 견책한다고 을러대는 꼴이라니······. 오늘 아침에는 언론에 성명서를 발표했어. 우리가 엉덩짝을 붙이고 앉아 뭉그적거리고 있다고 비난했더군. 자기 직책이 관리소장이라고 열두 번은 말했을 거야."

브루스터의 얼굴이 달아올랐다.

"엉덩짝을 붙이고 앉아요? 지팡이를 짚지 않으면 혼자서 일어서지도 못할 작자가."

브루스터가 투덜거렸다.

반장은 억지로 희미한 웃음을 지었다.

"소방 훈련 한가운데 앉아 있는 것도 이젠 정말이지 진저리가 나는군."

　공기를 째듯 내부 연락 장치가 울리고 연락원의 콧소리가 흘러나왔다.

"반장님, 4번 전화 받으세요."

"불라, 이름을 알아 놓게. 내가 다시 전화하겠네."

　연락원은 아랑곳하지 않고 다시 말했다.

"하지만 반장님, 주지사님이세요."

미행

 오티스 싱클레어는 계곡을 따라 차를 빠르게 몰면서 옐로스톤 강 남쪽에 그림자를 드리웠다. 마침내 가파른 계곡을 다 올라온 오티스는 달빛이 어렴풋이 비치는 강물을 슬쩍 곁눈으로 바라보았다. 그의 차는 은색 유령처럼 어둠 속으로 빠르게 사라져 가고 있었다.
 차를 몰면서 갖은 상념이 그의 마음을 흔들었다. 오전부터 에이비시, 엔비시, 시비에스 같은 방송사들은 모두 조쉬의 이야기를 전했다. 그들은 조쉬를 영웅으로 치켜세웠다. 말도 안 되는 소리. 조쉬는 수천 명의 다른 아이들처럼 알코올 중독인 아버지를 두려워하는 열세 살 소년일 뿐이었다. 오티스는 살짝 질투심을 느끼는 동시에 존경심과 애착도 느꼈다.
 오티스는 후방 거울을 힐끔 쳐다보았다. 간선도로에는 차가 거의 없었다. 한 쌍의 불빛이 보즈먼에서부터 따라오고 있을 뿐이었다. 아마도 가디너에 집이나 목장이 있어서 가는 사람인 모양이었다. 오티스는 차의 실내등을 켜고 손목시계를 보았다. 10시가 조금 지났다. 조쉬가 전화한 뒤로 한 시간이 지났다.

떠나기 전에 오티스는 보즈먼에서 같이 일한 적이 있는 수의사 친구에게 연락했다. 자세한 사항은 말하지 않고 부상당한 개를 자정께 수술해야 하니 세 시간 안으로 준비를 하라고 일러두었다. 더 가까이 사는 수의사도 있었지만 조쉬가 말한 것처럼 이 똥개가 곰한테 그렇게 심하게 당한 상태라면 아무한테나 맡길 수 없는 노릇이었다.

곧 톰 마이너 분지로 들어가는 경로를 나타내는 표지판이 어둠 속에서 초록빛으로 빛났다. 오티스는 속도를 늦추고 자갈길로 접어들었다. 기억이 맞다면 록 강으로 가는 길이 800미터 못 미쳐 오른쪽에 나타날 터였다. 거기에서 오두막까지 6킬로미터쯤 올라가야 했다. 도대체 조쉬는 어떻게 여기까지 올 수 있었을까? 사람들이 아직도 찾지 못한 것이 당연했다.

후방 거울에 불빛이 번뜩여서 쳐다보니 뒤차도 방향을 꺾어 간선도로에서 벗어나 자신을 따라오고 있었다. 물론 자신을 미행하는 차일 리는 없었다. 아마도 톰 마이너 길 끝에 집이 있는 사람 같았다. 하지만 오티스는 운전하면서 계속 거울을 힐끔거렸다.

또다시 불빛이 깜빡였을 때 오티스는 차를 멈추고 뒤를 돌아보았다. 그는 속으로 자신에게 욕을 하고 있었다. 죽어 가는 개를 데리고 기다리는 아이가 있는데 나는 여기 이렇게 가만히 앉아 있다니. 내가 나이가 들어 편집증이라도 생긴 걸까? 불빛이 다시 나타나지 않자 오티스는 다시 출발했다. 밤이라 정확하게 알기는 어려웠지만 불빛은 샛길로 들어오지 않고 더 아랫길로 빠진 것 같았다. 오르막길을 올라가는 동안 울퉁불퉁한 좁은 길에는 불빛이 더 이상 비치지 않았다.

보안관 대리 켈리는 순찰차 표지가 없는 차를 조심스럽게 몰아 록 강에 닿았다. 싱클레어를 놓쳐서는 안 되었다. 그러나 눈에 뜨이지 않고 그를 따라 계곡을 올라갈 수도 없었다. 달이 하늘 높이 뜰 때까지는 길이 너무 어두워서 불을 켜지 않고 운전을 할 수가 없었다. 싱클레어를 놀라게 하지 말라던 브루스터의 경고도 생각이 났다. 앞선 차의 불빛이 느려지자 켈리는 어쩔 수 없이 차를 멈추고 전조등을 껐다. 그가 무전기로 호출할 때 앞선 두 개의 밝은 불빛이 다시 움직이기 시작했다. 그 불빛은 쌍둥이 반딧불이처럼 깜빡거리며 계곡 길을 따라 오르락내리락했다.

"연락원, 여기는 55호 순찰차이다."

그가 말했다.

"계속하라, 55호."

"목표물은 보이는 곳에 있고 록 강으로 이동 중이다. 순찰차를 노출하지 않고는 추적할 수가 없다. 반복한다. 추적할 수 없다. 조언을 요청한다."

한참 기다리고 있으려니 브루스터의 목소리가 흘러나왔다.

"제자리에 있어라, 55호. 지금 55호 순찰차는 절벽으로 둘러싸인 협곡에 있다. 노상 장애물을 설치하고 목표물이 내려오면 저지하라. 그때 본부로 연락하라. 알았나?"

"알았다. 이 카운티에서도 내게 권한이 있나?"

"걱정 말라. 권한을 갖도록 해 주겠다."

"통신 끝."

보안관 대리는 마이크를 내려놓고 창문을 열었다. 차가운 밤공기가 얼굴에 닿자 기분이 상쾌했다. 조심스럽게 차를 뒤로 빼서 세워 놓았다. 달이 떠 있었지만 싱클레어가 돌아 나올 때까지 자신은 보이지 않을 터였다. 싱클레어는 이제 독 안에 든 쥐나 다름없었다.

브루스터는 켈리 대리와 대화를 나눈 다음 마이크를 내려놓고 제자리로 돌아와 반장 옆에 섰다. 두 사람은 통신실 벽 높이 테이프로 붙여 놓은 지도 앞에 서로 바짝 붙어 서 있었다.

브루스터가 말했다.

"잘됐습니다, 반장님. 싱클레어가 받은 전화는 록 강에서 6킬로미터 더 올라간 곳에 있는 작은 오두막에서 걸려 온 전화라고 전화 회사가 확인해 주었습니다."

브루스터는 실눈을 뜨고 지도를 따라 손가락을 더듬었다.

"그렇다면 그 아이가 있는 곳은…… 바로 여기입니다."

브루스터가 지도에 손가락을 푹 찌르며 말했다.

반장은 고개를 끄덕이고 손목시계를 보았다.

"10시 30분이군. 탐색대는 갖춰졌나?"

브루스터가 말했다.

"그런 것 같습니다. 탐색대원들을 실을 버스를 구치소에서 빌렸습니다. 필요하면 응급처치를 할 수 있도록 구조용 차량은 따로 준비했습니다. 아침까지 탐색 활동이 계속된다면 말을 올려 보내고 비행기를 띄우겠습니다. 한 가지 더 필요한 것이 있습니다. 조만간 리비 맥과이어에게 조쉬의 옷가지 중에서 빨지 않은 것을 가지고 오라고 해야겠습니다. 탐색견들이 조쉬의 냄새를 맡게 하려면 필요합니다."

반장은 지친 듯 의자에 앉아서 책상 위에 있던 연필을 집어 손가락으로 튕겨 돌리고 또 돌렸다. 브루스터는 뭔가 이 남자를 괴롭히는 일이 있다는 것을 알았다. 주지사와 통화한 뒤로 반장은 계속 기분이 좋지 않았다. 통화 내용이 어찌 되었건 그것은 일방적인 대화였다. 브루스터가 들어 보니 반장은 계속 "네, 주지사님", 이 말만 되풀이하고 있었기 때문이다.

"저희가 출동하기 전에 지시하실 것이 더 있습니까, 반장님?"

브루스터가 물었다.

"응. 이번 일은 비밀에 부쳐 두게. 오늘 밤에도 조쉬 가족이나 언론이 우리 일을 제멋대로 해석하게 할 필요는 없으니까. 전화나 무전을 통해서 내게 계속 연락하게. 보안관 대리를 몇 사람 더 붙여 줄 테니 톰 마이너에서 록 강으로 가는 지름길을 봉쇄하게."

"거긴 왜요, 반장님?"

"뉴스를 찾는 사냥개들을 막으려고."

브루스터는 손에 이미 겉옷을 쥐고 있었다. 문 앞에서 멈춰 서며 그는 뒤를 돌아보았다.

"이런 말씀을 드려서 어떨지 모르겠습니다. 괜찮으시다면, 주지사님이 뭐라고 했는지 말씀해 주십시오."

반장은 계속 연필을 돌리면서 책상을 내려다보고 말했다. 그는 찬찬히 생각하면서, 거의 회상에 젖은 투로 말했다.

"내 생각에 주지사 발등에 불이 떨어진 모양이야. 동물 보호 단체와 언론사들은 주지사가 그 소년과 새끼 곰을 위해 무얼 하고 있느냐고 아우성이거든."

"주지사가 뭘 할 수 있죠, 반장님?"

"할 수 있는 일이야 많지. 확실히 디크 미즈너가 입을 너무 많이 나불댔어. 주지사는 어업수렵부 직원들에게 그 작자의 입을 다물게 하라고 지시했어. 상황이 잠잠해지면 주지사는 미즈너가 언론에 발표한 성명을 검토하고 그가 우리와 협력하기를 거부했던 일도 되짚어 볼 참이야."

"이해하지 못하겠습니다, 반장님. 주지사가 관여할 이유가 뭡니까? 우리가 할 수 있는 일은 전부 하고 있는데요."

"주지사는 여론이 나빠지면 주의 관광 산업에 타격을 주고 다른 주 사람들이 사냥을 하러 와서 쓰는 수입도 줄어들 거라 생각하고 있어. 거기다가 동불 보호 단체에서 소송까지 걸어 오면……. 젠장, 우린 지금 엄청난 액수의 돈과 여론 이야기를 하고 있네. 내년에 있을 주지사 재선과도 연관이 있을 테지. 전국 규모의 언론사에 밉보이면 정치인으로서는 폭탄을 떠안는 셈이 되니까."

"반장님께는 왜 전화를 한 거죠?"

브루스터가 말했다.

"엉덩이를 털고 일어나 그 아이를 찾아내라더군."

반장은 이렇게 말하면서 주먹으로 카운터를 쾅 내리쳤다.

"도대체 내가 뭘 하고 있다고 생각하는 거지?"

브루스터는 굳은 표정을 지었다.

"알았습니다. 그렇다면 찾으면 되죠. 반장님, 여기에 계속 계실 건가요?"

반장이 고개를 끄덕였다.

"네, 그럼 연락드리겠습니다."

브루스터는 돌아서 문 밖으로 나갔다.

꺼져 가는 생명

 어둠에 둘러싸인 그 작은 오두막은 얼핏 보기에는 버려진 듯했다. 오티스가 짤막한 진입로로 차를 돌려 들어가다 보니 모터사이클이 빛을 받아 번쩍거렸다. 내가 조쉬 말을 잘못 알아들었던 것일까?
 "조쉬."
 오티스는 뻣뻣한 몸을 움직여 차에서 내리며 소리쳤다.
 두려움에 질리고 갈라진 목소리가 어두컴컴한 건물 안에서 메아리쳤다.
 "오티스! 오티스! 저 여기 있어요. 안 오시는 줄 알고 엄마나 걱정했다고요."
 "그래, 조쉬. 머드플랩은 어떠냐?"
 오티스가 되받아 소리쳤다.
 "좋지 않지만, 아직 숨을 쉬고 있어요. 왜 그렇게 오래 걸리셨어요?"

"100킬로미터를 달려왔다."

오티스는 이렇게 말하면서 오두막으로 들어갔다. 한 손에는 응급처치 물품이 든 작은 가방을 들고 있었다. 그는 벽을 더듬어 스위치를 찾았다. 딸깍하는 소리와 함께 환한 빛이 방에 흘러넘쳤다. 오티스는 자기 눈을 믿을 수 없었다. 방바닥에 웅크리고 앉은 조쉬는 머리가 엉클어지고 얼굴은 먼지와 피로 범벅이었다. 움푹 꺼진 두 눈에 두려움이 가득 찬 조쉬는 담요를 덮어쓰고 쭈그려 앉은 채 이를 딱딱 부딪치고 있었다. 그 옆에 재킷에 덮여 봉긋이 솟아오른 물체가 보였다.

조쉬의 지치고 기대에 찬 표정은 오티스의 머리에 두고두고 떠오를 듯했다. 조쉬가 물었다.

"다른 사람한테 말했어요?"

오티스는 소년의 눈에 어린 강한 두려움을 보았다.

"아니."

오티스가 대답했다.

"정말이죠?"

"정말이야. 자, 이제 네 똥개를 한번 보자."

오티스는 무릎을 꿇고 앉아 재킷을 벗겨 냈다. 그는 휘파람을 길게 뽑아냈다.

"탈곡기에라도 들어갔다 나온 모양이네."

조쉬는 아무 말도 없었다.

오티스는 민첩하게 움직였다. 가방을 열고 체온계를 꺼내 개의 꼬리 밑에 넣었다. 조심스럽게 고개를 숙여 개의 가슴에 귀를 대고 심장 박동 소리를 들었다. 엄지손가락으로 한쪽 눈꺼풀을 들어올렸다.

"괜찮아지겠지요?"

조쉬가 간곡하게 물었다.

오티스는 손가락으로 개의 잇몸을 눌렀다 뗐다. 그리고 손가락을 입안에 넣어서 목구멍 뒤쪽을 자세히 살폈다. 그는 조용히 말했다.

"모르겠다. 피를 많이 흘렸고, 쇼크 상태야."

오티스는 체온계를 빼내어 불빛에 비춰 보았다.

"35도. 이것보다는 훨씬 높아야 하는데……. 조쉬, 벽난로에서 불 피울 때 쓰는 나무를 갖다 다오. 빗자루 굵기로 한 20센티미터쯤 되는 걸로."

담요를 어깨에 두른 채 조쉬는 시키는 대로 따랐다. 오티스는 머드플랩의 꺾인 다리를 빼서 조쉬가 건네준 나무를 부목 삼아 세심한 솜씨로 고정시켰다. 그런 다음 재킷을 조쉬에게 던져 주었다.

"자, 재킷을 입어라. 그 담요를 개한테 줘야겠다."

"죽지 않지요, 그렇죠? 아저씨는 동물들을 많이 살려 냈잖아요."

조쉬가 물었다.

"살기를 원했던 동물만."

오티스가 대답했다.

"그러니까 온전히 머드플랩 하기에 달렸어. 자, 담요를 자동차 앞좌석에 깔아야 해. 서두르자."

오티스는 응급처치 가방을 어깨에 둘러메고 두 팔로 머드플랩을 훌쩍 안아 올렸다.

"잠깐만요."

조쉬가 소리치며 펄쩍 뛰어 탁자로 달려갔다. 주머니를 뒤져서 구겨진 20달러짜리 지폐를 꺼내어 내려놓았다.

"제가 이곳을 망쳐 놓았으니까요."

조쉬는 이렇게 말하면서 담요를 집으러 다시 돌아갔다.

오티스는 부드럽게 미소를 지으면서 조쉬를 따라 문 밖으로 나왔다. 그리고 나서 축 늘어진 개를 차 의자에 누이며 물었다.

"조쉬. 여기까지 어떻게 왔니?"

"모터사이클로요."

조쉬는 어둠 속에 떡하니 버티고 서 있는 물체를 가리켰다.

"원래 타이 형 거예요."

오티스는 고개를 절레절레 흔들고 개를 조심스럽게 담요로 감쌌다. 그런 다음 떨고 있는 소년을 쳐다보았다.

"수의사한테 데려갈 때까지 따뜻하게 해 주는 것 말고는 별로 할 일이 없어. 나랑 같이 가는 거지?"

"아뇨. 포키를 남겨 놓고 갈 수는 없어요."

조쉬는 무심코 말해 버렸다.

오티스는 진흙투성이인 데다가 겁에 질린 아이를 뚫어지게 쳐다보며 말했다.

"조쉬. 네가 여기에 머무를 수 있는 상황이 아니다. 네 엄마는 걱정이 돼서 거의 죽을 지경이야. 그리고 너희 집도 난리가 났어."

"그건 여기도 마찬가지예요."

조쉬는 자신 없는 목소리로 우물거렸다.

"내가 아침에 돌아올 테니 포키를 데려올래?"

조쉬는 경계하는 눈빛을 띠고 오티스 곁에서 훌쩍 물러나면서 말했다.

"저는 절대 포키를 넘겨주지 않을 거예요."

그러고는 모터사이클로 달려가 올라탔다.

"얘, 조쉬야…… 기다려!"

오티스가 소리쳤지만 소용없었다. 조쉬는 모터사이클의 시동을 걸어 꼬리를 흔들며 마당 바깥으로 사라졌다. 오티스는 얼굴을 손으로 문지르면서 끙 하고 신음 소리를 내었다. 언제 이 짓을 그만둬야 할지 저 고집불통 같은 아이가 알고나 있는 것일까?

퍼뜩 개가 생각난 오티스는 얼른 차로 돌아갔다. 모든 것이 뒤죽박죽이었다. 오티스는 조쉬를 집으로 돌아가게 하려고 애를 썼으면서도 한편으로는 사람들이 조쉬를 잡지 못했으면 좋겠다는 소망을 품고 있었다. 그는 조쉬가 무모하다고 생각했고 조쉬에게 그렇게 말하기도 했다. 조쉬는 벌집을 확실하게 건드려 놓은 셈이었다.

오티스는 과감하게 차를 몰아 좁은 자갈길을 내달리면서 개가 좌석에서 튕겨 나올까 봐 손으로 지그시 누르고 있었다. 개의 심장 박동은 약하지만 끈질기게 이어지고 있었다. 왜 어떤 동물들은 살려고 아득바득 애를 쓰는데 어떤 동물들은 포기하고 눈을 감아 버릴까?

오티스는 올라오면서 보았던 자동차 불빛은 까맣게 잊고 있었다. 길을 다 내려간 오티스는 차를 오른쪽으로 급히 꺾어 모퉁이를 돌았다. 아주 잠깐, 달빛에 살포시 물든 어둠 속으로 그의 자동차 불빛이 파고들었다. 바로 다음 순간, 밝은 광선이 어둠 속에서 튀쳐나와 눈을 멀게 했다. 오티스는 브레이크를 콱 밟았고 차는 먼지를 일으키며 선 다음 앞뒤로 흔들거렸다. 그의 차는 색깔이 어두운 낯선 승용차에서 불과 몇 걸음밖에 떨어져 있지 않았다. 오티스가 중얼거렸다.

"저건 또 뭐야?"

커다란 확성기 소리가 밤공기를 가르고 울려 퍼졌다.

"싱클레어 씨. 차에서 내려와 두 손을 보닛에 갖다 대십시오."

겁에 질리고 화가 나기도 해서 몸을 떨던 오티스는 주저하며 차 문을 열고 밝은 빛 속으로 걸어 들어갔다. 한 손을 들어 빛을 가렸다.

"보닛에 손을 갖다 대십시오."

쩌렁쩌렁 목소리가 울려 퍼졌다.

오티스는 조심스럽게 차에 손을 올려놓고 어깨 너머로 쳐다보았다. 오티스는 3미터쯤 되는 거인이 나타날 것이라 막연히 상상하고 있었다. 그러나 체구가 가는 젊은 보안관 대리가 승용차에서 내려 걸어왔다. 그 남자는 초조하고 두려운 모양이었다. 그는 오티스의 몸을 수색하기 시작했다.

"대관절, 뭣 때문에 이러는지 말해 줘야 하지 않겠소?"
오티스가 요구했다.
"당신 차를 세우라는 명령을 받았습니다."
"브루스터 빙엄이 시킨 일이구먼?"
보안관 대리는 놀란 기색을 살짝 드러내면서 손짓했다.
"제 차로 같이 가실까요?"
오티스는 한 발짝도 움직이지 않았다.
"안 돼! 난 지금 중대한 일이 있어."
오티스는 이렇게 말하면서 자기 차를 가리켰다.
"저기에 죽어 가는 개가 있어. 그 녀석이 치료를 받지 못하고 죽는다면 자네 모가지가 성치 못할 거야. 한시가 급해!"
보안관 대리는 뺨을 실룩거렸다. 손전등으로 차 안을 비춰 보니 앞좌석에 꿈쩍 않는 물체가 보였다.
"저것을 어디서 가져오는 겁니까?"
보안관 대리는 불안한 음성으로 물으면서 소매로 이마를 훔쳤다.
오티스가 자기 앞으로 한 발짝 다가서자 보안관 대리는 긴장했다. 오티스가 말했다.
"내 말 똑똑히 듣게. 무전기로 빙엄을 불러. 그러지 않으면 머지않아 햄버거 가게에서 마룻바닥을 닦는 처지가 될 테니."
"절 협박하시는 겁니까?"
젊은 남자는 오티스에게 맞서면서 혀끝으로 얇은 입술을 핥았다.
"아니, 꼭 그렇게 만들어 주리라 약속하네. 저 개가 죽으면 자넨 날 만난 것을 후회하게 될 테니."

보안관 대리는 오티스의 표정을 살피다가 느닷없이 돌아섰다.
"그렇잖아도 빙엄 보안관 대리에게 연락하려던 참이었습니다."
그는 오티스를 순찰차로 인도했다.
브루스터는 금세 무전기로 답변을 해 왔다.
"그 사람이 혼자 있나?"
브루스터가 물었다.
"네, 저…… 아, 개 한 마리를 데리고요."
"개라고? 도대체 무슨……."
오티스는 손을 뻗어 마이크를 쥐었다.
"빙엄, 자넨가?"
오티스가 끼어들었다.
"네, 선생님이 아는 바로 그 사람이지요. 한밤중에 거기서 뭘 하고 계신지 말씀해 주실래요?"
브루스터가 쉰 목소리로 말했다.
"설명할 시간이 없네, 빙엄. 여기까지는 말하지. 내가 그 아이의 개를 데리고 있어. 이 똥개가 지금 만신창이가 됐어. 얼른 수의사한테 데려가지 않으면 죽은 목숨일세. 어쩌면 데려가도 소용없을지 몰라. 당신들이 보낸 이 신참내기한테 말해서 날 통과시켜 주지 않으면, 그래서 개가 죽으면 순전히 당신들 책임이야. 가판대 신문이 불티나게 팔리겠군. 안 그렇겠나?"
무전기가 잠시 지지직거렸지만 곧 브루스터가 위엄을 되찾은 목소리로 연락해 왔다.
"55호, 그가 부상당한 개를 데리고 있나?"

젊은 보안관 대리는 손을 뻗어서 오티스한테서 거칠게 마이크를 빼앗았다.

"그런 것 같습니다."

다시 한 번 긴 침묵이 있었다.

"55호. 이동하기 바란다. 싱클레어 씨를 수의사의 진료실까지 호위하라. 다음 지시가 있을 때까지 그와 함께 있으라. 알았나?"

오티스가 능글맞게 웃었다.

"나한테 보모가 딸리는 모양이군."

젊은 보안관 대리의 얼굴이 벌게지는 것이 전조등 불빛 속에서 드러나 보였다.

"알았습니다."

그는 마이크에 대고 딱딱하게 대답했다. 그러고는 차 안에 마이크를 걸어 놓고 오티스 쪽으로 돌아섰다.

"어디로 갑니까?"

"노스 세븐스 거리에 있는 닥 체임버스에게 가오. 당신은 당신 가고 싶은 곳으로 가구려."

"따라오세요."

보안관 대리는 화가 난 기색을 감추지 못하고 지시하듯 말했다.

오티스가 자기 차 문을 열고 말했다.

"보안관 대리. 당신 차는 엉뚱한 방향을 보고 있소."

절망

질주하는 모터사이클 불빛이 어둠 속에서 춤을 추었다. 왜 오티스는 포키를 데려오라고 했을까? 그 사람들이 죽일 것을 뻔히 알면서. 조쉬는 속도를 더욱 높였다. 바위와 비죽비죽 튀어나온 암석들이 흐려지며 뒤로 사라져 갔다. 너무 빠른 속력 탓에 조쉬는 몇 번이나 오솔길에서 벗어난 모터사이클에서 튕겨 나와 무성한 산쑥 위에 나뒹굴었다.

동굴 아래 넓은 풀밭까지 가는 길이 절반 정도 남았을 때 조쉬는 작은 풀밭으로 들어갔다. 팔이 아파서 좀 쉬어야 했기에 속도를 줄여 멈췄다. 풀밭 한가운데 있으니 계곡 전체가 한눈에 들어왔다. 산속에서 나무로 둘러싸이지 않은 이런 풀밭은 드물었다. 파이 반쪽처럼 생긴 달이 하늘 높이 솟아올라 땅을 으스스한 빛으로 덮었다. 계곡 아래로 주요 간선도로가 강과 나란히 뻗어 있었다. 그 도로는 톰 마이너 분지 방향으로 갈려 뻗어 있었고 가

깝지만 잘 보이지 않는 그 길의 윤곽이 어슴푸레 눈에 들어왔다. 조쉬는 숨을 깊이 들이마시고 기지개를 켰다.

갑자기 록 강 끝에 한 쌍의 불빛이 나타났다. 오티스일 터였다. 그러자마자 바로 뒤에서 다른 한 쌍의 불이 켜졌다. 두 차는 서로 가까워졌다. 조쉬는 배신당했다는 허탈한 기분에 목이 메었고 꿀꺽꿀꺽 침을 넘기며 눈물이 나오려는 것을 참았다. 이런 한밤중에 오티스 말고 록 강에 올 사람은 없었고, 오티스는 아무한테도 말하지 않았다고 했다. 조쉬는 자기 눈을 믿을 수가 없었다. 두 차는 톰 마이너 길을 따라 달리다가 주요 간선도로에 올라 북쪽을 향해 갔다.

뜨거운 눈물이 솟구쳤다. 북을 두드리는 듯 요란한 엔진 소리에 조쉬의 소리가 보태어졌다.

"오티스, 이 밀고자! 비열하고 더러운 밀고자!"

밤은 조쉬의 말을 삼켜 버렸다. 조쉬는 텅 빈 마음으로 산에 혼자 있었다. 살면서 지금처럼 외로워 본 적이 없었다.

조쉬의 마음에는 천천히 분노가, 그 다음에는 증오가 차올랐다. 그런 감정은 조쉬를 난폭하게 만들었다. 분노를 토해 내듯 한껏 속도를 높여 어두워진 숲 속을 거슬러 올라갔다. 오티스는 눈을 똑바로 쳐다보면서 혼자 왔다고 했다. 거짓말쟁이! 거짓말쟁이! 조쉬는 속이 부글부글 끓었다. 갑자기 꺾어지는 모퉁이를 돌면서 좌우로 덜컹거리는 바람에 심하게 곤두박질칠 뻔했다.

구불구불하고 울퉁불퉁한 산길을 올라가면서 조쉬의 생각은 마구 뒤섞였다. 이제 그 사람들이 날 찾으러 올 것이다. 포키를 데려가서 죽이겠지. 어쩌면 머드플랩도 죽을 거야. 아빠가 나를 잡겠지. 조쉬는 더 이상은 도저히 생각할 수도 없었다.

해결책은 간단했다. 정말 다른 방도가 없었다. 포키를 태우고 버팔로 혼 봉우리를 돌고 램스 혼 호수를 지나서 포큐파인 강으로 내려갈 것이다. 그렇게 가면 산의 반대쪽에 다다르고 주 경계선에 가까워질 것이다. 거기서부터 밤을 타 도망가야지. 아이다호 주나 와이오밍 주에 갈 것이다. 어디든 새끼 곰을 죽이지 않는 곳으로. 그러면 부모님을 다시 볼 수 없을지도 모른다는 생각이 들었다. 그러자 조쉬는 정신이 아득하고, 춥고, 가슴이 아렸다.

오티스가 다시 생각난 조쉬는 어둠에 대고 거칠게 침을 뱉었다. 오티스는 몇 안 되는 친구 중의 하나였다. 조쉬는 타오르는 분노의 터널 안으로 맹렬하게 달렸다. 이제 더 이상 하늘도, 나무도, 소리도 없었다. 보이는 것이라고는 속이 울렁거리도록 구불구불 나 있는 길뿐이었다. 느끼는 것이라고는 가슴 저미는 배신감뿐이었다.

옅은 안개가 끼어 부연 공기 속에서 별빛은 어슴푸레 흐렸다. 오솔길은 양옆이 깎아지른, 홀로 선 언덕으로 이어졌고 그 다음은 어둠에 가려 보이지 않았다. 조쉬는 속력을 더 높였다. 모터사이클이 굉음과 함께 앞으로 펄쩍 솟구쳐 언덕을 타 넘으며 조금 전까지 보이지 않던 공간으로 들어섰다. 모터사이클 바퀴가 땅에서 떨어진 바로 그 순간에 조쉬는 자신의 실수를 깨달았다. 그 좁은 산길은 꼭대기에서 아래로 가파르게 떨어졌고 오른쪽으로 급하게 돌아 나가 있었다.

절망

모든 것이 느려졌다. 조쉬는 모터사이클이 똑바로 선 채 공중을 매끄럽게 떠가는 것을 느꼈다. 전조등은 그 환한 빛으로 부옇고 어두운 하늘을 쓸었다. 엔진이 돌아가면서 양철을 두드리듯 날카로운 소리를 냈다. 그때 갑작스런 진동과 함께 모든 것이 제 속도로 돌아왔다. 조쉬의 몸이 뒤집히며 운전대 위로 붕 떠올랐다가 땅에 떨어졌다. 보이지 않는 주먹이 가슴과 왼쪽 팔을 강타했다. 뼈가 소리를 내며 부러졌다. 나뭇가지가 꺾이고 쪼개졌다. 유리가 부서졌다. 강철이 내리꽂혔다. 이윽고 모든 것이 캄캄하고 잠잠해졌다.

탐색을 준비하는 동안 브루스터는 켈리 보안관 대리한테서 연락을 받고 오티스와 부상당한 개에 대해 알게 되었다. 잠시 후 경찰서에서 나오다가 리비를 만났다. 리비는 정신이 나간 것 같아 보였다.

"브루스터. 이것밖에 못 찾아냈어요."

리비는 낡은 장화 한 쌍을 내밀며 말했다.

"지금은 테니스화를 신고 있어요. 조쉬가 없어진 것을 알게 된 다음 날 아이의 옷을 전부 빨고 방 청소를 했어요. 바쁘게 몸을 움직이려고 그렇게 했는데, 정말 어이없는 짓이죠?"

브루스터는 고개를 저었다.

"아닙니다, 괜찮아요. 그 장화로도 충분할 겁니다."

그는 장화를 받아서 탐색대원들에게 넘겨주었다. 두 남자가 사냥개들의 목줄을 바짝 쥐고 있었다.

리비는 근심 어린 얼굴로 개들을 보면서 물었다.

"무슨 일이죠?"

비밀에 부치라던 반장의 명령이 생각나서 브루스터는 대수롭지 않은 일이라는 듯 목소리를 내었다.

"그저 다른 단서를 찾고 있는 것입니다. 뭐라도 알아내면 아침에 전화드릴게요."

리비는 돌아서서 떠나려다 말고 뭔가 생각났는지, 어쩔 줄 모르는 표정으로 뒤를 돌아보고 말했다.

"브루스터, 제가 집에서 얼마나 오래 버틸 수 있을지 모르겠어요."

"상황이 자꾸 나빠집니까?"

브루스터가 물었다.

리비의 떨리는 턱이 말보다 더 많은 것을 알려 주었다.

"시간이 갈수록 샘의 상태가 더 나빠져요. 오늘 오후에는 라이플총으로 기자 두 명을 위협했어요."

리비가 말했다.

"제가 샘을 체포하기를 원하세요?"

브루스터가 물었다.

리비의 눈은 놀란 사슴처럼 커다래졌다. 동시에 입술이 굳어지며 하나의 선처럼 가늘어졌다.

"아뇨. 그건 아니죠, 아니에요. 하지만 조쉬 때문에 너무 걱정이 돼요……. 도대체 찾을 수나 있을는지."

리비가 말했다.

"꼭 찾을 겁니다."

브루스터가 말하면서 리비에게 반장의 전화번호를 적어 주었다. "언제든 상관없으니까 주저 말고 반장님께 전화를 하거나 이리로 오세요, 아셨죠? 반장님께선 오늘 밤 여기 계실 겁니다."

리비는 고개를 끄덕이고 서둘러 자기 차로 돌아갔다.

브루스터는 고개를 저으며 리비가 떠나는 모습을 보았다. 리비에겐 도움이 절실했다. 브루스터는 탐색대원들 몇 명에게 말하고 있는 션에게 휘파람을 불었다.

"갑시다."

브루스터가 외쳤다.

시내를 벗어나면서 손목시계를 보니 거의 11시가 다 되어 가고 있었다. 하늘은 어두웠고 소금을 뿌려 놓은 듯 별이 많았다. 서쪽에서는 천둥소리 없이 번개가 지평선으로 번쩍하고 떨어졌다. 션 오샤네시는 브루스터 옆자리에서 쉬고 있었다. 어둠 속으로 차를 몰아가면서 두 사람은 지도와 산길에 대해 토론하며 탐색 계획을 짰다. 소년이 그 오두막까지 모터사이클을 타고 갔다면 손전등을 밝혀서 바큇자국을 따라갈 계획이었다. 걸어서 갔다면 사냥개로 냄새를 추적할 터였다.

계획을 다 세운 다음 두 사람은 묵묵히 달리는 차에 몸을 맡겼다. 브루스터는 멍하니 길만 바라보다가 20킬로미터를 지났다는 표지판을 지나간 다음에야 입을 열었다.

"션, 나는 자꾸 왜 우리가 그 소년을 찾고 있는지 헷갈려. 집으로 돌아가 아버지한테 죽도록 두들겨 맞게 하려고 이러는 건가?

아니면, 주지사가 다시 당선되도록 하려는 건지, 언론사들이 특종을 잡게 하려는 건지…….”

"내가 그 아이를 찾는 이유는 그게 내 일이기 때문이야."

션이 대답했다.

"또, 이런 밤에 아이가 혼자 있거나, 춥거나, 겁에 질려선 안 되기 때문이지."

두 사람은 어색한 침묵을 지키며 밤길을 계속 달렸다.

조쉬는 숨을 쉬려고 했지만 그럴 수가 없었다. 거대한 손이 그의 가슴을 쥐고서 어둠을 향해 밀어붙였다. 공포와 그 거대한 손에 대항하여 조쉬는 숨을 들이마셨다. 수백 개의 바늘로 폐를 찌르는 것 같았고 의식이 가물거려 생각을 할 수가 없었다. 숨이 막혀 왔다. 조쉬는 미친 듯이 공기를 삼켰다. 공기가 넘나들 때마다 사나운 고통이 덤벼들었다. 조쉬는 어쩔 수 없이 자신을 벌하는 꼴이 되어 버렸다. 조쉬는 등을 대고 누워서 숨을 쉴 때마다 얼굴을 찡그렸다. 두 다리는 오른쪽으로 뒤틀려 있었다. 왼팔에는 아무 느낌이 없었다. 더 많은 공기를 들이마신 다음에야 용기를 내어 움직일 수 있었다.

바람이 불기 시작했고, 조쉬의 생각은 산들바람을 타고 이리저리 떠돌았다. 포키의 엄마도 총에 맞은 다음 이런 느낌이었을까? 조쉬는 소리쳐 엄마를 부르려고 했지만 입술을 달싹거리지도 못했다.

이래서야 그 머저리 토끼랑 똑같잖아 하고 조쉬는 생각했다.

사냥 여행을 갔을 때 조쉬와 타이가 보는 앞으로 토끼 한 마리가 숲에서 깡충 뛰어나왔는데 곧이어 붉은 스라소니가 겅중거리며 쫓아왔다. 붉은 스라소니가 가까이 다가올수록 추격은 격렬해졌다. 추격자가 바싹 다가온 것을 느낀 토끼는 절망감에서 뒤를 돌아보았다. 바로 그 순간 토끼는 거꾸로 매달린 채 나무 위로 딸려 올라갔고 추격전은 끝이 났다.

조쉬는 자기가 똑같은 짓을 했음을 깨달았다.

머리 위에서는 별들이 흐려지며 간들간들 움직였다. 어둠 속 어딘가에서 코요테 한 마리가 컹컹 짖었고 이따금 끊기는 그 울음소리는 공허하고 멀게 느껴졌다. 조쉬는 아픔을 참으며 천천히 더 깊이 숨을 들이마셨다. 몸을 긴장시키고 오른팔을 움직였다. 그런 다음 다리를 하나씩 움직였다. 오른쪽 다리를 움직이려니 허벅지가 타는 것만 같았다. 조쉬가 손을 내려 보니 다리에서 뭔가 축축한 것이 흘러나오는 것 같았다. 왼팔도 완전히 못 쓰게 되었다. 조쉬는 왼팔을 움직이려고 하다가 그것이 자기 등 아래에 말도 안 되는 모양으로 깔려 있다는 것을 깨달았다. 조쉬는 몸을 굴렸다. 손과 어깨가 칼로 찌르는 듯 아팠다. 창자가 배배 꼬여서 구토가 나왔다. 그런 다음 검은 구름이, 그 어떤 밤보다 더 컴컴한 것이 머릿속에 들어찼다.

숨을 쉬면서 고통의 한가운데로 들어가 그 아픔이 사라지기를 기다렸다. 얼굴을 찡그리면서 왼팔을 움직이려고 해 보았다. 그 순간, 날카로운 느낌이 그의 어깨를 파고들었고, 머릿속이 다시 짙은 먹물로 메워졌다. 타는 듯한 허벅지를 움켜잡으면서 조쉬는 가까스로 무릎을 세워 앉았다. 재킷 앞섶이 열렸고 한쪽 소매가 거의 뜯겨져 나갔다. 맨살이 드러난 가슴이 쓰라렸지만 조쉬는 팔을 살살 흔들어 보았다. 팔뚝 한가운데가 딱딱하게 불거져 있었다. 그것을 만지자 현란한 색깔들이 머릿속에 들어찼다. 정신이 아득해졌다.

조쉬는 창백한 달빛 속에서 주위를 둘러보았다. 모터사이클은 거꾸로 처박힌 채 아무 소리도 내지 않았고 꼭 짓뭉개 놓은 유령같아 보였다. 가파른 둑에는 너비가 한 뼘 정도 되는 나무가 반쯤 잘려 나가 있었다. 조쉬는 다시 속이 울렁거렸다. 땀이 나기 시작했고 기절할 것 같았다. 가까스로 일어서서 오솔길로 다시 기어올라 갔다. 생각이 뒤엉켜 버려서, 머리를 흔들며 정신을 차리려고 애썼다. 차츰 정리가 되기 시작했다. 난 모터사이클을 망가뜨렸고, 오티스는 밀고자가 되었고, 이제 사람들은 내가 어디 있는지 알게 되었어. 아빠가 뭐라고 할까? 밤공기가 새삼 더 차게 느껴졌다.

비틀거리며 산길을 올라갔다. 포키는 어떻게 지내고 있을까? 동굴까지 얼마큼 가까이 왔지? 나무에 부딪히기 전에 꽤 오랜 시간을 달리지 않았나? 왼팔이 움직일 때마다 조쉬는 비명을 질렀다. 팔을 옆구리에 착 붙이고 계속 걸었다. 반짝거리는 새 모터사이클이 저렇게 뒤틀린 고철 덩어리가 된 것을 보면 타이 형이 뭐라고 할까?

곧 한 번에 한 가지 생각에 집중할 수 있게 되자 포키가 걱정되었다. 새끼 곰이 죽으면 어떤 일이 일어날까? 타이 형이 죽었을 때처럼 누군가 무덤을 만들고, 꽃을 갖다 주고, 기도를 해 줄까? 갈수록 다리가 무거웠다. 조쉬는 짐승의 목숨을 살리려면 참 어려운 일이 많기도 하구나 생각하면서 발을 질질 끌며 어둠 속으로 나아갔다.

100미터도 걷지 않았는데 그 넓은 풀밭에 이르렀다. 동굴까지 갈 길은 아직 멀었지만 풀밭 저편에는 낯익은 산비탈이 어둠 속에 서 있었다. 안도감이 들자 갑자기 눈물이 볼을 타고 흘렀다. 앞으로 달려 나가려고 했지만 할 수가 없었다. 한 걸음 한 걸음이 고통스럽고 조심스러웠다. 조쉬는 넘어져 땅에 무릎을 꿇으면서 소리 없이 울었다.

물방울 떨어지는 소리가 어둠 속에서 점점 가까워졌다. 그쪽으로 정신을 모으면서 걸어가자 마침내 발밑에서 그 소리가 들려왔다. 속삭이는 물소리가 산들바람과 섞였다. 이를 악물고 아픔을 참아 내면서 무릎을 꿇었다. 개울이 손이 닿는 거리에서 흘렀다. 오른손으로 개울물을 퍼 올리려고 몇 차례 시도했지만 힘없는 손가락 사이로 물이 빠져 버렸다. 조쉬는 고통스러운 신음 소리를 내며 털썩 앞으로 엎어졌다. 팔에 불이 붙는 것처럼 화끈거려서 조쉬는 몸을 떨며 그대로 누워 있었다.

마침내 몸을 옆으로 굴려 얼음처럼 찬 물에 얼굴을 갖다 대었다. 입안에 물이 고여 얼얼해졌고, 조쉬는 그것을 꿀꺽 삼켰다. 개울이 더 깊었다면 조쉬는 그 안으로 완전히 굴러 들어갈 수 있었을 터였다. 그 얼음 같은 물의 손가락들이 주무르면 모든 아픔과 걱정과 분노가 사라질 듯했다. 조쉬는 기침을 하고 캑캑거리면서 입에 고인 물을 마신 다음 힘겹게 일어섰다. 세상이 기우뚱 하더니 빙글 돌았다. 조쉬는 비실비실 고개를 들어 산비탈과 그곳에 있는 어두운 굴을 쳐다보았다. 포키가 무사할까?

다음 한 시간 동안 조쉬는 아픔과 어둠과 자신의 감정과 전투를 치렀다. 마침내 동굴 입구에 다다르자 그동안 조쉬를 지탱했던 힘이 눈 녹듯 사라졌다. 어지러워서, 쥐어짜듯 힘을 내어 몇 걸음을 더 걸었다. 또다시 입에 분필을 씹은 것 같은 맛이 감돌았고 입을 열자 괴상하게 쉰 목소리가 나왔다.

"포키, 너 거기 있니?"

조쉬는 갈라지는 목소리로 다시 물었다.

"포키?"

새끼 곰은 커다란 바위 뒤에 있다가 허둥지둥 뛰어나왔다. 조쉬는 아픔을 참아 내며 허리를 굽혀 익숙한 털의 감촉을 느끼며 새끼 곰을 어루만졌다.

"이번에는 내가 일을 망쳐 버렸어, 포키."

조쉬는 신음했다.

새끼 곰이 낑낑거리며 조쉬의 다리에 코를 문지르자 매어 놓았던 밧줄이 당겨졌다. 조쉬는 절룩거리며 움직여 침낭을 폈다. 고통에서 벗어나고픈 마음이 간절했다. 몸이 성한 데가 없었다. 가슴과 머리가 욱신거렸고 넓적다리는 무감각했다. 숨을 쉴 때마다 왼팔과 어깨가 지끈거렸다.

침낭 안에 기어들어 가면서 포키를 바위에서 풀지 않았다. 하지만 안을 수 있을 만큼 가까이 있었다. 조쉬는 더 이상 앉아 있을 수가 없었다. 생각하는 것조차 귀찮고 불가능한 일이 되어 버렸다. 조쉬는 무거운 한숨을 토해 내며 생각을 떨쳐 내고 날려 버렸다.

깜빡 잠이 들자마자 아픔이 조쉬를 뒤흔들어 깨웠다. 마치 누군가 칼을 들고 자기를 침낭에서 끌어내는 것 같았다. 포키가 침낭 안으로 기어들어 와 자기 옆에 오는 것을 어렴풋이 느꼈다. 조쉬는 온기를 느끼며 느즈러졌다.

다가오는 사람들

 오티스는 차를 몰면서 머드플랩의 덜덜 떨리는 갈비뼈에 손을 얹고 있었다. 머드플랩이 살고자 안간힘을 쓰는 것이 느껴졌다. 네가 죽든 말든 상관하지도 않는 이 세상에 돌아오는 일이 너한테는 왜 그렇게 중요한 거니? 오티스 자신이 머드플랩의 처지였다면 이렇게 어려운 싸움을 견디지 못했을 터였다.
 간선도로는 보즈먼 통행로를 지나 아래쪽으로 구부러져 갤러틴 계곡과 보즈먼 시 방향으로 나아갔다. 켈리 보안관 대리를 졸졸 따라가려니 오티스는 부아가 치밀었다. 이 보안관 대리는 선두를 고집하며 제한속도를 정확하게 지켰다. 오티스는 짓궂은 웃음을 띠면서 가속 페달을 힘껏 밟았다. 내리막이라 오티스의 차는 나는 듯이 달려 순찰차를 지나쳤다. 오티스는 앞만 똑바로 응시하며 이 한밤의 도로에 아무도 없는 것처럼 굴었다. 켈리가 앞으로 나서지 않자 오티스는 킬킬거렸다.

노스 세븐스 거리에 다가가자 동물 진료소에 불이 켜져 있는 것이 보였다. 시트에 잡동사니가 잔뜩 쌓여 있는 것으로 보아 오랜 친구인 닥 체임버스는 오티스에게 시킬 일이 많아 보였다. 닥은 오티스를 주차장에서 맞이했다. 머리가 벗겨지고 몸집이 포동포동했으며, 배가 바위처럼 단단하고 튼튼한 남자였다. 힘센 어깨와 토실토실 살이 오른 손가락을 보면 이 사람이 정교한 작업을 하는 의사라고 생각하기 어려웠다. 켈리 보안관 대리는 두 사람 뒤에 바짝 붙여 차를 세우고 내렸다.

"경호를 받다니 무슨 일이야?"

닥은 보안관 대리를 보면서 수상쩍게 물었다.

"나중에 설명할게. 그냥 모른 체해."

오티스가 말했다.

수의사가 고개를 끄덕였다.

"알았어. 오늘은 어떤 환자지?"

"곰한테 물어뜯긴 개야."

오티스는 피범벅이 된 개를 진료소 안으로 옮기며 말했다. 닥 체임버스는 한쪽 눈썹을 치켜세우면서도 아무것도 묻지 않았다.

켈리 보안관 대리는 두 사람을 따라 들어가면서 비뚤어져 있던 두툼한 가죽 허리띠를 찰캉 소리를 내며 바로잡고 말했다.

"싱클레어 씨, 이제 저와 함께 보안관 사무소로 가셔야 합니다."

닥 체임버스가 보안관 대리를 올려다봤다.

"실례합니다만 수술을 하려면 오티스가 거들어야 합니다."

그는 돌아서서 오티스에게 한쪽 눈을 찡긋했다.

보안관 대리는 당황하고 짜증이 난 표정이었고 이제까지 오티스에게 쩔쩔맸으면서도 새삼 상황의 주도권을 되찾으려고 애를 썼다.

"당신과 함께 있으라는 명령을 받았습니다."

보안관 대리가 오티스에게 말했다.

"그렇다면 좋은 보모가 되어 주시오. 날 거들어 주든지 대기실에서 기다리든지 좋을 대로 하시구려."

켈리 보안관 대리는 성질을 내며 돌아서서 발소리를 쿵쿵 울리며 대기실로 들어갔다. 곧 오티스와 닥이 일을 시작했다. 어업수렵부가 가져오는 동물의 수술을 거들어 왔던 오티스에게는 이런저런 설명이 필요 없었다. 그는 방열 패드를 개의 몸 위에 얹었다. 그리고 이발기를 집더니 벌어진 상처 주변을 세심하게 깎기 시작했다.

말이 없는 수의사는 벌써 마취제를 놓고 수액 병을 걸어 놓은 다음 수혈용 혈장이 한 방울씩 흘러들어 가도록 해 놓았다. 수의사가 조용히 말했다.

"쇼크 상태라서 약을 조금만 썼어. 이 녀석, 정신을 잃지 않으려면 남은 힘을 쥐어짜 내야 할 거야."

오티스는 고개를 끄덕이면서 여느 때처럼 이 남자의 커다란 소시지 같은 손가락이 그토록 날렵하게 움직이는 것에 놀랐다. 오티스가 상처를 소독하는 동안 닥은 부러진 다리를 맞추기 시작했다.

닥이 말했다.

"갈비뼈가 몇 개 부러진 것 같아. 그렇다고 지금 상태에서 수술하기는 무리지. 이 녀석이 살아남는다면 아침에 엑스레이 사진을 찍자고. 갈비뼈가 저절로 붙게 놔둬야 할지도 몰라."

닥은 새로 맞춘 다리에 부목을 대고 감싸 주었다. 그러고 나서 커다랗고 휜 바늘에 실을 꿰었다. 몇몇 상처는 보기에도 끔찍하게 벌어져 있었다. 마지막 한 땀을 꿰고 나서 닥은 지친 몸짓으로 이마의 땀을 닦아 내고 오티스를 올려다보았다.

"왜 자네는 다른 사람들처럼 발바닥에 가시가 한 개쯤 박힌 개를 데려오지 않는 거야?"

보즈먼을 떠난 지 1시간 30분 만에 브루스터와 션은 작은 오두막 옆에 차를 대었다. 그들 뒤로 탐색대원을 가득 실은 버스와 구조용 승합차가 들어왔다. 브루스터는 차에서 나와 캄캄한 오두막으로 걸어갔고 션이 뒤따랐다. 습관처럼 먼저 문을 두드린 다음 손잡이를 돌렸다. 손잡이가 스르르 돌아갔고 문이 활짝 열렸다. 브루스터가 불을 켰다.

뒤쪽 창문이 부서져 있었다. 탁자에는 20달러짜리 지폐가 놓여 있고, 응접실 양탄자에는 핏자국이 있었다. 브루스터는 걱정 어린 표정으로 손을 뻗어 피 묻은 셔츠를 집고서 말했다.

"이 피가 개한테서만 나온 것이어야 할 텐데. 대체 무슨 일이 있었던 걸까?"

"그 대답을 가르쳐 주면 나야말로 고맙겠소. 이 꼬마 친구는 성인 칭호를 받든지, 아니면 따끔하게 한 대 맞든지 해야 할 것 같아."

션이 놀리듯 말했다

"서두르세."

브루스터가 버스 쪽으로 가면서 말했다.

션이 브루스터의 뒤를 바짝 쫓았다. 사람들이 버스에서 내리는 사이 순찰차 몇 대가 도착했다. 브루스터는 그쪽으로 걸어가 한 보안관 대리에게 교차로로 돌아가서 도로를 봉쇄하고 기자들을 막으라고 지시했다.

"준비가 끝나면 반장님께 연락해서 여기 상황을 알려 드리게. 탐색 작전에 관련된 사람이 아니면 그 누구도 통과시키지 마. 알았나?"

브루스터가 말했다.

"알았습니다."

보안관 대리는 이렇게 대답하고 자기 차로 들어갔다.

브루스터는 그 차의 미등이 계곡 아래로 사라지는 모습을 지켜보았다. 등 뒤에서는 션이 큰 목소리로 지시를 내렸고 그 후 몇 분 만에 손전등 불빛 줄기가 오두막 주위를 헤치며 조쉬의 흔적을 찾기 시작했다.

누군가 외쳤다.

"여기, 길 쪽으로 모터사이클 바큇자국이 나 있습니다."

션의 지휘 아래, 한 무리의 불빛이 흩어져서 길을 뒤지기 시작했다. 탐색대원 하나는 응급 구조용 승합차에 남아서 연락을 맡

앉다. 모든 사람이 휴대용 무전기를 지니고 있었고 음식과 긴급 처치 물품이 든 작은 배낭을 멨다. 배낭 꼭대기는 빛을 반사하는 오렌지색 딱지로 표시되어 있었다. 반 정도 되는 대원이 권총을 지녔다.

개를 모는 두 사람이 한 무리를 이끌고 도랑 양옆을 수색했다. 다른 무리는 모여서 흙먼지가 이는 자갈길 위에 갈지자로 선명하게 남아 있는 모터사이클 자국을 따라갔다. 다른 대원들은 길 가장자리와 도랑을 탐색했다.

이들은 공상과학 영화의 한 장면에서 그대로 튀어나온 것 같았다. 어둠을 가르는 서른 개의 광선 다리로 더듬더듬 나아가는 괴물. 다리가 안 좋은 브루스터도 자갈길에 머무르는 동안은 괜찮았다. 하지만 그 길은 겨우 1,600미터 정도에서 끝났고 모터사이클 자국은 오솔길로 올라가 버렸다. 갈수록 길이 가팔라졌고 걸음을 떼기도 그만큼 어려워졌다. 브루스터는 성치 않은 다리를 매만지면서 헉헉거렸다. 10년 전만 해도 여기 있는 누구 못지않게 제 몫을 해낼 수 있었다. 단 한 방의 작은 총알이 그 모든 것을 바꾸어 놓았다.

5킬로미터에서 6킬로미터쯤 산길을 오른 다음 브루스터는 손전등으로 시계를 비추었다. 3시 가까이 되었다. 바람이 기운을 얻어 차고 거세게 들이닥쳤다. 브루스터는 옷깃을 세워 귓가를 덮었다. 오두막을 떠난 지 두 시간이 지났다. 소년을 추적하고 있지 않았다면 나무 위로 높이 솟아오른 달빛이 워낙 환해서 손전등을 쓸 필요도 없었다.

앞선 무리의 사람들이 발길을 멈추고 우왕좌왕했다. 흥분하여 웅성거리는 목소리가 공기를 메웠다. 뒤에 처져 다리를 절고 숨을 씨근거리던 브루스터가 억지로 몸을 끌고 선두로 나갔다. 사람들의 목소리가 터져 나왔다.

"바퀴자국이 어디 갔어?"

"길에서 벗어났어."

"이 아래로 갔을 리는 없는데?"

그때 굵은 목소리가 들렸다.

"잠깐! 저게 뭐지?"

불빛들이 둑 위를 비췄다. 탐색대원 몇몇이 가파른 둑을 서둘러 내려갔다. 션이 그 뒤를 따라가면서 한 손을 들어 남은 대원들을 멈춰 세웠다.

"모두 조심해. 자국이 얼마 남지 않았으니 망쳐 버리지 말자고."

션이 조용히 일렀다. 그러고는 브루스터에게 오라고 손짓했다.

아직도 숨을 쌕쌕거리던 브루스터는 둑 아래로 비틀거리며 내려갔다. 망가진 빨간색 모터사이클이 분명하게 보였고 윗부분이 잘린 한 뼘 너비의 나무가 가파른 둑비탈 가운데 서 있었다.

션이 나직이 휘파람을 불었다.

"우리 어린 친구가 이번에는 날아가려고 했나 보네……. 이것 봐."

그는 무릎을 꿇고 축축하게 젖은 풀을 손으로 쓱 닦아서 손전등 불빛에 갖다 대었다. 손가락에 짙은 붉은색이 묻어났다.

다가오는 사람들

"갓 흘린 피잖아!"

브루스터가 소리쳤다.

"그런 것 같군."

션이 낮게 속삭였다.

"이걸 보면 한 시간이나 두 시간쯤 되었지, 그 이상은 아니야. 아이가 이런 상황에서도 살아남는다면 정말로 운이 좋다고 할 수밖에."

션이 무전기를 꺼냈다.

"기지, 들리나?"

곧 대답이 흘러나왔다.

"들린다."

"아이가 부상을 입었지만 아직 달아나고 있는 중이다. 출혈이 심하니 들것을 가져오는 것이 좋겠다. 꼭 필요하리라 생각한다. 응급 구호 상자와 담요도 몇 장 가져오라."

"알았다."

브루스터는 션이 걱정하고 있음을 알았다. 응급 구호 상자에는 부목과 목뼈 지지대, 혈압기 같은 의료 장비가 들어 있었다.

션이 말했다.

"사람을 내려 보낼 테니 말한 것들을 들려 보내라. 통신 끝."

"헬리콥터가 필요하지는 않습니까?"

무리 속에서 누군가 제안했다.

션은 고개를 저었다.

"지금은 안 돼. 우리는 해변에 있는 게 아니야. 여긴 해발

3,000미터이고 바람이 불고 있어. 한밤중에 이런 비탈면에 헬기를 띄우는 위험을 감수할 수는 없지."

브루스터가 션 쪽으로 돌아서 말했다.

"도대체 무엇이 이 아이를 계속해 나가게 하는 걸까?"

션이 천천히 일어나 산길을 올려다보았다.

"운이 좋아서 그럴 수도 있고, 겁에 질려서 그럴 수도 있지."

엄마의 자리

　리비는 조쉬의 장화를 보안관 사무소에 갖다 주고 집으로 돌아왔다. 앞마당에 차를 세우고 몸을 구부려 운전대에 기댔다. 집에서는 부엌 창문으로만 불빛이 흘러나왔고, 리비는 그 불빛을 우두커니 바라보았다.
　무슨 일이 벌어지고 있었다. 브루스터는 단서 하나를 쫓고 있다고만 할 뿐 무슨 일인지 말하려 들지 않았다. 도대체 무슨 단서이기에 이런 한밤중에 탐색대가 나선다는 말인가? 왜 사냥개의 추적까지 필요한 걸까? 브루스터는 아침에 전화를 하겠다고만 했다.
　아까 집을 나설 때 샘은 잠들어 있었다. 그는 브루스터가 건 전화벨 소리도 듣지 못했다. 리비는 살면서 이렇게 외로워 본 적이 없었다. 두 아들을 잃은 것처럼 남편을 잃은 것이 확실했다.
　리비는 지쳤다. 호기심 많은 사람들과 기자들에게 지쳤고, 감정을 억누르는 데 지쳤고, 마음 상하고 신경 쓰고 외로운 것에 지쳤다. 요즘엔 집에 들어오는 것조차 두려웠다. 사랑과 희망이 넘치던 예전 리비의 집은 언제나 따뜻했다. 그러나 이제는 분노와 절망이 감돌아 차고 을씨년스러웠다. 리비는 멍하니 어둠을 응시했다.

노랗던 달이 하늘 높이 올라가면서 목화솜처럼 하얗게 변했고 운전석 천장에 가려 더 이상 보이지 않게 되었다. 귀뚜라미들의 합창이 울타리를 따라 울려 퍼졌다. 집에 들어가는 것이 두려웠던 리비는 두 시간 동안 어두컴컴한 자동차 진입로에 앉아 있었다. 그러다가 멍한 상태에서 트럭에서 내려 집을 향해 걸었다. 오늘 밤도 조쉬가 집을 나간 후로 이어졌던 다른 밤처럼 끝날 것이다. 잠은 리비가 너무 지쳐서 더 이상 저항할 수 없을 때 찾아올 터였다. 그리고 아침 해가 뜨기 전 띵한 머리로 일찍 잠에서 깰 것이다.

슬픔과 절망감 때문에 가슴이 쓰렸다. 조쉬를 보았다면 왜 나한테 알려 주지 않을까? 누구한테 말을 해야 하나? 리비는 긴박감을 느끼며 조용히 집으로 들어와 부엌을 가로질렀다. 초조하게 벽시계를 보고서 수화기를 들었다. 새벽 1시 30분이었다. 이런 시간에 누구라도 전화받는 것을 달가워하지 않을 터였다. 하지만 리비는 너무나 간절히 자신의 감옥 바깥으로 손을 뻗고 싶었다. 오티스에게 전화를 할 수 있을지도 모른다. 뭐라고 말할지 아무 생각이 없었지만 손가락으로는 다이얼을 돌리고 있었다.

전화벨이 계속 울려 댔고 리비는 오티스가 점점 더 화가 나겠다고 상상했다. 하지만 그가 집에 있으리라 확신했다. 오티스가 어디 가는 일은 없었다. 리비는 몸을 구부려 탁자에 몸을 기대고 손으로 뺨을 감싸며 수화기를 귀에 찰싹 붙였다. 반복되는 신호음이 리비에게 최면을 걸었고 리비는 다시 멍한 상태에 빠져들었다.

정신을 되찾은 리비가 고개를 들어 시계를 보았다. 최소한 반 시간 동안 전화벨이 울린 셈이었다. 오티스가 왜 전화를 받지 않을까? 뭐가 잘못 되었나? 리비는 아랫입술을 깨물었다. 세상이 리비를 밖에 세워 놓고 문을 닫아걸었다. 부랴부랴 브루스터가 건네준 전화번호를 꺼냈다. 낮이건 밤이건 언제든 반장에게 전화를 해도 된다고 말했다. 반장이라면 무슨 소식을 들었을지도 모른다. 리비는 필사적인 마음이 되어 떨리는 손으로 다이얼을 돌렸다.

어떤 남자가 전화를 받았다.

"안녕하세요? 갤러틴 카운티 보안관 사무소입니다."

"안녕하세요? 전 리비 맥과이어예요. 반장님이세요?"

리비가 물었다.

"아닙니다, 부인. 전 당직을 서는 대니얼스 보안관 대리입니다. 잠깐 기다리시면 반장님을 바꿔 드리겠습니다."

금세 단호하고 감정이 억제된 목소리가 들려왔다.

"안녕하세요. 제가 애덤스 반장입니다. 무슨 일을 도와드릴까요?"

"전 리비 맥과이어예요. 전…… 아, 조쉬에 대해 뭐라도 알아

내신 게 있으면 말씀해 주실래요?"

"아뇨, 죄송합니다만 아직 없습니다. 새로운 소식이 들어오는 대로 알려 드리죠."

리비는 손이 떨리기 시작했다. 이 남자의 목소리는 이토록 절제되어 있었고, 이토록 무관심했다. 내 하나뿐인 아들이 실종된 것을 그는 모른다는 말인가? 둘째 아들마저 잃을 수는 없었다. 리비는 울화가 치미는 것을 간신히 억눌렀다. 리비가 간청했다.

"어디서 아이를 찾고 있죠? 누군가 아이를 봤다고 신고했나요? 제발 말씀해 주세요."

"죄송합니다, 맥과이어 부인. 새로운 사실을 알게 되면 연락드리겠습니다. 저희도 할 수 있는 모든 일을 하고 있습니다."

리비의 목소리가 떨렸다.

"지금까지 알아낸 사실을 말해 주세요. 조쉬는 이제 제게 하나 남은 자식이에요. 오늘 밤 보안관 사무소를 나올 때 무슨 일이 벌어지고 있다는 것을 알았어요."

수화기 저편에서 성마른 기침 소리가 들렸다.

"맥과이어 부인, 진정하십시오. 우리가 추적하고 있는 것은 수많은 단서 중 하나일 뿐입니다. 탐색에 대한 걱정은 저희에게 맡겨 두십시오. 소식을 듣는 대로 부인께 알리겠습니다."

리비는 수화기를 쾅 내려놓았다. 한 주 동안 감정을 꾹꾹 눌러 참았다. 사람들은 자신을 깨지기 쉬운 물건 다루듯 했다. 그리고 너무나 잘 견뎌 내고 있다고 말했다. 사실은 전혀 그렇지 않았다! 그동안 너무 많은 것을 속으로 삭여 버렸다. 너무 많은 분노,

너무 많은 상처, 너무 많은 두려움과 좌절감을. 이제 그것들을 어떻게 끄집어내어 보여 주어야 할까?

리비는 복도에 있는 거울로 걸어갔다. 그 안에 있는 밋밋하고, 아무 색깔도 없고, 무표정한 자기 얼굴을 바라보았다. 거울 속의 사람은 죽어 있었다. 꿈도 죽어 버렸다. 다시는 미소를 지을 수 없고, 아무도 믿을 수 없고, 사랑할 수도 없을 것 같았다.

리비는 거울에서 홱 돌아 나왔다. 아니! 아니! 아니야! 이런 식으로 끝날 수는 없어, 포기하지 않을 거야! 이상하게도, 흥분이 가라앉자 으스스한 적막감이 몰려들었다. 물처럼 흘러와 고인다기보다는 거푸집 안의 쇠가 굳어 가는 것과 비슷했다. 리비는 깊이 숨을 들이마시고 천천히 그 공기를 밖으로 다시 내보냈다.

리비는 위층의 침실로 걸어 올라가서 천장의 불을 켰다. 샘은 침대에 팔다리를 쭉 뻗고 엎드린 채 꼼짝도 않고 누워 있었다. 거친 숨소리와 코 고는 소리가 번갈아 났다. 리비는 겨울이 지난 후로 한 번도 입지 않았던 옷을 입기 시작했다. 두꺼운 면바지, 플란넬 셔츠, 양모 양말, 몸에 꼭 끼는 니트 스웨터, 털로 속을 채운 조끼.

샘이 신음 소리를 내며 돌아누웠다.

"무슨 일이야?"

샘이 쉰 목소리로 물었다.

"조쉬를 찾으러 갈 거야."

샘은 얼굴을 찡그리고 눈을 찌푸리며 손에 차고 있던 시계를 쳐다보았다.

"그렇게 할 수 없을 텐데. 지금, 새벽 2시 30분이야."

"난 내가 원하는 건 뭐든지 할 수 있어, 샘 맥과이어. 당신이 화를 내면, 이제 그냥 참지 않을 거야! 당신이 자기 연민에 빠지는 것도 더 이상 참지 않아! 당신은 가족을 구하는 대신 술이나 마시고 있어. 가족이란 게 아직도 남아 있는 건지는 모르겠지만 말야."

리비의 목소리는 점점 냉정하고 차분하게 변해 갔다.

"오늘 밤 나는 당신이 술에 취해 있을까 봐 집에 들어오기가 겁났어. 이런 식으로는 살 수 없어. 난 당신 아내야, 샘. 개가 아니라고! 조쉬는 당신을 무서워해. 그래서 도망친 거고. 또 그 애한테 손을 대기만 해 봐."

리비는 문을 처닫고 쿵쾅거리며 계단을 내려갔다. 위층에서 샘이 쿵쿵 발소리를 울리며 돌아다니는 소리가 들렸다. 아마 술기운에 몽롱한 상태에서 옷을 껴입으려는 모양이었다. 리비는 등산용 장화를 신고 가방을 들고 밖으로 나갔다. 이 작은 배낭은 원래 타이가 쓰던 것이었다. 그런 것처럼 언젠가 조쉬가 쓰던 물건을 쓰게 될까? 그 생각을 하니까 입술이 덜덜 떨려서 리비는 뛰기 시작했다.

트럭으로 달려가 운전석으로 올라가서 시동을 걸었다. 엔진이 한참 만에 쿨럭하고 기침을 토해 내더니 부르릉 소리를 냈다. 리비는 기어를 1단에 놓고 가속 페달을 힘껏 밟으며 자동차 진입로에서 빙글 돌아 빠져나왔다. 샘이 집 밖으로 달려 나와 팔을 흔들었다. 맨발에 셔츠 앞섶이 열려 있고 바지의 지퍼도 잠기지 않았다. 리비는 뒤를 돌아 남편을 힐끗 본 다음 가속 페달을 더 세게 밟았다.

보안관 사무소에 도착했을 때 리비는 화가 치민 나머지 두려움이 다 타 버린 상태였다. 리비는 탐색 본부 사무실로 쳐들어갔다.

"안녕하세요, 무엇을 도와드릴까요?"

책상 뒤에서 한 보안관 대리가 물었다. 야간 당직을 서느라 피곤한 탓에 간신히 희미한 미소를 지어 보였다.

리비는 그의 정중한 인사를 무시하고 바로 요구했다.

"반장님과 얘기하게 해 주세요."

보안관 대리는 상황이 심각함을 알아챘다.

"잠시 기다리세요."

반장은 셔츠 자락을 바지 속으로 찔러 넣고 한 손으로 엉클어진 머리를 쓸어 넘기면서 본부 사무실로 들어왔다. 피곤하고 짜증이 난 기색이었다. 그가 말했다.

"맥과이어 부인, 무슨 일로 여기까지 오셨습니까? 새벽 3시가 다 되어 가는데요."

"내가 모르는 걸 말해 줘요."

리비가 말했다. 리비는 자기보다 나이가 많고 체격이 다부진 남자의 눈을 똑바로 쳐다보았다.

"무슨 일이 일어나고 있는지 알고 싶어요."

"맥과이어 부인. 말씀드린 것처럼 저희가 알게 되는 대로……."

"집어치워요! 내 말 잘 들어요. 난 기자가 아니에요. 조쉬의 엄마라고요. 무슨 일이 일어나는 건지 알아야겠어요. 지금 당장!"

"맥과이어 부인. 이성을 찾으시고……."

"아뇨! 난 분명히 이성적으로 행동하고 있고, 반장님, 당신께도 그렇게 행동할 기회를 드리지요. 정확히 30초 안에 무슨 일이 일어나고 있는 건지 말해 줘요. 그러지 않으면 기자들이 우글거리는 모텔로 당장 내려갈 겁니다. 그 사람들을 모조리 깨워서 지금 상황에 대해 말해 줄 거예요. 보안관 사무소 측에서 우리 가족에게 사실을 숨기고 있다고. 그렇게 되면 당신 부하들이 어떤 처지에 놓일지, 내일 아침 굿모닝 아메리카(미국 에이비시 방송국에서 평일 아침에 방송하는 뉴스 프로그램-옮긴이)에는 어떤 소식이 나갈지 한번 보자고요."

"맥과이어 부인, 그것이 부인이 원하는 일은 아니잖아요."

"애덤스 반장님이 원하는 일이 아니겠지요."

리비가 반장의 말을 흉내 내어 말했다.

붉어진 목에 파란 핏줄이 솟아오른 반장은 리비를 마주 보기 어려운 듯 시선을 다른 곳으로 돌렸다. 리비는 그런 반장을 차가운 눈빛으로 살피고 있었다. 반장은 갖가지 감정이 겹쳐서 괴로운 표정이었다.

갑자기 찾아든 고요함을 깨뜨리며 어디선가 무전기 소리가 들려왔다. 리비는 간단명료한 말씨를 들을 수 있었다.

"연락원. 반장님을 연결하라. 사고가 발생했다."

리비는 놀란 눈으로 반장을 힐끗 보았다. 눈에서 저항하는 기색이 사라진 반장은 무전기 쪽으로 달려가면서 리비에게 의자에 앉으라고 가리켰다. 리비는 반장의 손짓에는 아랑곳하지 않고 그를 따라서 뒷방으로 들어갔다.

"보즈먼 탐색대 계속 보고하라."

반장이 딱딱하게 말했다.

"소년의 모터사이클과 같은 종류의 모터사이클이 망가져 있는 것을 발견했다. 록 강 상류의 풀밭 근처이다. 소년은 근처에 없지만 흘린 지 얼마 안 되어 보이는 피의 흔적을 발견했다."

리비는 반장의 소매를 잡았다.

"조쉬! 조쉬가 다쳤어요! 제가 가야겠어요."

리비는 울부짖으며 돌아서서 문으로 달려갔다.

"대기하라."

반장은 마이크에 대고 큰 소리로 외쳤다.

"맥과이어 부인! 기다려요!"

리비가 엉겁결에 뒤를 보았다.

"절 막지 못하세요."

"막으려는 게 아닙니다, 부인. 순찰차로 현장까지 모셔다 드릴게요. 저희가 더 빨리 데려다 드릴 겁니다."

리비는 반장을 노려보았다.

"제가 왜 반장님을 믿어야 하죠?"

"그 이유는 생각해 봐야겠군요."

반장은 지쳐 보이는 미소를 지으며 말했다.

"어쨌든 제가 모셔다 드릴게요. 전 그 길을 알아요. 아드님이 다쳤다면 엄마가 꼭 필요할 겁니다."

리비는 반장이 겉옷을 집는 동안 의심스러운 눈으로 쳐다보았다.

"보즈먼 탐색대, 우리가 그곳으로 가겠다. 소년의 어머니를 모시고 가겠다."

반장은 마이크에 대고 딱딱하게 말했다.

"알았다. 도착 예정 시각은?"

반장은 손목시계를 힐끗 보았다.

"도착 예정 시각은 약…… 5시이다."

"알겠다, 통신 끝."

반장은 쾅 소리를 내며 마이크를 받침대에 내려놓았고 리비를 따라 문 밖으로 나갔다. 두 사람은 곧 어둠 속을 향해 달렸다. 차를 몰고 가는 동안 반장은 리비에게 오티스 싱클레어와 통화 기록 장치, 도로 봉쇄와 다친 개에 대해 말해 주었다. 반장이 말했다.

"그 개는 지금 수술을 받고 있을 거예요. 켈리 보안관 대리가 오티스와 함께 있으라는 명령을 받았습니다."

반장은 또한 탐색에 대해 자세히 설명해 주고, 왜 비밀에 부치는지도 말해 주었다.

더 이상 아무런 반항심을 느끼지 않게 된 리비는 주먹 쥔 손으로 입술을 눌렀다. 리비가 속삭였다.

"내 불쌍한 아이. 제발 서둘러요."

오티스는 지친 표정으로 미소를 지으며 손목시계를 쳐다보았다. 동물 진료소에 도착한 지 두 시간 가까이 지났다. 닥 체임버스가 구석에 있는 두꺼운 패드에 개를 누이는 것이 보였다. 오티스는 개의 머리는 내놓고 몸을 담요로 덮어 주었다.

오티스가 큰 소리로 불렀다.

"여보쇼, 보안관 대리 양반! 잘 있소?"

대답 대신 끙 하는 신음 소리와 의자가 삐걱거리는 소리만 문 너머에서 들려왔다. 오티스는 보안관 대리에게 여러 번 말을 건네었다. 사실 그가 잠들었을지도 모른다고 생각할 때마다 그렇게 했다. 그럴 때마다 닥은 고개를 들어 쓴웃음을 지었다.

닥은 뒷정리를 시작하기 전까지 아무런 질문을 하지 않았다. 이윽고 그가 오티스에게 돌아섰다.

"이 개가 그 아이 갠가? 새끼 곰을 데리고 산속으로 도망친 아이 말이야. 그 아이가 보더콜리종 개를 데리고 있다고 들은 것 같아서 말이야."

오티스는 고개를 끄덕이고 그날 밤에 있었던 일을 설명했다.

"날이 샐 때까지 누가 개 옆에 있으면서 지키면 좋을 것 같아."

닥이 말했다.

오티스의 얼굴에 미소가 스쳤다. 그가 물었다.

"대기실 의자가 정말 딱딱하지? 게다가 아주 차갑기도 하고 말이야."

닥은 짐짓 심각한 표정을 지었다.

"그럼. 원래 그런 용도로 있는 거라고."

"좋아. 그럼 내가 남아서 개한테 문제가 생기면 전화할게."

오티스가 웃으면서 말했다.

"대기실에서 자려는 건 아니겠지?"

"오, 천만에. 이 방에 개를 둬도 된다면 난 담요를 몇 장 가셔와서 수술대 위에 포근하고 따뜻한 잠자리를 만들 생각이네."

발견

 모터사이클을 발견한 다음부터 탐색대원들은 무리를 이루어 어둠 속으로 나아갔다. 풀에 묻은 핏자국은 마치 땅에 난 어두운 반점 같아 보였다. 대원들은 앞으로 나아갔고 그들이 모는 개들은 줄을 잡아당기며 길게 짖어 댔다.
 풀밭에 이르러 대원들은 세 무리로 갈라졌다. 한 무리는 사냥개를 따라가고, 두 무리는 풀밭 가장자리를 따라 돌았다. 브루스터는 풀밭을 도는 무리에 보안관 대리를 한 명씩 딸려 보냈다. 자신은 션과 함께 개들을 따라갔다. 이렇게 많은 피를 흘렸으니 소년이 봉우리를 넘어가기는 어려울 터였다. 탐색대가 소년을 이 높은 산의 분지에 가두어 놓은 꼴이었다. 대원들은 흥분하여 큰 소리로 웅성거렸다. 사실 그들의 노력은 헛되고 보람 없이 끝나는 경우가 너무나 많았다. 말 그대로 건초더미에서 바늘을 찾는 격이었다. 하지만 아주 가끔, 바늘을 찾아내기도 했다!

졸졸 흐르는 좁은 시냇가에 풀이 짓이겨져 있고, 많은 피를 흘린 자국이 있는 것으로 보아 소년이 여기서 머물렀던 모양이었다. 풀이 누운 모양을 보니 물을 마시려고 땅에 몸을 쭉 펴고 누운 것 같았다. 도대체 아이는 어딜 얼마나 다친 걸까?

개들은 줄을 세게 끌어당기면서 너른 풀밭의 왼쪽으로 방향을 틀어서 가파른 비탈길을 오르기 시작했다. 개들이 목청 높여 짖어 대는 소리가 밤공기를 갈라놓았다. 탐색대원들은 점점 더 가까이 모여들기 시작했고 한껏 기대에 부푼 목소리로 속삭였다.

쿵쿵 땅을 울리는 발소리에 탐색대원들이 뒤를 돌아보았다. 응급 구호 상자를 가져오기 위해 션이 보낸 사람이 어둠 속에서 숨을 몰아쉬면서 달려오고 있었다. 그는 커다란 배낭을 메고 알루미늄으로 만든 들것을 가지고 있었다.

"아이한테 점점 가까이 다가가는 것 같아."

션이 말했다.

"그렇지 않다면 산을 내려갈 때 그 들것에는 내가 실려야 할 거야."

브루스터가 다리를 절룩거리면서 계속 말했다.

"얘는 왜 하필 산을 올라간 거야? 강 쪽으로 도망갔으면 다들 훨씬 편했을 거 아냐?"

션이 킬킬거렸다.

"자네 운동시키려 그런 것 같군."

멈추어서 쉬고 있을 때 브루스터는 뒤를 돌아보며 남몰래 숨을 골랐다. 아래에서는 탐색대원들이 손전등을 번쩍거리면서 풀밭을 돌고 있었다. 바로 옆에 있는 무리는 열둘쯤 되었는데 언덕 비탈을 불빛으로 비추면서 바위와 떨기나무 주변을 탐색하고 있었다.

"저게 뭐야?"

누군가 외쳤다.

불빛 여섯 개가 서로 엇갈리며 컴컴하고 불길하게 열려 있는 굴의 입구를 비추었다. 그들은 소리치기 시작했다. 션이 날카롭게 휘파람을 불자 탐색대원들은 목소리를 낮추면서 션 뒤에 정렬했다.

"걔들은 여기에 데리고 있어."

션이 지시했다. 그는 들것과 응급 구호 상자를 든 남자에게 가까이 오라고 손짓했다. 대원들은 조용히 앞으로 나아갔고 션과 브루스터가 앞장을 섰다.

조쉬에게 이런 고통은 난생 처음이었다. 아무리 눈물을 흘려도 이 날카로운 고통을 더는 데는 도움이 되지 않았다. 고통은 격렬하고 무시무시한 존재가 되어 버렸다. 침낭 속으로 열과 추위가 번갈아 파도처럼 몰아닥쳤다. 아까 머릿속에서 부드럽게 떠다니던 생각이 지금은 조쉬를 공격했다. 무기맨은 점점 기저 거인 악마가 되어 바람이 휘몰아치는 동굴에 우뚝 서 있었다. 아버지는 어둠 속에서 사악한 눈빛을 번득이며 조쉬에게 계속 주먹을 날렸다.

"날 거짓말쟁이라고 했지?"

샘은 바람 소리보다 더 큰 목소리로 윽박질렀다. 조쉬는 자꾸만 몸을 움찔거렸다.

끔찍한 일이 벌어지고 있었다. 하지만 고통과 두려움보다 조쉬를 더 많이 괴롭히는 것은 사무치는 외로움이었다. 조쉬는 흐느껴 울었다. 세상의 모든 사람들이 모질고 심술궂었다. 모든 사람이 조쉬에게 맞서고 있었다. 유일한 위안이 되는 존재가 조쉬 옆구리에 몸을 붙이고 있었다. 조쉬는 포키에게 손을 얹었다.

별이 반짝이는 검은 사발에 떠 있는 음산한 달은 오갈 데 없이 헤매는 듯 보였다. 바람은 세게 휘몰아치다가 잠잠해졌다가 다시 매섭게 들이쳤다. 모든 감각이 이렇게 뒤엉킨 적은 없었다. 아픔, 소망, 바짝 마른 입, 분노, 귀에 울리는 소리, 외로움, 이 모든 것들이 한데 얽히고설켜서 속이 울렁거렸다.

갑자기 새끼 곰은 조쉬의 땀이 난 손 아래에서 몸을 빳빳이 긴장시키더니 느닷없이 일어서서 침낭 밖으로 뛰쳐나갔다. 조쉬는 얼굴을 찡그리며 포키를 다시 부르려고 했지만 신음 소리조차 목구멍 바깥으로 나오지 않았다. 바람 속에는 사악한 소음이 가득했다. 조쉬는 안간힘을 쓰며 밤의 어두운 공간을 보며 정신을 모았다. 모든 감각이 뒤섞여 버린 혼란의 늪 위로 천천히 이상한 소리가 떠오르며 메아리쳤다. 개가 짖고 사람들이 외치는 소리였다.

겁에 질린 조쉬는 혼란 상태에서 퍼뜩 깨어나 일어났다. 한쪽 팔꿈치로 버티면서 침낭에서 기어 나왔다. 차가운 공기 탓에 살에 소름이 돋았고 굵은 땀방울 때문에 눈이 아렸다.

포키는 바위 뒤에 웅크리고서 잔뜩 긴장한 채로 어둠 속을 응시했다. 개 짖는 소리가 바람 속에서 점점 더 커지자 포키는 뒷다리로 서서 앞발 하나로 바위를 꼭 움켜잡았다. 포키의 날카로운 눈이 달빛 속에서 희번덕거렸다.

조쉬는 일어서려고 했지만 다리가 꼼짝도 하지 않았다. 숨을 들이켰다. 조쉬가 생각할 수 있는 단 한 가지는 포키를 놔주는 것이었다. 적어도 새끼 곰이 살 길을 찾아서 도망칠 수 있게 해주어야 했다. 숨을 고르면서 조쉬는 흙바닥을 기어서 포키 옆으로 갔다. 힘없는 손으로 목줄을 더듬는 동안 사람들의 목소리와 개 짖는 소리가 더욱 커졌다. 두 손을 쓸 수 없어서 너무 힘이 들었다. 마침내 힘겹게 잡아당겨서 개 목걸이를 끌렀다.

포키는 가만히 서 있었다.

"가!"

조쉬가 낮은 소리로 을렀다. 새끼 곰을 떠밀면서 바위에서 쫓아냈다. 빛줄기가 어둠을 가늘게 썰어 대고 있었다. 조쉬는 미친 듯이 동굴 안쪽으로 기어갔다. 숨어야만 했다. 침낭의 그림자가 희미하게 땅에 깔렸다. 그냥 놔둘 수밖에 없었다. 다친 팔을 질질 끌면서 계속 움직였다.

조쉬가 길 수 있는 유일한 방법은 성한 한쪽 다리로 밀면서 오른쪽 팔꿈치를 끄는 것이있디. 그러자면 다친 허벅지가 거친 흙바닥에 닿으면서 긁혔다. 마치 물에서 옆으로 누워 수영을 하는데 아래에서 상어 떼가 물어뜯는 것과 비슷했다. 하지만 포키를 풀어주었기 때문에 아무리 아파도 괜찮았다. 포키는 탈출했다.

마침내 조쉬는 동굴 안쪽의 텅 빈 구석에 털썩 쓰러졌다. 더 많은 빛줄기들이 어둠 속에서 춤을 추었다. 바람 소리 너머로 중얼거리는 목소리들이 무엇인가에 가로막힌 채 들려왔다. 몸을 굴려 등을 땅에 대자 다리로 날카로운 아픔이 전해졌다. 조쉬는 비명이 나오려던 것을 입술을 깨물며 간신히 참았다. 그때 무엇인가 얼굴을 만져서 조쉬는 흠칫했다. 북슬북슬한 털 뭉치가 뺨을 누르고 있었다. 조쉬의 마음은 쿵쾅거렸다. 포키! 조쉬는 손을 뻗어 새끼 곰을 떠밀려고 했지만 그 순간 머릿속으로 검은 물결이 밀려들어 왔고 손이 바닥에 툭 떨어지는 것을 느꼈다.

탐색대원들은 동굴 입구에 몰려들었다. 불을 피운 자리에서는 연기가 피어올라 바람에 실려 가고 있었다. 대원들은 더 넓게 펴져 비어 있는 침낭이 바닥에 구겨져 있는 것을 발견했고 또한 허리까지 오는 커다란 바위의 밑동에 밧줄이 매여 있는 것을 보았다. 그 끝에는 버클이 끌러진 개 목걸이가 있었다. 자세히 살펴보니 흙바닥에는 갓 흘린 피가 번쩍였다.

가까이 모여든 탐색대원들은 앞으로 움직이면서 손전등으로 살살이 훑었다. 동굴 끝에서 두 개의 초록빛 눈이 어둠을 날카롭게 꿰뚫고 있었다. 탐색대원들은 다 함께 뒤로 물러섰다. 몇 초 만에 모든 손전등이 굴 안쪽을 비추었다. 의식을 잃은 사람의 몸에 바짝 기대고 있는 것은 털이 많은 검은 새끼 곰이었고, 그 곰은 몸을 떨면서 앞을 노려보고 있었다.

"찾았다!"

션이 말했다.

갑자기 새끼 곰이 엎드리더니 으르렁거리고 숨을 거칠게 내뱉으며 이빨을 딱딱거렸다.

"곰이 아이를 해친 것 같다."

누군가 외쳤다.

션은 새끼 곰이 있는 쪽으로 나아갔다.

"곰을 아이한테서 떨어뜨리세."

션이 명령했다.

"개 끈과 목걸이를 갖다 줘. 친구들, 웃옷을 벗어. 서둘러야지. 꼬마 친구가 다쳤다고."

션은 이미 자기 웃옷을 벗어서 팔에 둘러 방패로 삼고 있었다. 브루스터는 개 끈과 목걸이를 가져다주면서 모두 흩어져 있으라고 손짓했다. 재킷으로 벽을 이룬 탐색대원들이 입구 안쪽으로 다가섰다. 두 대원은 새끼 곰 가까이 갈 수 없다고 한사코 거절하며 뒤에 남아서 손전등을 비추었다.

"자, 가만있어라. 착하지, 자."

션이 낮은 목소리로 말했다. 여전히 달래는 음성으로 그는 대원들에게 지시했다.

"저 말썽꾸러기가 뛰더라도 여길 빠져나가지 못하게 해야 돼. 재킷을 곰의 머리 위로 던져. 그리고 가능히면 그 이빨에 물리지 않도록 하고."

모두들 주저하면서도 반원을 이루어 앞으로 나아갔다. 새끼 곰은 입술을 말아 올려 숨을 거칠게 내뿜었고 눈을 사납게 번뜩거렸다. 탐색대원들이 가까이 다가가자 어깨의 털을 곤두세웠고 땅을 쾅쾅 쳐 대면서 다시 한 번 이빨을 딱딱 부딪쳤다. 새끼 곰은 경계하면서 쓰러진 아이에게서 떨어져 옆으로 움직였다.

"좋아. 뒤로 물러나."

누군가 명령했다.

"내가 한 방에 처리할 테니까."

브루스터는 돌아서서 몸집이 다부진 한 남자가 권총을 들어서 새끼 곰을 겨냥하는 것을 보았다. 브루스터는 앞으로 달려들어 권총을 옆으로 쳐 냈다. 총구가 불을 뿜었고 귀가 먹을 듯한 폭발음이 동굴을 뒤흔들었다. 총알은 바위를 살짝 스치고 씨잉 소리를 내며 어두운 밤으로 사라졌다.

"이 바보!"

브루스터가 고함을 쳤다.

"하마터면 저 아이를 쏠 뻔했어. 아니면 우리 가운데 누군가 맞았을 거라고."

브루스터는 주먹을 꼭 쥐고서 숨을 몰아쉬었다.

무리는 조용히 서 있었다. 총을 쏜 사람이 손목을 어루만지는 동안 션은 다른 모든 사람에게 앞으로 나아가라고 다시 한 번 손짓했다. 거리가 여덟 걸음 안으로 좁혀지자 새끼 곰이 앞으로 튀어나왔다. 션이 재킷을 새끼 곰의 머리로 던진 다음 그 위를 덮쳤다. 그가 새끼 곰을 쓰러뜨리자 여러 사람이 션의 몸 위로 한꺼번에 덮쳤다. 재킷을 펄럭거리며 브루스터를 비롯하여 더 많은 사람들이 그 더미에 자기 몸을 보탰다.

"다리를 잡아 줘. 날 사정없이 할퀴고 있어."

션이 소리쳤다.

"아야! 날 막 물어."

누군가 아래쪽에서 소리쳤다.

사람들의 투덜거림과 욕설이 새끼 곰이 내는 소리와 섞였다. 허우적거리던 사람들의 움직임이 천천히 멎었다. 새끼 곰은 끔찍한 비명을 질러 대면서도 발톱을 거두고 털을 가라앉혔다.

브루스터는 새끼 곰에게 목걸이를 끼우고 세게 조였다.

"좋아. 이제 내려갈 때는 자네 중 한 사람이 목줄을 쥐게."

그는 이렇게 명령하면서 이제까지 서 있기만 하던 덩치 큰 남자를 가리켰다.

탐색대원들은 경계하면서 서서히 몸을 일으켰다. 공격하는 사람이 없어지자 새끼 곰은 동굴 뒤쪽으로 뒤돌아 뛰었다. 누가 움직일 틈도 없이 새끼 곰은 소년의 다리를 안고서 덜덜 떨었다.

"아이한테서 떼어 내."

브루스터가 날카롭게 명령했다.

그 덩치 큰 남자가 줄을 세게 잡아당기자 새끼 곰은 뒤로 나자빠지면서 발길질을 하고 고함을 쳤다. 새끼 곰은 사정없이 몸을 비틀더니 냉큼 일어나서 목줄을 잡고 있는 남자를 쫓았다. 사람들 사이에서 왁자한 웃음이 터져 나왔고 새끼 곰은 동굴 가장자리에 멈추어 섰다. 그리고는 시무룩한 표정으로 몸을 떨었다.

"둘은 친구인 모양이야."

션이 이렇게 말하면서 서둘러 소년의 곁으로 갔다. 브루스터가 뒤따랐다.

조쉬가 신음했다.

"얘야, 내 말 들리니?"

션이 큰 소리로 물으면서 조쉬 옆에 무릎을 꿇었다.

조쉬는 계속해서 신음하면서 할 말이 있는 듯 입술을 움직였다. 왼쪽 팔은 괴상하게 꺾여 있었다. 살 안에서 뭔가 툭 불거져 있는 것 같았다. 오른쪽 바지 가랑이 전부가 피에 젖어 있었다. 얼굴과 팔도 상처투성이이고 피가 흘렀다.

"세상에. 지옥에라도 갔다 돌아온 모습이군."

브루스터가 말하면서 션이 소년의 맥박을 짚는 걸 지켜 보았다.

션이 고개를 살짝 돌렸다.

"아직 돌아왔다고 하기는 이른 것 같아."

다시 산 아래로

 소년을 빙 둘러싸고 선 탐색대원들이 손전등을 밝혔다. 지친 얼굴에 긴장과 피로가 겹쳐 있었다.
 션이 외쳤다.
 "짐! 이리 오게."
 비쩍 마른 남자 하나가 재빨리 션의 옆으로 다가와 무릎을 꿇고 앉는 동안 브루스터는 무전기를 뽑아 들고 알렸다.
 "알파 탐색조, 델타 탐색조, 우리가 소년을 찾았다. 산길 입구로 집합하라. 소년을 데리고 가겠다."
 브루스터는 잠시 기다려 다른 두 탐색조의 대답을 들은 다음 션에게 돌아섰다.
 "헬기가 필요할까?"
 션이 고개를 끄덕였다.
 "아이를 산길 입구까지 데리고 갈 수 있다면 헬기를 자갈길 근처 땅에 착륙 시킬 수 있을 거야. 그때쯤이면 날도 밝을 테고."

션은 조쉬의 눈꺼풀을 들어올려 동공에 손전등을 비췄다. 조쉬는 고개를 들어 올리려고 살짝 움직였다.

"진정해, 애야. 우린 널 도우러 온 거야."

션이 부드럽게 말하면서 조쉬의 성한 팔에 혈압 측정 기구를 두르고 공기를 펌프질해 넣었다.

션이 조쉬를 살피는 동안 브루스터가 무전기의 주파수를 다시 맞추었다.

"기지, 내 말 들리나?"

"들린다, 계속하라."

"소년을 데리고 내려가겠다. 헬기를 산길 입구에 최대한 가까이 대기시켜라."

션이 손을 뻗어 브루스터가 들고 있던 무전기를 잡았다.

"기지, 이 아이는 내상을 입었을지도 모르고 피도 많이 흘렸다. 신체 상태 측정 결과를 보고할 테니 헬기 조종사들에게 전하라. 변경 사항이 있으면 바로 알려 주겠다."

"알았다. 대기하고 있다."

대답이 들려왔다.

"맥박 108. 호흡 24, 얕음. 최고 혈압 90, 최저 혈압 46."

션은 이렇게 알려 주고 나서 무전기를 돌려준 다음 조쉬의 팔에 부목을 대기 시작했다.

브루스터가 말했다.

"기지, 우리는 약 한 시간 삼십 분 안에 산길 입구에 도착할 예정이다."

션이 날카롭게 말했다.

"한 시간!"

"아, 기지, 한 시간 안에 간다."

브루스터가 고쳐 말했다.

션이 옅은 웃음을 띠며 고개를 들었다.

"소풍은 끝났군. 커피 마실 시간도 없고."

들것에 묶이고 담요로 덮인 채 조쉬는 신음하며 입술을 움직였다. 갑자기 조쉬가 눈을 크게 떴다.

"오티스, 이 더러운 밀고자."

조쉬는 이렇게 내뱉었다. 그러더니 다시 눈을 감았다.

"대체 무슨 소리지?"

션이 물었다.

"그러게. 상태가 어때?"

브루스터가 말했다.

"좋지 않아. 정말 별로야. 자, 이보게들. 아이를 데리고 내려가세."

션이 대답하면서 뻣뻣한 몸을 일으켰다.

희뿌연 아침 공기 속에서 브루스터는 션과 함께 서서 탐색대원들이 들것 가장자리에 조쉬의 소지품을 올려서 함께 나르는 것을 보았다. 처량한 울음소리가 등 뒤에서 울려 퍼졌다. 브루스터는 몸을 돌려서 밧줄에 매인 새끼 곰이 쭈그리고 앉아 있는 것을 보았다. 새끼 곰을 맡으라는 임무를 받은 덩치 큰 남자는 긴장한 채 밧줄을 꼭 붙잡고 있었다.

브루스터가 웃음을 지으면서 다가갔다.

"내가 새끼 곰을 데리고 내려가도 괜찮겠어요?"

그 남자는 마치 사형선고에서 구제받기라도 한 것처럼 활짝 웃음을 지었다.

"아, 오, 물론이죠, 보안관 대리님, 괜찮고말고요."

그는 브루스터에게 밧줄을 던지다시피 넘겨주고는 다른 사람들을 따라 줄행랑을 쳤다.

브루스터가 줄을 당기자 새끼 곰은 엎드렸다. 그리고 얇은 입술을 말아 올리고 숨을 씩씩 불어 댔다.

"이 녀석은 생일 촛불을 끄려는 게 아니야. 자넨 다리도 아프면서 새끼 곰을 맡으려는 게야?"

선이 빈정거리며 물었다.

브루스터가 고개를 끄덕였다.

"곰을 데려가면 더디게 움직여도 핑곗거리가 있잖아."

선이 지친 얼굴로 미소를 지었다.

"아아, 성자 나셨네. 그럼 밑에서 보자고."

"그래."

브루스터는 대답하면서 하품을 했다. 선이 총총걸음으로 비탈길을 내려가기 시작했고 브루스터는 손목시계를 보았다. 5시가 조금 지났다. 아무런 예고도 없이, 어스레하고 맑은 아침노을 빛이 산봉우리 사이에 후광처럼 부드럽게 걸렸다. 브루스터는 탐색대원들과 그들이 나르는 들것이 풀밭을 가로지르는 것을 보면서 자기 처지를 다시 생각해 보았다. 이곳은 해발 3,300미터의 산 위, 자동차가 다니는 길까지 6킬로미터는 걸어야 하는데, 새벽 5시에 작은 곰을 맨 줄을 들고 있다니.
"내가 어쩌다 이 짓을 자청했을까?"
그는 투덜거리면서 밧줄을 잡아당겼다.
새끼 곰은 브루스터를 날카롭게 쏘아본 다음, 다리를 뻣뻣이 하고 비틀거리며 끌려갔다.

리비와 반장은 어둠 속에서 속력을 내어 골짜기를 끼고 남쪽으로 돌아 파라다이스 계곡으로 들어갔다. 리비는 꼼짝 않고 앉아서 번쩍이며 스쳐 가는 거리 표지판에만 눈길을 주고 있었다. 그렇게 리비는 자기 생각에 빠져 있을 뿐, 금속 같은 잿빛을 띠어 가는 하늘이나 지지직거리는 무전기나 반장의 부드럽고 지친 미소는 알아보지 못했다.
새벽빛이 지평선 위에 여러 겹으로 길게 늘어질 무렵 그들은 톰 마이너 길에 다다랐다. 자갈길이어서 순찰차가 옆으로 흔들리고 덜컹거렸다.
"바로 앞에 도로를 봉쇄한 지점이 나옵니다."
반장이 말을 하자마자 거의 열두 대쯤 되는 승용차와 승합차가 록 강의 교차 지점에 서 있는 것이 눈에 들어왔다.
"이건 뭐야? 여기서 회의라도 열리는 게야?"
반장이 중얼거렸다.
한 보안관 대리가 창문가로 달려오자 반장은 차를 세웠다.

"정말 반갑습니다, 반장님."

보안관 대리가 소리쳤다.

"여기 온 지 한 시간쯤 지났을 때 기자들이 나타나기 시작했습니다. 제가 신문에 광고라도 냈다고 생각하셨겠군요."

반장은 고개를 설레설레 흔들었다.

"우리 털끝 하나 건드리지 못하도록 하게."

보안관 대리는 씩 웃음을 짓더니 다리를 뻣뻣이 세우고 경례를 했다.

"넷, 반장님."

그러더니 지나가라고 손짓했다.

몇몇 기자들이 자동차에서 허둥지둥 내려 달려왔다. 그들은 팔을 흔들면서 큰 소리로 질문을 퍼부어 댔다. 반장은 재빨리 차창을 올리고 출발했다. 멀어지는 기자들의 외침을 들으면서 리비는 바큇자국으로 울퉁불퉁한 좁은 길 위에서 거칠게 요동치는 차에 몸을 맡기고 있었다. 곧 반장이 무전기의 마이크를 집어 들었다.

"기지, 내 말 들리나?"

"여기는 기지다. 계속하라."

"여기는 애덤스 반장이다. 방금 도로 봉쇄선을 지났다. 소년에 대한 소식은 없나?"

"있습니다. 소년을 찾았습니다."

리비는 헉 숨을 들이켜고 내쉬질 못했다.

"상태가 어떤가?"

반장이 물었다.

"살아있습니다만 매우 위급한 상황인 것 같습니다. 지금 탐색구조대원들이 소년을 데리고 내려오고 있습니다. 헬리콥터도 도착할 예정입니다. 약 15분쯤 걸릴 것으로 예상합니다."

"알았네, 곧 그리로 가지."

"알겠습니다."

반장은 소맷부리로 눈썹을 쓱 문지른 다음 리비를 건너다보았다.

"괜찮으십니까?"

반장이 물었다.

리비는 아랫입술을 깨물고서 눈물이 나오려는 것을 참고 있었다.

"여기요."

반장이 말하면서 손수건을 주었다.

리비는 그 작은 천에 얼굴을 묻고 흐느끼기 시작했다. 차가 멈추어 설 때가 되어서야 리비가 훌쩍이며 고개를 들었다.

"사람들이 잘 보살피고 있을 겁니다."

반장이 위로하듯 말했다.

리비는 고개를 끄덕이고 힘없이 순찰차에서 내렸다. 신선한 아침 공기를 마시니 기분이 나아졌다. 리비는 숨을 깊이 들이마시고 산을 올려다보았다. 멀리서 둔탁하게 쿵쿵거리는 소리가 공기를 진동시키고 있었다.

한 남자가 크고 하얀 탐색구조대 승합차에서 불쑥 머리를 내밀었다. 그가 소리쳤다.

"헬기가 옵니다!"

반장은 고개를 끄덕이고 알았다는 뜻으로 손을 흔들었다.

리비는 텅 빈 하늘을 올려다보았다. 반장과 리비는 산길 입구에 있는 풀밭에 서 있었다. 북을 울리는 듯한 헬리콥터 소리가 나무 꼭대기 너머에서 메아리치긴 했지만 그 소리를 빼면 차가운 공기는 고요했다. 리비는 땋아 내린 머리가닥을 초조하게 손으로 만지작거렸다.

"제발 다시 전화해서 조쉬 상태가 어떤지 물어봐 주세요."

리비가 반장에게 돌아서며 말했다.

반장은 고개를 끄덕였다. 그는 무전기를 조정했다.

"산악 탐색조, 내 말 들리나?"

숨을 몰아쉬는 션의 목소리가 무전기의 잡음과 함께 터져 나왔다.

"들립니다, 반장님."

"아이는 어떤가?"

"좋은 상태는 아닙니다."

"도착 예정 시간은?"

반장이 물었다.

"한 15분이면 이 빈둥거리는 친구들을 데리고 내려갈 수 있을 것 같습니다. 참, 브루스터는 한두 주일 정도 걸릴 거고요."

"왜지?"

"새끼 곰을 데리고 내려오고 있거든요. 자원했습니다. 이 사실은 꼭 아셔야지요."

션이 웃으면서 말을 이었다.

"아, 맞아요, 이제 생각났습니다. 빙엄의 곰 배달 서비스라고요. 꽤 그럴듯하게 들리지 않습니까, 반장님?"

리비는 자기도 모르게 웃음을 지었다. 그 남자의 목소리로 봐서 모두들 바삐 힘들게 움직이고 있다는 것을 알 수 있었다. 쾅쾅 울리는 헬리콥터의 둔탁한 소음이 점점 커졌다. 리비는 하늘을 다시 보았다. 숲이 울창한 언덕 위로 빨간 헬리콥터의 배 부분이 보이더니 그들을 향해 커다란 호박벌처럼 내려앉기 시작했다. 육중한 소음은 일정한 간격으로 천둥소리처럼 울려 퍼졌고 리비는 반장이 자기 팔을 붙잡고 풀밭 가장자리로 이끄는 것을 느꼈다.

바람에 쓸려 풀이 커다란 원을 이루어 누웠고 헬리콥터는 큰 소리를 내지르면서 땅에 거칠게 착륙했다. 안면 보호 유리가 달린 헬멧을 쓴 한 사람이 빨간 헬리콥터에서 뛰어내려 고개를 숙이고 두 사람을 향해 달려왔다. 그 사람은 파란색 낙하복을 입고 커다란 항공 여행용 가방을 들고 있었다. 헬리콥터의 거대한 날개가 느려지면서 귀청이 떨어질 것 같은 울부짖음도 잦아들었다.

파란 옷을 입은 승무원은 알고 보니 여자였다.

"케시 베렛, 등록 간호사(미국에서는 면허 실무 간호사나 간병 간호사보다 많은 훈련을 받거나 경력을 쌓아야 등록 간호사가 될 수 있다—옮긴이)입니다. 소년은 아직 내려오지 않았습니까?"

간호사는 헬멧을 벗고 이렇게 외쳤다.

반장이 고개를 젓고 시계를 쳐다보았다.

"10분 안에 도착할 예정입니다."

몸집은 작지만 야물어 뵈는 간호사가 소리쳤다.
"그럼 준비를 하고 있겠습니다."
간호사는 조종사를 향해 열 손가락을 폈다 접었다 하면서 헬리콥터를 향해 달려갔다.
시간이 멈춘 듯했다. 리비는 시계와 산길 입구를 계속해서 번갈아 쳐다보았다. 리비로서는 이런 일이 있으리라고는 상상도 못했다. 이 많은 사람들과 응급 구조 차량, 도로 봉쇄, 신문사와 방송사, 순찰차, 헬리콥터들이 전부 내 작은 조쉬 때문에 동원되었다니. 아들이 배짱이 두둑하다는 것은 알고 있었지만 도대체 어떻게 해서 이런 곤란한 지경까지 이르게 되었을까? 엄마 역할을 좀 더 잘했더라면 이런 일은 일어나지 않았을지도 몰라……. 문득 정신을 차려 보니 리비는 몸을 앞뒤로 흔들면서 두 손을 꼭 맞잡고 있었다.
"오는 게 보입니다!"
반장이 외쳤다.
산길 쪽으로 고개를 돌려 보니 한 무리의 사람들이 나무 사이로 흩어져 내려오는 것이 보였다. 그 가운데, 네 사람이 한 조를 이루어 총총걸음으로 들것을 옮기고 있었다. 다른 사람들은 곧 소리를 지르면서 부채꼴 모양으로 퍼져 들판을 달려 들어왔다.
리비가 뛰어나가 그들을 맞았다.
"조쉬!"
리비는 소리치면서 움직이는 들것 옆으로 달려들었다. 조쉬의 모습은 알아보기조차 힘들었다. 얼굴이 긁히고 부어오르고 흙먼지에 덮여 있었다. 눈도 감고 있었다.
 반장은 리비를 잡아서 뒤로 끌어당겼다.
 "길을 비켜 줘야 합니다."
 반장이 말했다. 리비는 필사적으로 들것을 붙잡으려 했지만 반장은 리비를 놓아주지 않고 말했다.
 "제발요."
 "내 아이예요. 내 아이라고요."
 리비는 울부짖으며 몸부림쳐서 반장의 손에서 빠져나왔다. 그러고는 사람들이 조쉬를 헬리콥터에 싣고 있는 쪽으로 달려갔다.
 "저도 같이 갈 거예요."
 리비가 소리쳤다.
 반장은 헬리콥터에 탄 간호사에게 달려갔다.
 "소년의 어머니예요."
 반장이 소리쳤다.
 "알았습니다. 어머니는 돌아서 반대편으로 가세요. 조종사가 태워 드릴 겁니다."
 간호사가 말했다.
 헬멧을 쓴 조종사가 리비를 도와 앉힌 긴 의자는 캔버스 천을 덮어씌운 것으로 헬리콥터 뒤쪽을 보게 되어 있었다. 조종사는 리비에게 헤드폰 세트를 건네주고 거친 손길로 서둘러 안전띠를 매 주었다.
 곧이어 간호사가 서둘러 헬리콥터에 올라타고서 조종사에게 양손의 엄지손가락을 들어 보였다.

"가요! 갑시다!"

간호사가 큰 소리로 말했다.

엔진이 다시 속도를 올려서 날카로운 소리로 울부짖었고 그 커다란 헬리콥터가 떠올랐다. 리비는 두려운 눈으로 작은 오두막 주변을 내려다보았다. 땅이 점점 멀어져 갔고 고개를 돌려 보니 간호사가 조쉬를 살피고 있었다. 조쉬는 눈을 살짝 떴다가 다시 감았다. 조쉬는 두어 번 팔을 힘없이 움직였다. 두 번째로 팔을 들었을 때 리비가 손을 뻗어 조쉬의 손을 잡았다. 간호사가 고개를 들어 리비에게 미소를 지었지만 눈에는 걱정이 어려 있었다.

조쉬의 상처

 간호사가 조쉬의 몸을 돌보는 동안 리비는 조쉬의 손을 꼭 붙들고 있었다. 헬리콥터는 귀청을 찢을 듯이 진동하면서 언덕과 들판을 지나갔다. 조쉬는 점점 더 자주 눈을 떴다. 마침내 조쉬는 머리를 살짝 기울이더니 리비를 멍한 눈빛으로 쳐다보았다. 리비는 손을 더 꼭 쥐었다. 조쉬가 입술을 움직였지만 날카로운 엔진 소리 때문에 목소리가 들리지 않았다.
 리비는 자신의 삶이 산산이 부서진 것 같아 어찌할 바를 몰랐다. 하지만 마음을 다잡으며 그 한 조각, 티끌 하나라도 긁어모으려고 애쓰고 있었다. 타이의 죽음은 리비의 삶에서 원래 자리로 되돌릴 수 없는 커다란 조각이었다. 또 어떤 조각을 잃어야 이 모든 일이 끝나게 될까?
 병원에 영영 도착하지 못하는 것이 아닌가 싶을 만큼 긴 시간이 흐른 뒤에야 헬리콥터는 옆으로 가파르게 기울여 회전하더니 착륙하기 시작했다. 헬기 착륙 구역이 보였고 그 주위를 사람들이 둘러싸고 있었다. 헬리콥터가 크게 요동치며 땅에 내려앉자 하얀 가운을 입은 사람들이 몸을 숙이고 헬리콥터로 달려들었다.
간호사가 리비에게 소리쳤다.
"조쉬 옆에 있어도 돼요! 하지만 병원으로 데려갈 수 있게 좀 비켜 주세요."
리비는 마지못해 고개를 끄덕이고 조쉬의 손을 놔주었다. 안전띠를 끄르고 헬리콥터에서 뻣뻣한 몸을 가까스로 빼냈다. 리비는 조심스럽게 들것 뒤를 따라갔다. 조쉬에게 너무나 열중해 있었기 때문에 기자들과 사진기를 든 사람들을 보지 못하고 있다가 착륙 구역 가장자리에 있던 그들이 들것 주위로 달려와 몇 겹으로 둘러싼 다음에야 알아보았다.
"지나가게 해 줘요! 저리 비키세요!"
간호사가 소리쳤다. 기자들은 조쉬를 따라 잔디밭을 가로지르고 응급실까지 따라 들어와서 리비를 보고 길을 막았다.
"맥과이어 부인. 조쉬 상태는 어때요?"
"어디서 조쉬를 발견했는지 말해 주십시오."
"새끼 곰은 어디에 있죠?"
"구조대가 곰을 죽였나요?"
리비는 자신에게 몰려드는 얼굴과 마이크와 찰칵거리는 사진기들을 보았다. 리비는 혼란스러워서 귀를 막았다.
"날 내버려 둬!"
리비는 소리를 질렀다. 그러고는 고개를 숙이고 마이크를 밀어

내며 조쉬에게 달려갔다.
　의사와 간호사들이 조쉬를 살피는 동안 리비는 걱정이 되어 제대로 생각을 할 수가 없었다. 사람들이 조쉬의 옷가지를 벗겨 몸을 씻기고 진찰을 하기 시작했다. 리비는 조쉬의 팔이 부러지고 허벅지가 베여 상처가 벌어진 것을 볼 수 있었다. 가슴은 커다랗게 멍이 들어 있었다. 자잘하게 긁히고 베인 상처가 몸 여기저기에 나 있었고 얼굴은 벌겋게 부어올랐다. 하지만 더 안타까운 것은 너무나 여위고 초췌해 보이는 모습이었다.
　리비가 조쉬에게 다가갔지만 간호사가 가로막았다.
　"실례합니다만, 엑스레이를 찍으러 가야 합니다."
　간호사가 말했다.
　리비가 몸을 떨며 기다리는 동안 의사와 간호사들은 조쉬를 이동침대에 눕혀 쪽방으로 데리고 갔다. 샘은 어디 있을까? 시계를 보니 아침 7시였다. 샘은 아마도 술에서 덜 깬 침대에 누워 자고 있을 것이다. 방사선실에서 조쉬가 외치는 소리가 들려왔다.
　"아저씨들이 포키를 쐈어! 아저씨들이 포키를 쐈어!"
　의료진이 조용한 목소리로 아이를 진정시키려 했다. 리비는 서성거렸다. 저게 도대체 가능한 일인가? 왜 그들은 새끼 곰을 쏴야만 했을까? 다시 조쉬가 소리쳤다.
　"오티스, 이 밀고자! 이 쥐새끼 같은 밀고자!"
　리비는 몸을 떨었다. 조쉬, 도대체 무슨 생각을 하는 거니? 오티스는 제일 친한 친구였잖아.
　곧이어 사람들은 조쉬를 응급실로 데리고 돌아왔고 다리를 치료하기 시작했다. 한 의사가 현상한 엑스레이 사진을 불이 밝혀진 유리판에 집게로 집어 놓고 살펴보았다. 고개를 흔들며 의사가 조쉬에게 돌아섰다.

"너 참 운이 좋구나."

의사가 말했다.

"왜요?"

조쉬는 입술을 뾰로통하게 내밀고 말했다.

"팔은 부러졌지만 갈비뼈는 멍만 들었어."

"갈비뼈든 팔이든 아무래도 상관없어요. 사람들이 포키를 죽였어요."

"조쉬. 우리가 걱정하는 건 오직 너뿐이야."

리비가 울먹였다.

조쉬는 조용해졌다. 그리고 낮은 목소리로 말했다.

"아무도 포키 걱정은 하지 않아요."

리비는 의사가 지나갈 때 그의 팔을 붙잡고 물었다.

"괜찮을까요?"

의사가 고개를 끄덕였다.

"그럴 것 같습니다. 정말 참을성이 많은 아이네요, 맥과이어 부인."

간호사가 리비의 팔을 잡아당기며 말했다.

"팔을 치료하는 동안 대기실에서 기다리셨으면 합니다."

"아이를 마취시킬 거예요?"

리비가 두려운 목소리로 물었다.

"팔만 마취할 거니까 아이는 깨어 있을 거예요."
간호사가 말했다.
"그럼 아이 옆에 있고 싶어요. 거기가 바로 엄마가 있어야 하는 자리니까요."
리비의 말에 의사가 고개를 끄덕이자 간호사가 마지못해 동의했다.
사람들이 조쉬의 팔을 맞추는 동안 리비는 땀이 나는 조쉬의 이마를 매만졌다. 아들이 눈을 질끈 감으면서 고통에 찬 비명을 지를 때마다 리비는 입술을 깨물었다.
"이제 기분이 어때, 젊은이?"
의사가 팔의 뼈를 맞추고 난 다음 물었다.
조쉬의 목소리에는 원망이 서려 있었다.
"왜 포키를 죽여야 했죠? 걔는 아무 짓도 안 했는데요."

브루스터가 새끼 곰을 질질 끌고서 뒤뚱거리며 산길을 내려오는데 헬리콥터가 떠나는 소리가 들렸다. 새끼 곰을 맡겠다고 자원한 것을 그때까지 백 번쯤은 후회했다. 새끼 곰한테 맞고 물어뜯길 때마다 그런 생각이 들었다. 이 세상에 물어뜯는 작은 곰만큼 고약한 것은 없겠다는 생각이 들었다.
새끼 곰은 공격을 멈추더니 이제부터는 놀아야겠다는 생각이 든 모양이었다. 그것도 브루스터를 힘들게 하기는 마찬가지였다. 곰은 브루스터의 뒤꿈치를 걷어차서 비틀거리게 했다. 그런 다음 냉큼 뛰어들어 브루스터의 엉덩이에 이빨을 쑤셔 박았다. 그렇게 호되게 열두 번쯤 물리고 나니 브루스터는 엉덩이를 보호하기 위해 뒤로 엉거주춤 걸을 수밖에 없었다. 새끼 곰은 장난스럽게 빙글빙글 돌면서 다시 덮칠 기회를 노렸다.

새끼 곰이 성가시긴 했지만 한편으로는 안쓰러운 마음도 들었다. 이 꼬마 곰의 장난은 어린아이가 노는 것이나 다름없었다. 곰이 울부짖는 소리는 간절한 탄원처럼 들렸다. 브루스터는 지난 한 주 동안 새끼 곰이 어떤 일을 겪어 왔는지 그저 상상만 할 수 있을 뿐이었다. 새끼 곰을 처분한다는 말이 사실이라면 그 모든 일이 허사가 되고 만다.

무전기로 날카로운 소리가 들려왔다.

"브루스터, 안 내려오고 평생 그 산속에 있을 참이야?"

브루스터는 걸음을 멈추고 안테나를 쭉 뽑아서 응답했다.

"젠장, 션! 그 전에 이 망할 녀석이 날 질겅질겅 씹어서 햄버거로 만들어 버릴걸."

"어디 있어?"

브루스터는 주위를 둘러보았다.

"몰라. 왼쪽에 오래전에 산불이 났던 구역이 있어."

"아, 그럼 다 왔네. 새끼 곰이 자네를 끌고 오는 게 틀림없군."

"션, 그 아래 일은 어떻게 됐나?"

"아이 엄마가 반장님과 함께 와서 헬기를 타고 갔어. 지금 전부 가고 없어. 난 여기서 누워 쉬면서 자넬 기다릴게."

"알았네."

몇 분 뒤 브루스터와 새끼 곰은 비틀거리며 길 위로 올라왔고 나무에 기대어 쉬고 있는 션을 발견했다.
 션이 하품을 하면서 둘을 올려다보았다.
 "자네를 끌고 저 산에서 여기까지 내려오다니, 우리 불쌍한 꼬마가 정말 고생이 많군."
 브루스터는 소맷자락으로 이마를 쓱 문지르고 나서 새끼 곰을 순찰차로 데려갔다.
 "내 평생 이토록 지독하게 배고프고, 지치고, 목마른 적이 없었던 것 같아."
 브루스터는 이렇게 말하면서 차 문 손잡이에 밧줄을 맸다.
 션이 어기적거리며 일어섰다.
 "거기 아이스박스에 음식이 좀 있어."
 브루스터는 고맙다는 듯이 고개를 까딱했다. 아이스박스를 꺼내어 바닥에 놓고 허겁지겁 뚜껑을 열었다. 샐쭉해 있던 곰이 귀를 쫑긋 세웠다. 새끼 곰은 코를 킁킁거리며 냄새를 맡더니 대담하게 덤벼들었다. 브루스터가 채 움직이기도 전에 새끼 곰이 아이스박스로 뛰어들어 샌드위치와 쿠키와 감자 칩 따위를 어질러 놓았다.
 "인마, 저리 비켜!"
 브루스터는 소리를 지르며 새끼 곰을 밀쳐내려 했다.
 새끼 곰은 돌아서 번개처럼 달려들어 브루스터의 손목을 꽉 깨물었다. 그런 다음 음식이 있는 곳으로 돌아가 웅크리고는 꿀꿀 소리를 내면서 게걸스럽게 먹어 댔다.
 브루스터가 손목을 만지며 말했다.

"내가 씹고 빠는 장난감인 줄 아나 봐. 저 녀석 좀 쫓아 주겠나? 이젠 물어뜯기는 것에도 지쳤어."

션이 정색을 하며 말했다.

"오, 무슨 소릴! 난 전혀 배가 고프지 않은걸. 그냥 먹게 내버려 둬. 아니면 이걸 줘 보든지."

무심한 태도로 션은 차의 짐칸을 열어서 타이어를 갈 때 쓰는 쇠지레를 꺼냈다.

"이게 도움이 될 거야."

션은 이렇게 말하면서 돌아서 새끼 곰이 있는 데로 걸어갔다.

"아니, 션. 그러지 마."

브루스터가 서둘러 말했다.

션은 못 들은 체하며 순찰차의 앞쪽으로 걸음을 옮겨 몸을 굽히고 쇠지레를 써서 차바퀴 가운데 있는 뚜껑을 떼어 냈다. 그러고 나서 그 우묵하고 빛나는 뚜껑에 물통의 물을 따라서 새끼 곰 옆에 놔 주었다.

"녀석에게 물도 주면 안 된다는 게야?"

션이 한쪽 눈을 찡긋하며 물었다.

브루스터는 한숨을 쉬었고 새끼 곰은 뚜껑으로 달려들어서 홀짝거리며 그 안의 물을 다 빨아 마셨다. 그런 다음 다시 돌아와 웅크리고서 꿀꿀거리며 조금 남아 있던 쿠키를 먹었다.

"그 녀석을 차에 좀 태워 주면 안 될까?"

새끼 곰이 먹을 걸 다 먹자 브루스터가 부탁했다.

"꿈도 꾸지 마. 쟤 친구는 자네잖아."

브루스터는 얼굴을 찡그리며 손목을 문질렀다.

"친구라니, 무슨 얼어 죽을."

"자, 이걸로 해 봐."

션이 말하면서 웃옷의 주머니를 뒤졌다. 그러더니 남아 있던 초콜릿 바 뭉치를 던져 주었다.

브루스터는 새끼 곰의 밧줄을 끄른 다음 초콜릿을 한 번 휘둘렀다. 그러고는 새끼 곰이 다시 자기한테 덤벼들기 전에 초콜릿을 순찰차 뒷자리로 던져 넣었다. 새끼 곰이 얼른 뛰어들었고 브루스터는 문을 쾅 닫아 버렸다.

강철로 된 격자 보호막이 뒷자리와 앞자리를 가로막고 있었다. 브루스터가 고개를 설레설레 흔들면서 말했다.

"지금까지 이 보호막이 숱한 술주정꾼한테서 날 지켜 주었지. 그런데 오늘은 이렇게 곰한테서 지켜 주게 될 줄이야."

브루스터는 운전을 하면서도 불편한 듯 몸을 꼼지락거리고 쓰라린 엉덩이를 살살 만졌다. 명예보다 의무가 중요하다는 말도 있지만 이건 정말 우스운 꼴이었다. 창밖을 보니 나무 위로 해가 솟아 있었고 시계를 보니 7시였다. 8시 반쯤에는 보즈먼에 도착할 것 같았다.

새끼 곰에 대한 생각이 브루스터의 마음을 어지럽혔다. 그 소년은 죽음을 무릅쓰고 새끼 곰을 구하려고 했다. 그런데 실패했다.

"우리가 돌아가면 새끼 곰은 어떻게 되는 거야?"

션이 물었다.

브루스터는 얼마 동안 잠자코 달리기만 하다가 대답했다.

"모르겠어."

브루스터의 목소리는 서글펐다.

"디크 미즈너한테 저 녀석을 넘겨주려니 정말 내키지 않아. 어쩌면 오티스 싱클레어한테 좋은 생각이 있을지도 몰라. 아직 나하고 말하려고 한다면 말이지만."

생명

 오티스는 잠에서 깨어 동물 진료소의 낯선 환경에 잠시 어리둥절했다. 그러나 머릿속이 환해지자 미소를 머금었다. 수술대 위에 누워 자는 것은 꽤 편안했다. 적어도 대기실의 딱딱한 의자보다는 나았다. 오티스는 천천히 내려와서 머드플랩 옆에서 무릎을 구부려 앉았다. 개는 고르게 숨을 쉬면서 눈을 크게 뜨고 있었다. 하지만 꼬리는 여전히 가만히 있었다. 그 가냘픈 몸에서 정신이 다 말라 버린 것 같아 보였다. 개는 아직 살아 있었지만 실제로는 목숨을 긴신히 부지할 뿐이었다.
 오티스는 앞쪽 주차장으로 차 한 대가 들어오는 소리를 들었다. 아마 닥 체임버스일 것이다. 또한 대기실에서 신음 소리와 거친 기침 소리도 들려왔다. 의자가 삐걱거리더니 켈리 보안관 대리가 문가에 나타났다. 제복이 구겨지고 머리카락이 삐죽삐죽 섰다.

"좋은 아침이오, 람보."

오티스는 형편없는 몰골을 한 보안관 대리에게 기운차게 인사했다.

보안관 대리는 얼굴을 찌그릴 뿐 아무 대답 없이 책상께로 걸어갔다. 그러더니 수화기를 집어 들어 다이얼을 돌리고는 말했다.

"연락원, 반장님을 바꿔 줘요."

보안관 대리는 기다리는 동안 엉킨 머리를 손가락으로 빗었다.

"안녕하세요, 반장님······. 허, 뭐라고요? ······ 소년을 찾았어요? 그럼 싱클레어 씨는 어떻게 하죠?"

켈리 보안관 대리의 목소리는 애처로운 푸념으로 변해 갔다.

"놔주라고요? 그러니까 제가 밤새 의자에서 잠을 잔 게 이 사람을 그냥 놔주기 위해서란 말씀이세요? ······ 아, 아닙니다. 반장님께서 밤을 새우신 줄은 몰랐습니다. 알았습니다, 반장님. 네, 반장님."

켈리 보안관 대리가 수화기를 쾅 하고 내려놓을 때 닥 체임버스가 그 방으로 들어왔다. 보안관 대리는 오티스를 노려보았다.

"싱클레어 씨, 이제 가도 좋습니다."

그는 성마르게 말을 내뱉었다.

오티스는 닥에게 눈을 찡긋하고 나서 보안관 대리를 향해 미소를 지었다.

"이렇게 말해서 실례지만, 이제 가도 좋은 사람은 내가 아니라 젊은이인 것 같소."

보안관 대리는 발소리를 쿵쿵 울리며 걸어 나갔고 하도 문을 세게 닫는 바람에 창문이 덜커덩거렸다.
"좀 어때?"
닥이 무릎을 꿇고 앉아 개를 바라보며 물었다.
오티스는 고개를 저었다.
"사는 일에 흥미를 잃은 모양이야."
닥이 말했다.
"오늘 아침에는 엑스레이를 찍자고. 그런 다음엔 자네 집에 데려가는 게 좋을 듯해. 의학적인 처치보다는 애정을 가지고 자상하게 보살피는 일이 더 중요하니까."
오티스도 동의했다. 그래서 집으로 돌아가 응접실 바닥에 머드플랩을 위한 잠자리를 마련했다. 석고 붕대를 하고 커다란 붕대를 몇 개나 감은 이 작은 개는 조금도 움직일 기미를 안 보였다. 편안하게 쉬는 듯 보였지만 눈은 활기를 잃고 멍하니 허공을 바라보고 있었다. 오티스는 개의 이마를 쓰다듬었다. 이제 할 수 있는 일은 기다리는 것뿐이었다. 오티스가 일어서자 전화가 울렸다. 리비한테서 온 전화라 생각하면서 평소보다 더 빨리, 좀 더 친절한 목소리로 전화를 받았다.
"여보세요."
"안녕하세요, 브루스터입니다. 드릴 말씀이 있어요."
평소처럼 볼멘소리를 내지 않은 것이 후회되었다. 오티스는 즉시 낮고 거친 음성으로 바꾸었다.
"빙엄, 날 좀 가만히 놔둘 수는 없나?"
"제 말 좀 들어 보세요. 조쉬를 찾았어요."

"정말 놀라운 일이군. 나를 미행해서 아이를 찾았겠군."

"제가 새끼 곰을 데리고 있는데, 선생님 도움이 필요합니다."

"나 좀 쉬게 해 줘! 나더러 자네 대신 더러운 일을 해 달라는 얘기로군. 어업수렵부에는 자네가 직접 전화하게."

"우리가 무언가 할 수 있는 일이 있지 않겠어요? 선생님도 디크 미즈너가 새끼 곰한테 어떤 짓을 할지 아시잖아요."

오티스는 성난 음성을 누그러뜨리지 않았다.

"난 새끼 곰에 대한 권한이 없네."

"저도 알고 있어요. 하지만 조쉬는 그 작은 말썽쟁이를 구하려다가 거의 죽을 뻔했어요."

"뭐야? 조쉬가 다쳤어?"

"네. 헬리콥터에 실을 때 상태가 아주 안 좋았어요. 모터사이클도 부서졌고요."

오티스는 숨을 꿀꺽 삼켰지만 생각이 뒤엉켜 버렸다. 이런 일이 일어나서는 안 되었다. 조쉬는 그냥 좀 특별한 아이일 뿐이었고 그 아이 덕분에 한동안 정부 관리들이 진땀을 빼는 것을 지켜보는 일은 재미있었다. 하지만 이것은 게임일 뿐, 게임을 위해 죽어야 할 이유는 없었다.

"오티스, 제가 새끼 곰을 넘기면 그 아이가 한 일이 모두 허사가 되잖아요. 그 아이가 모든 신문사와 방송사들을 선동했어요. 참, 주지사도 전화를 했더군요. 정말 다른 방도가 없을까요?"

"그게 바로 내가 평생토록 해 온 일이야. 다른 방도를 생각해서 시도하는 일."

오티스가 말했다. 브루스터가 뭐라고 할 말을 찾지 못하자 오티스가 결국 두 손을 들었다.

"아, 그렇게 하라고. 그 녀석을 데려와. 내가 뭘 할 수 있는지는 모르겠지만."

"고맙습니다."

그러면서 브루스터의 목소리는 조금 가라앉았다.

"여기는 파라다이스 계곡이에요. 한 시간 안에 도착할 겁니다. 그리고 오티스…… 한 가지 더 말씀드릴 게 있습니다."

"그게 뭐지?"

"아이가 당신한테 화가 난 모양입니다."

오티스는 얼굴을 찡그렸다.

"화가 나다니 무슨 소린가? 그 아이가 무슨 말을 했단 말이야?"

"그럴 수 있는 상태가 아니에요. 그냥 혼자 몇 마디 중얼거렸죠."

"그래, 뭐라고 그랬는데?"

브루스터는 주저하며 말했다.

"그 애기 말하기를…… '오티스, 이 더러운 밀고자.'라고……."

오티스는 수화기를 움켜쥐고 입술을 내밀었다.

"자기를 경찰에 넘겨줬다고 생각한 모양이군."

"무슨 일이 있었는지 제가 아이에게 설명하겠습니다."

브루스터가 말했다.

"암, 자네가 모든 일을 더 낫게 만들겠지. 그렇고말고. 그래서 나한테 새끼 곰을 맡기겠다고 전화를 한 것이고."
 오티스는 수화기를 쾅 하고 내려놓았다. 그러고는 무거운 한숨을 쉬면서 책상으로 걸어가 먼지 쌓인 명함첩을 꺼냈다.
 한 장 한 장 빛바랜 명함을 넘길 때마다 오티스는 잠깐씩 멈추곤 했다. 몇 년 동안 대학에서 가르칠 때는 이것이 그의 삶이었다. 유명 인사와 높은 자리에 있는 사람들을 상대로 로비를 벌이는 게임 말이다. 오티스는 가장자리가 해지고 너덜너덜한 명함 한 장을 한참을 쳐다보았다. 그 명함에는 전화번호가 두 개 있었다. 하나는 교환 안내원에게 연결되고, 다른 하나는 그의 사무실로 직접 연결되는 번호였다. 커다란 붉은 별이 명함 왼쪽 위 귀퉁이에 찍혀 있었다. 오티스는 그 명함을 뚫어져라 보았다. 한때 이 명함을 다시는 쓰지 않으리라 맹세한 적이 있었다.
 오티스는 주저하면서 팔을 뻗어 수화기를 집어 들었다. 손이 떨려서 수화기를 다시 내려놓을 뻔했다. 그러다가 뻣뻣한 손길로 직통 전화번호로 다이얼을 돌리기 시작했다. 명함 주인인 남자와는 환경에 관한 주 법안을 놓고 열 번도 넘게 서로 얼굴을 맞대고 싸운 터였다. 그랬던 두 사람의 처지가 이제 어떻게 되었는가……. 오티스는 무심코 마지막 다이얼을 돌리면서 명함에 찍혀 있는 이름에 눈을 고정시켰다. 그 이름은 다름 아닌 주지사 세실 하든이었다.
 이른 시간이었지만 귀에 착 감길 듯 달콤한 목소리가 전화를 받았다.
 "안녕하십니까, 주지사 집무실입니다."

"난 오티스 싱클레어요. 세실과 통화하고 싶소."

"주지사님과 통화하기로 미리 약속하셨습니까?"

"이젠 배알이 꼬여서 더 이상 약속 같은 건 하지도 못하겠소, 아가씨. 내가 전화를 건 이유는 조쉬 맥과이어와 새끼 곰 때문이고, 난 세실을 엄청난 곤경에서 구해 주게 될 거요."

"주지사님께서 와 계신지 확인하겠습니다, 싱클레어 씨."

"아가씨는 비서잖아. 그 사람이 안에 있는지 없는지는 너무나 잘 알고 있을 거야. 날 상대로 무슨 놀이를 하든 말든 아가씨 맘이지만 나는 30초 안에 끊을 테니 그리 알아."

오티스가 다짜고짜 내뱉었다.

"잠시만요, 싱클레어 씨."

여자가 더듬거렸다.

오티스는 분노가 치밀어 몸이 달아올랐다. 그의 일생에서 30년을 허비하게 만든 바로 그 독약을 다시 맛보고 있었다. 인간은 정부를 만들고 커다란 건물들을 지은 다음, 그 속에서 온갖 분쟁을 중재하며 스스로를 신으로 생각하게 되었다. 100만 달러를 벌어들이는 일이라면 그 어떤 오염도 마다하지 않고 결정하는 게 의회 아닌가? 동물플노 세금으로 벌어들이는 돈처럼 예산안에 포함시킬 수 있는 대상이 되지 않았던가!

오티스가 쓰디쓴 생각에 잠겨 있을 때 목소리가 끼어들었다.

"안녕하세요, 주지사 하든입니다."

오티스는 숨을 깊이 들이마셨다.

"세실, 오티스 싱클레어요."

"오티스 싱클레어! 이거 정말 몇 년 만입니까? 실례지만 오티스, 지금은 좀 바쁩니다."

"너무 바빠서 재선에서 이길 시간도 없겠소."

오티스가 말했다.

공연히 헛기침을 하는 소리가 들려왔다.

"제가 뭘 도와드릴까요?"

주지사가 조심스런 목소리로 물었다.

오티스는 웃음을 터뜨릴 뻔했다. 정치가들은 언제나 뭘 도와줘야 하느냐고 묻는다. 사실 그 말의 진짜 의미는 무슨 일을 하면 그들에게 이득이 되겠냐는 뜻이다. 이득이 되어야만 그들은 손가락 하나라도 까딱하는 것이다. 오티스는 여전히 깐깐한 음성으로 말했다.

"잘 들어요. 나는 당신하고 몇 년 동안 머리를 맞대고 싸웠고 그 때문에 지독한 두통까지 앓았지. 또다시 맞붙자고 전화한 것은 아니오. 당신의 임기 말년을 위기에서 구하려는 것뿐이오."

"내 임기 말년이 위태로운 상황인 줄은 몰랐군요."

목소리로 보아 주지사는 한껏 움츠려 방어 태세를 하고 있었다.

"조쉬 맥과이어를 찾았고, 아이가 데리고 있던 새끼 곰은 압수될 예정이오. 당신도 그 사실을 알고 있으리라 믿소만."

오티스가 말했다.

"그래요, 한 시간 전에 보고를 받았죠. 그게 당신과 무슨 상관이죠?"

"난 상관 마오. 이 지역 어업수렵관리소장인 디크 미즈너한테 그 새끼 곰을 처분할 권한이 있소. 그 사람에게 넘어가면 새끼 곰은 가망이 없을 것이오. 그 남자는 출세주의자니까."

오티스는 출세주의자라는 단어에 한껏 경멸감을 담아 굵은 목소리로 말했는데, 마치 그 말이 디크 미즈너한테만 해당하는 것은 아니라고 암시하는 투였다.

"새끼 곰을 동물원이나 어디 딴 데로 보낼 수도 있지 않겠어요? 왜 나한테 전화를 한 겁니까?"

주지사가 물었다.

오티스는 헛기침을 했다.

"디크는 새끼 곰을 살리는 데는 털끝만큼도 관심이 없소. 이 나라 안의 동물원은 어느 한 곳도 작고 말라빠진 서부의 아메리카곰을 원하지 않아요. 그 사람들이 찾는 것은 크고 강한 인상을 심어 주는 동부의 갈색곰들이지. 이 새끼 곰이 다친 데가 없으니까 디크는 주립 연구소로 보내 질병 연구에 쓰도록 할 거요. 사실상 곰은 거기서 죽게 될 겁니다. 이런 일이 일어나도록 당신이 허락했다는 사실이 알려지면 언론이 당신을 그 자리에서 끌어내리려고 들들 볶아 댈 거요."

"그것은 내 결정 사항이 아닙니다."

주지사가 말했다.

"당신은 주에서 일어나는 모든 사안에 책임이 있소. 이렇게 말하는 것이 실례가 될지는 모르지만, 세실, 주지사의 권고 한마디면 내일 날씨도 바뀌는 것 아니겠소?"

주지사는 껄껄 웃었다.

"그래서 내가 뭘 해야 할지 제안하신다면?"
오티스는 이마에 솟아난 땀을 닦아 냈다.
"마침 바라던 질문이오."

브루스터는 오티스와 통화를 한 다음 마음이 놓여 한숨을 내쉬었다. 그는 오티스가 우리를 하나 마련할 시간을 주기 위해 일부러 길가에 차를 세워 공중전화로 전화를 했다. 오티스가 새끼 곰을 맡는 데 동의할지 알 수 없었는데, 일단은 맡게 되었다. 하지만 이제부터 뭘 어쩌지? 새끼 곰의 겁에 질린 눈망울이 자꾸 떠올랐다.

한 시간 뒤에 브루스터는 순조롭게 보즈먼 시내를 지나 오티스의 오두막으로 가는 길로 접어들었다. 함께 타고 있는 션은 지친 표정으로 먼지 낀 창문을 바라보고 있었다. 갑자기 그의 얼굴에 언짢은 표정이 떠올랐다.

"아아, 이봐. 무슨 냄새가 나지 않아?"
브루스터는 킁킁 냄새를 맡더니 코를 찡그렸다. 뒤를 돌아보니 마침 새끼 곰이 뒷좌석에서 자기 똥을 피해 껑충 뛰고 있었다.
"아우, 나 좀 살려 줘. 딱 1킬로미터만 더 참을 수는 없었니?"
브루스터가 냅다 소리를 질렀다.
새끼 곰이 몸을 웅크리자 션이 그것보라는 듯 쳐다보았다.
"부끄러운 줄 알아. 자네 때문에 우리 꼬마 친구가 겁먹었네."
"이런 일이 일어나다니 믿을 수가 없군."
브루스터가 한탄을 하며 말을 이었다.

"저 녀석은 자기를 반나절이나 걸려 산에서 끌고 내려오는 동안 나를 풍선껌처럼 씹어 댔고 그런 다음 내 아침을 먹어 치웠지. 이제 싱클레어에게 데려다 주면 난 징계를 먹을지도 모르는데, 지금 꼴 좀 보라고."

션은 브루스터의 어깨를 툭 쳤다.

"억세게 운이 좋은 사람이군, 허."

자그마한 새끼 곰과 다시 전쟁을 치르고 싶지 않았기 때문에 브루스터는 오두막까지 남은 500미터를 창문을 모두 활짝 열어놓고 달렸다. 하지만 별 도움이 되지는 않았다. 앞마당에 도착해서 그 똥을 치울 때도 곤욕을 치렀다.

오티스는 포키가 한 짓을 보고는 갑자기 짧은 웃음을 터뜨렸다.

"녀석을 여기로 데려오고 싶어 한 이유는 따로 있었군."

오티스는 콧방귀를 뀌었다.

브루스터는 성질을 부리려다가 간신히 참았다.

"우리가 어떻게 하면 저 새끼 곰을 구할 수 있을지 좋은 생각 있으십니까?"

브루스터가 물었다.

"우리라고?"

오티스가 비꼬듯이 큰 소리로 말했다. 그러더니 갑자기 진지해졌다.

"새끼 곰에 대한 걱정은 내게 맡기게. 보아하니 자네는 다음 주 내내 세차만 해야 할 듯하군."

"참 재미있네요."

브루스터가 중얼거렸다.

오티스는 시무룩하게 있는 새끼 곰에게 나직이 쿠우우 소리를 내며 다가갔고 몸을 굽혀서 그 작은 짐승과 눈높이를 맞추었다.

"조심해요."

브루스터가 아픈 손목을 문지르며 말했다.

오티스는 손을 앞으로 살며시 내밀어 새끼 곰이 손가락 냄새를 맡게 했다. 브루스터와 션은 놀란 눈으로 지켜보았다. 새끼 곰이 킁킁대는 동안 오티스는 새끼 곰의 턱 밑과 목을 살살 긁었다. 몇 분이 지나자 새끼 곰은 앞으로 기어 나왔다. 오티스는 이 무겁고 까만 몸뚱이를 가만히 들어올려서 가슴 높이에 닿는, 사슬을 엮어 만든 우리로 옮겼다. 오티스는 나지막이 새끼 곰에게 말을 하고 있었다.

"저런 일이 일어날 수 있는 유일한 이유는 저 새끼 곰이 날 물어뜯느라 지쳤기 때문이야."

브루스터가 볼멘소리로 션에게 말했다.

두 사람은 오티스를 따라서 우리로 갔다. 접시에는 이미 먹을 것과 물이 담겨 있었다. 하지만 새끼 곰은 구석으로 힘없이 기어 들어 갔다.

"개처럼 우울증에 걸린 모양이네."

오티스가 두 사람과 함께 순찰차로 돌아오면서 말했다.

"개는 어떻습니까?"

브루스터가 물었다.

"몸은, 회복되고 있어……. 그런데 정신은 조금도 돌아오지 않앉아. 조쉬는 어떤가?"

브루스터가 고개를 저었다.

"저희도 아직 모릅니다. 보안관 사무소로 돌아가 보고서를 작성한 다음 곧장 그리로 가 볼 계획입니다. 반장님이 정오에 병원에서 기자회견을 열 계획이고요. 그것만 마치면 전 집으로 가서 눈을 붙여야겠어요."

그곳 앞마당을 떠나기 전에 브루스터는 차 시트를 닦아 냈다.

"참, 괜찮으시다면 제가 아침을 사도 될까요?"

선이 정중하게 물었다.

브루스터는 안색이 질리더니 역겹다는 표정을 지어 보였다.

선은 그 표정에는 아랑곳하지 않고 자기 다리를 치면서 배꼽이 빠져라 웃어 댔다.

해고

오티스는 브루스터의 차가 도로로 빠져나가는 것을 본 다음 집으로 돌아와 아침을 마저 먹으려 하였다. 평소 습관대로 텔레비전을 틀어 아침 뉴스 채널에 맞춘 다음 웅웅거리는 그 소리가 낮게 깔리도록 해놓고 음식을 먹었다. 거의 귀를 기울이지 않고 있다가 새끼 곰에 대한 이야기를 듣게 되었다. 오티스는 얼른 소리를 높였다.

이 시각 주요 뉴스를 다시 알려 드립니다. 오늘 아침 일찍 몬태나 탐색대는 조쉬 맥과이어를 발견했습니다. 이 소년은 새끼 곰의 목숨을 구하기 위해 산으로 도망쳤습니다. 전해지는 소식에 따르면 소년은 사고를 당한 것으로 보입니다. 얼마나 심한 부상인지, 또 그 원인이 무엇인지는 아직까지 알려지지 않고 있습니다. 지금 보시는 비디오 화면은 보즈먼에서 방금 전에 촬영한 것입니다.

오티스는 텔레비전 화면을 유심히 보았다. 소리치는 기자와 카메라 팀으로 헬리콥터에서 들것이 나와 병원으로 들어가는 장면이 흐릿한 화면으로 보였다.
뉴스 보도가 이어졌다.

새끼 곰이 보즈먼으로 이송되었다는 보도가 있었습니다. 저희가 어업수렵부 직원들에게 연락을 해 보았습니다만 새끼 곰의 행방에 대해서는 전혀 아는 바가 없다고 답했습니다. 오늘 정오에 보즈먼 디커너스 병원에서 기자회견이 열릴 예정입니다. 저희가 그 기자회견을 생중계로 전해 드리겠습니다. 잠시 광고 방송을 보내 드립니다.

오티스는 소리를 낮추고 다시 아침을 먹기 시작했다. 이 일이 어쩌다 이렇게 커져 버렸나? 이 모든 일은 며칠 전에 새끼 곰에게 무슨 먹이를 줘야 하느냐고 묻는, 겁에 질린 목소리에서 시작되었다.
오티스가 아침을 다 먹고 나자, 집으로 자동차가 들어오는 소리가 들렸다. 이번에는 누구지? 우리 집이 학교 댄스파티의 무도장보다 더 북적이는 곳이 되었군. 오티스는 냅킨으로 입가를 닦으며 탁자를 잡고 몸을 일으켰다. 문에 닿기도 전에 방문자는 문을 거세게 두드렸고, 오티스가 "갑니다!" 하고 소리를 쳤는데도 쾅쾅 망치질하듯 두드리는 소리는 계속되었다.
"이런! 이런! 이런!"

오티스가 소리치며 문을 열었다.

"이 집을 부술 생각이라면 쇠지레를 갖다 드리지."

디크 미즈너가 화를 내며 서서 사과 한마디 하지 않았다.

"당신이 새끼 곰을 데리고 있소?"

디크 미즈너가 물었다.

"뭣 때문에 내가 가지고 있겠소?"

오티스가 시치미를 떼고 말했다.

"왜냐하면 당신 말고는 아무도 그럴 것 같지 않아서지. 자, 당신이 새끼 곰을 데리고 있소?"

디크는 고함을 쳤다.

오티스는 고개를 끄덕이면서 디크가 차고 있는 권총을 내려다보았다.

"새끼 곰은 여기에 있소만 그냥 내버려 두는 게 좋을 거요."

"그건 내 권한이오. 내 말을 듣지 않으면 당신의 어업수렵 면허를 취소할 수 있소."

디크가 말하면서 우리가 있는 쪽으로 갔다.

오티스는 평온하게 말했다.

"내가 당신이라면 쓸데없이 그 새끼 곰한테 간섭하지 않을 거요."

이 말 때문에 디크는 더 발끈한 것 같았다. 디크의 권위가 도전받는 일은 드물었다. 디크가 오티스에게 홱 돌아섰다.

"동물을 당국에 넘겨주길 거부하면 당신을 체포할 겁니다."

오티스는 여전히 차분했다.

"사냥감을 적법한 기관에 넘기기를 거부할 리가 있소? 그 사람이 올 때가 다 되었군요."

오티스는 이렇게 말하면서 시계를 보았다.

디크는 의아하다는 눈빛으로 멈칫했다. 그러다가 다시 분노가 잔뜩 실린 눈길로 노려보고는 돌아서서 우리 쪽으로 향했다.

"내가 바로 적법한 기관이오."

디크는 어깨 너머로 말을 내뱉었다.

"난 새끼 곰을 데려가려고 여기 왔소. 날 막을 생각 마시오."

"당신 실수 하는 거예요, 디크."

오티스는 차분하지만 분명한 목소리로 말했다.

디크는 다시 뒤를 돌아보지 않았다. 그는 죽 늘어서 있는 우리로 걸어가다가 철망에 기대어 쭈그리고 앉아 불쌍하게 몸을 떨고 있는 새끼 곰을 발견했다. 디크는 못에 걸려 있던 밧줄을 빼냈다. 디크가 뒤에 대고 소리쳤다.

"당신은 바보야, 오티스. 고작 이런 하찮은 동물 하나 때문에 사냥 면허를 잃다니."

디크는 한 손에 밧줄을 쥔 채 몸을 구부려 문을 열었다. 디크가 들이가자 새끼 곰은 우리의 철망에 몸을 바싹 붙이고 숨을 거세게 내뿜으며 으르렁거렸다. 디크가 뒤를 돌아보았다. 오티스가 오두막 가까이에 머물면서 유심히 지켜보고 있었다. 그 모습을 보자 디크는 더 부아가 치밀었다. 그는 새끼 곰에게 가까이 다가갔다.

오티스는 마당에 차가 들어서는 소리를 들었다. 그는 차 밖으로 나오는 남자에게 고개를 끄덕였다.

"안녕, 세실. 아니, 주지사님이라고 불러야 더 좋아하시려나? 헬레나에서 날아오느라 고생이 많았겠소."

"괜찮았소. 하지만 오늘 아침 계획에 잡혀 있던 일은 아니었죠. 이걸로 나한테 빚을 하나 진 셈입니다."

"당신이 언론한테 두드려 맞을 것을 구해 주었다고 해서 내 장부에 외상을 달아 놓을 일은 없소."

오티스가 날카롭게 받아쳤다.

주지사는 그 말을 못 들은 체하고 어업수렵부 직원들이 입는 녹색 양복 상의를 보고 물었다.

"무슨 일입니까?"

"디크 미즈너요."

그러면서 오티스는 디크가 들어간 새끼 곰 우리 쪽을 손짓으로 가리켰다.

"저 사람이 새끼 곰을 가져가려고 왔소."

"그 새끼 곰을 내버려 둬!"

주지사가 디크에게 소리쳤다.

디크는 뒤를 돌아보고 아침 햇살이 눈부신지 눈을 찌푸렸다.

"당신이 뭔데 상관이야."

디크가 소리쳤다.

오티스는 주지사를 따라 한 줄로 늘어선 우리로 갔다. 두 사람이 다가갈 때 디크가 새끼 곰에게 손을 뻗었다. 그 순간, 새끼 곰이 번개처럼 달려들어 그의 손을 물고 몸을 비틀며 발톱으로 할퀴었다.
 디크는 새끼 곰을 놓아주고 뒤로 물러났지만 손가락에서 피가 흘렀다. 게다가 뒷걸음질을 치다가 문에 낮게 걸린 받침대에 머리를 들이받았다.
 "이 아무짝에도 쓸모없는 까마귀 먹이가!"
 디크가 중얼거리면서 권총을 뽑았다.
 "총 내려, 디크! 총 내리라고 했어!"
 주지사가 고함을 질렀다.
 디크는 주저하면서 뒤를 돌아보았다. 그는 한참 만에 주지사를 알아보게 되긴 했지만 총을 내려놓지는 않았다.
 "아, 주지사님, 여기서 뭐 하십니까?"
 그는 더듬거렸다.
 "총 내려놔!"
 주지사가 호통을 쳤다.
 디크는 손을 떨면서 마지못해 권총을 내렸다.
 "하지만 주지사님, 이건 제 권한입니다. 보안관 대리가 저 새끼 곰을 어업수렵부에 인도하지 않고 여기로 데려왔습니다. 그래서 제가 여기까지 추적해 온 것입니다."
 주지사는 냉담하게 말했다.
 "오늘 아침에 주 정부의 담당자와 얘기했네. 그 사람이 말하는데 이 새끼 곰 때문에 여론이 아주 나빠졌다는 사실을 자네도 알게 되었다고 하더군. 하지만 자네는 여전히 이해를 하지 못하는 모양이야. 자네가 그 새끼 곰을 죽이면, 그래, 오티스 말이 맞군.

언론이 우리를 그냥 두지 않을 거야. 유감이네만, 자네가 어리석은 짓을 했다고 내가 그 대가를 치를 수야 없지."

"하지만 주지사님, 우리가 이번 일에 순순히 물러난다면……."

오티스가 끼어들었다.

"당신 정말 이해를 못 하는군요, 디크!"

오티스의 높아진 목소리는 모질었다.

"저 새끼 곰은 단지 10킬로그램짜리 고기와 털이 아니오. 우리가 가진 존엄성의 일부요. 우리가 생명을 이어 갈 수 있다는 희망이고. 당신이 그 제복을 입고 있는 이유란 말이오. 그 아이와 새끼 곰이 한 주 동안 이 세상을 위해 한 일이 당신이 이제까지 경력을 쌓으면서 한 일보다 많소. 그들 덕분에 미국 곳곳에 있는 사람들은 세상이 더 나아질 수 있다는 희망을 갖게 되었소."

디크가 냉큼 내뱉었다.

"흥, 고매한 소리는 집어치우세요, 싱클레어. 여기가 디즈니랜드인 줄 아십니까? 당신은 정말……."

주지사가 앞으로 한 걸음 나섰다.

"어쩔 수 없군, 디크."

주지사가 말했다.

"당신은 이제 몬태나 주 어업수렵부에서 일할 수 없소. 이제 당신의 권한은 없는 거지. 당장 떠나시오!"

텅 빈 마음

리비는 조쉬의 팔에 회반죽 붕대를 감는 것을 지켜보았다.
"리비!"
누군가 불렀다.
몸을 돌리자 브루스터 빙엄이 응급실의 열린 문으로 들어오는 것이 보였다. 제복에 흙먼지가 잔뜩 묻은 그는 수척해 보였다.
리비가 다가갔다.
"브루스터! 여기는 어쩐 일이에요?"
"기자회견도 하고 조쉬가 어떤지 살피러 왔어요. 좀 괜찮습니까?"
리비는 말하기를 주저했다. 자신이 느끼는 조쉬의 무관심과 공허함을 어떻게 설명해야 할까? 고민을 하다 리비는 고개를 끄덕였다.
"네, 그런 것 같아요."

"무슨 문제가 있습니까?"

"아뇨, 괜찮아요."

리비는 고개를 돌렸다.

"무슨 일입니까, 리비. 샘 때문이에요?"

"샘이요? 아뇨. 지금 그 사람이 어디 있는지도 모르는걸요."

리비는 말하면서 고개를 떨어뜨렸다. 그리고 조용하게 덧붙였다.

"조쉬가 이상해요. 날 낯선 사람 대하듯 해요."

브루스터는 부드럽게 미소 지었다.

"너무 많은 일을 겪었잖아요. 시간을 줘 보세요."

이때 의사가 두 사람 옆을 지나쳐 가려고 하자 브루스터가 그를 잡아 세웠다.

"실례합니다, 의사 선생님. 전 빙엄 보안관 대리입니다. 저희가 정오에 기자회견을 할 계획입니다. 기자들에게 조쉬의 상태에 대한 소견을 말씀해 주실 수 있겠습니까?"

의사가 고개를 끄덕였다.

"한 가지 더요. 제가 조쉬와 잠깐 이야기를 해도 될까요?"

"그렇게 해 보세요."

의사는 리비를 보면서 말했다.

"괜찮겠습니까, 맥과이어 부인?"

리비가 고개를 끄덕였다.

두 사람은 휠체어에 앉아 있는 조쉬에게 다가갔다. 조쉬는 파란 환자복을 입고 고개를 푹 숙이고 있었다. 아이의 머리칼은 여전히 엉키고 뭉쳐 있었다.

"네가 바로 조쉬 맥과이어로구나."

브루스터가 활짝 웃음을 지으며 말했다.

조쉬는 아무 반응이 없었다.

"내 이름은 브루스터 빙엄이고 보즈먼 탐색구조대의 대장이야. 너한테 꼭 말해야 할 것이 있단다."

조쉬는 눈물이 나오려는 것을 꾹 참으면서 고개를 들었다.

"왜 포키를 쐈어요? 걘 아무 잘못도 하지 않았는데요."

"뭐? 무슨 소릴 하는 게냐?"

"아저씨가 포키를 쏘는 소리를 들었어요."

조쉬가 말했다.

리비는 산길 입구에서 들었던 새끼 곰 이야기가 떠올랐다. 하지만 조쉬의 눈에 떠오른 표정도 보고 있었다. 조쉬는 진실을 말하고 있었다. 그 정도는 충분히 알 수 있었다. 리비는 브루스터의 팔을 건드렸다.

"왜 새끼 곰을 쐈어요?"

브루스터는 리비의 말에 놀란 듯했다.

"오…… 아니에요! 탐색대원 중에 하나가 쏘려고 했지만 세가 쳐시 총알이 빗나갔죠."

브루스터는 살짝 미소를 지었다.

"사실, 엉덩이가 따끔거릴 때마다 그 새끼 곰이 얼마나 요란한 녀석인지 생각이 나죠."

조쉬가 엄마를 바로 쳐다보았다.

"엄마, 저 아저씨들이 포키를 죽였어!"

조쉬는 소리쳤다.

"포키를 죽였다고."

리비는 혼란스러웠고 생각이 갈팡질팡했다. 보안관 사무소는 전에 리비에게 거짓말을 한 적이 있었고 자기들끼리만 정보를 알고 있으려고 했다. 지금은 또 무슨 일을 감추려는 것일까?

브루스터가 잠시 가만있다가 입을 열었다.

"포키와 머드플랩은 둘 다 잘 있어. 오티스네 집에 있고, 오티스는……."

"오티스는 밀고자야!"

조쉬가 입을 비쭉 내밀고 말했다.

"왜 그렇게 말하는 거지?"

브루스터가 물었다.

"혼자 왔고 아무한테도 말하지 않겠다고 말했어요. 그런데……. 더러운 밀고자!"

"오티스는 널 넘겨주지 않았어, 조쉬."

브루스터가 말했다.

"아뇨, 그랬어요!"

조쉬는 목소리를 높여서 말했다.

"그 오두막에 혼자 왔다고 말했어요. 그런데 난 차 두 대가 계곡을 떠나는 것을 봤어요."

"그것은 내 잘못이지, 오티스 잘못이 아냐. 지난밤에 내가 보안관 대리한테 오티스를 미행시켰어. 오티스는 아무것도 모르는 상태에서 그 오두막을 떠났단다. 그런 다음 내가 오티스를 막았지."

"체포했어요?"

리비가 물었다.

"아뇨, 그런 것은 아니에요. 강제로 호위를 했죠."

조쉬는 아무 말이 없었다.

브루스터가 말했다.

"널 찾는 것이 내 임무였어. 탐색을 하는 동안 오티스는 날 너무 화나게 만들어서 그 사람 목을 조르고 싶을 정도였어. 네가 원한다면 무엇이든 해도 좋지만, 조쉬, 오티스를 탓하지는 마. 오티스는 네가 포키를 살리는 것을 도우려고 했어. 이제는 나도 도우려고 해."

조쉬는 역겹다는 표정을 짓고 고개를 들었다. 아랫입술을 삐죽 내밀고는 몸을 돌렸다.

리비는 브루스터를 바라보면서 그의 진실함에 한 점 흠이라도 있는 것은 아닌지 살폈다. 하지만 그런 것은 찾을 수 없었다. 그렇다고 조쉬가 거짓말을 할 아이는 아니었다. 리비가 더 잘 아는 사람은 조쉬지 이 보안관 대리가 아니었다.

리비는 무릎을 꿇고 조쉬의 손을 잡았다.

"널 믿는다, 조쉬."

리비는 이렇게 말하고는 브루스터를 보았다.

"새끼 곰이 아직 살아 있다면 보고 싶어요."

빙엄 보안관 대리가 뭐라고 대꾸하려 할 때 의사가 끼어들었다.

"두 분과 이야기를 좀 할 수 있을까요?"

의사가 물으면서 옆으로 오라고 손짓했다.

리비는 고개를 끄덕이고 의사를 따라 방을 가로질러 갔다. 브루스터가 뒤를 따랐다.

의사가 말했다.

"음식과 수분을 공급하니까 조쉬의 상태가 훨씬 좋아졌습니다. 하지만 안정을 취하는 것이 무엇보다 중요합니다. 조쉬가 그 새끼 곰 생각만 하느라 제대로 쉬지 못할까 걱정이에요. 지난 두 시간 동안 새끼 곰 이야기만 하고 있습니다. 전 사실을 알아야겠어요. 그 새끼 곰이 살아 있나요?"

"네."

브루스터가 말했다.

"그러면 되도록 빨리 그 새끼 곰을 여기로 데려오는 것이 좋겠습니다."

"여기로요? 병원으로 말입니까?"

브루스터가 믿을 수 없다는 듯이 물었다.

의사가 고개를 끄덕였다.

"이틀 정도 조쉬를 입원시켜서 살펴볼 생각입니다. 하지만 그동안 내내 조쉬가 새끼 곰 이야기만 한다면 제대로 상태를 파악하기가 힘들 것 같습니다. 조쉬는 기력을 많이 되찾아서 이제 조금씩 밖에 나가도 좋습니다."

브루스터가 목청을 가다듬었다.

"우리가 앞마당 잔디에서 기자회견을 할 때 조쉬가 참석해도 좋을 만큼 회복이 되었습니까?"

"그렇다고 생각합니다. 날씨가 좋으니까요. 하지만 조쉬가 그렇게 협조할지는 모르겠습니다."

브루스터는 지친 얼굴로 리비에게 미소를 지었다.

"자, 그럼 야외 기자회견을 열어도 되겠군요."

브루스터는 자기 시계를 보고 나서 급하게 조쉬에게 다가갔다.

"조쉬, 기자회견을 하러 밖에 나갈래?"

조쉬는 대답하지 않고 고개를 숙였다.

리비가 다가왔다.

"조쉬, 많은 사람들이 널 찾느라 고생했어. 모두들 네 걱정을 하고 있단다. 그분들이……."

"날 찾지 않기를 바랐어."

조쉬가 고개를 들며 말했다.

리비는 엄한 목소리를 냈다.

"내 말 들어 봐. 지난밤에 널 찾지 못했으면, 넌 죽었을지도 몰라."

"포키처럼 말이지?"

조쉬가 씁쓸하게 말했다.

"오, 조쉬. 그렇게 말하지 마."

리비가 애원했다.

"널 사랑해, 아가야."

리비는 몸을 낮추어 조쉬를 껴안았다. 리비는 조용히 조쉬의 어깨에 기댄 채 울기 시작했다.

조쉬는 목이 메는 목소리로 말했다.

"엄마, 제발 울지 마."

"포키가 멀쩡하다는 것을 보여 줄 테니 밖으로 나와 줄래?"

브루스터가 물었다.

조쉬는 브루스터를 올려다보지 않았다.

"아저씨가 포키를 쐈잖아요."

조쉬가 중얼거렸다.

브루스터가 미소를 지었다.

"아냐, 그러지 않았어. 너 꼭 나와야겠다. 내가 거짓말하는 게 아니란 걸 보여 줄게."

아직도 조쉬는 꼼짝 않고 앉아 있었다.

"꼭, 꼭 나와야 해."

브루스터가 말했다.

마지못해서 조쉬가 고개를 끄덕였다.

브루스터가 다시 손목시계를 보았다.

"좋아, 오티스가 포키와 머드플랩을 데리고 오는지 보자. 시간이 좀 남았네. 전화를 해야겠다."

브루스터는 돌아서더니 금세 사라졌다.

"아빠는 어디 있어?"

조쉬가 물었다.

리비는 슬프게 고개를 저었다.

"엄마도 몰라. 지난 며칠 동안 어려운 일들이 참 많았단다."

리비는 조쉬의 팔을 꼭 쥐었지만 조쉬는 아무 표정 없이 바닥만 쳐다보았다. 리비는 눈물을 감추면서 얼른 휠체어 뒤로 가 섰다.

누군가의 목소리가 텅 빈 적막감을 깨뜨렸다.

"안녕, 조쉬. 좀 어떠니?"

리비는 놀란 눈으로 소리가 난 쪽을 보았고 조쉬도 마찬가지였다. 샘이 깨끗한 옷을 입고 어정쩡한 자세로 문가에 서 있었다. 말끔히 면도한 얼굴과 단정하게 빗어 넘긴 머리가 눈에 띄었다.

리비가 휠체어 앞으로 몇 걸음 다가와 샘과 조쉬 사이에 섰다. 리비는 숨을 돌리고 눈물 가득한 눈을 깜빡거렸다.

"그동안 어디에 있었어? 술이 덜 깨서 내내 잠만 잔 거야?"

리비가 멀게 느껴지는, 씁쓸한 목소리로 물었다.

샘은 리비의 눈을 쳐다보려 하지 않았다. 그는 주저하더니 천천히 걸어와 휠체어 옆에 쪼그려 앉았다.

"오늘 아침에 수렵관리인을 만나서 내가 새끼 곰의 어미를 쐈다고 말했어."

샘이 바닥을 쳐다보며 말했다.

"어미를 일부러 쏘려 했던 것은 아니야. 사고였어. 하지만 그것을 인정하지 않은 것은 잘못이었어."

조쉬는 눈물을 참으려고 눈을 마구 깜빡거리면서 고개를 들었다. 입에서 말이 흘러나왔다.

"왜 날 때렸어, 아빠? 왜 때렸어?"

샘은 조쉬를 똑바로 보았다.

"얘야, 너무 화가 나서 벽 같은 걸 걷어찬 적이 있었니?"

조쉬가 천천히 고개를 끄덕였다.

샘이 말을 이었다.

"벽이 뭘 잘못해서 그러는 것은 아니잖아. 난 그냥……."

조쉬가 대들었다.

"난 벽이 아니야, 아빠."

샘은 침을 꿀꺽 삼켰다.

"물론 아니지. 난 그냥 세상에 화가 났고, 나 자신에 대해서도 그랬어. 그 화를 너한테 쏟아 부었고……. 그렇게 하는 것은 정말 지독한 짓이었어. 내가 바로 무키맨이었어."

조쉬는 다시 고개를 떨어뜨리고 시무룩하게 자기 무릎만 바라보았다.

샘은 휠체어의 팔걸이를 만지작거렸다.

"……라디오에서 널 찾았다는 소식을 들었지만 난 너무 두려웠어. 네가……."

샘은 목이 메어 말을 잇지 못하고 눈을 깜빡거렸다.

"아빤 병이 들었어."

샘은 느닷없이 말을 내뱉었다.

"술에 중독된 것은 병이 든 것과 마찬가지야. 난 도움이 필요해."

조쉬는 여전히 샘을 쳐다보려고 하지 않았다.

리비는 아무런 동정심을 느끼지 못했다. 지난 며칠 동안 똑같은 넋두리를 얼마나 많이 들어 왔는지 모른다.

"하지만 아무 해결책도 찾지 않을 거잖아, 샘."

리비는 냉정한 목소리로 말했다.

샘은 소매로 눈가를 훔쳤다.

"아냐. 벌써 그렇게 했어. 오늘 오후에 미줄라(몬태나 주 서쪽에 있는 도시-옮긴이)로 떠날 계획이야. 그곳에 알코올 중독 치료소가 있어. 한 달 동안 가 있을게. 내가 뭘 요구할 권리가 없다는 걸 알지만 다시 한 번 기회를 주었으면 해."

리비는 혼란스러워서 샘과 눈을 마주칠 수가 없었다. 알코올 중독 치료소라니? 샘이 진담을 하는 것일까? 리비는 휠체어의 손잡이를 잡고서 조쉬를 밀고 문으로 가기 시작했다.

"자, 조쉬. 우리는 기자회견에 가야 해."

리비는 샘이 뒤따라와서 자기 팔을 붙잡고 싸우려 들 줄 알았다. 집에 있을 때 자기한테서 멀어지면 샘은 언제나 휘발유 통에 불이 붙듯 폭발하곤 했다. 하지만 문을 밀고 나갈 때까지도 아무 소리를 들을 수 없었다. 조쉬는 뻣뻣한 목을 돌려 뒤를 보았다. 마침내 리비도 힐끗 뒤를 쳐다보았다.

샘이 바닥에 무릎을 꿇고서 상처 입은 짐승처럼 몸을 숙이고 있었다. 터져 나오는 흐느낌으로 그의 몸이 요동치고 있었다.

포키는 네 것이 아니야

조쉬는 아빠가 우는 것을 보기가 싫었다. 아빠가 왜 저럴까? 무엇이 어찌 되었든, 멈춰야만 했다.

"아빠."

조쉬가 외쳤다.

"아빠는 무키맨이 아니야."

아빠는 여전히 병원 바닥에 무릎을 꿇고 앉아서 머리와 어깨를 격렬하게 들썩이고 있었다. 엄마를 올려다보니 겁먹은 눈빛을 하고 있었다. 조쉬가 말했다.

"엄마, 아빠한테 무키맨이 아니라고 말해서 그만 울게 해."

엄마가 몸을 떨었기 때문에 조쉬는 엄마가 샘이 있는 반대쪽으로 걸어갈 것이라 여겼다. 하지만 리비는 조심스럽게 샘에게 다가갔다. 리비는 몸을 숙이고 샘의 떨리는 어깨를 만지며 말했다.

"조쉬 말이 맞아. 당신은 무키맨이 아니야."

매 맞은 개처럼 샘은 고개를 숙인 채 일어섰다.

"그렇지 않아. 하지만 미줄라에서 돌아오면 다시는 무키맨이 되지 않겠다고 약속할게."

샘이 울먹이면서 말했다.

조쉬는 엄마가 샘의 턱을 들어 올려서 눈물로 젖은 뺨에 부드럽게 입 맞추는 것을 보았다. 엄마는 항상 너무 감상적이야……. 하지만 뭐가 아빠를 정말로 바꿀 수 있을까? 조쉬는 알 수 없다. 그리고 자신이 아빠의 변화를 진심으로 바라는지도 알 수 없었다. 몸이 아팠고, 너무 지쳐 버렸다.

조쉬는 잠깐이지만 포키에 대한 생각을 접을 수 있었다. 하지만 이제 다시 그 생각이 나기 시작했고 마음속 깊은 곳에서 상처와 고통이 되살아왔다. 포키를 생각하자 숨이 막힐 것만 같았다. 포키를 살리는 데 실패했다! 더 이상 아무것도 중요하지 않았다. 아빠가 무키맨이라고 한들 무슨 상관이랴. 아빠는 자기가 하고 싶은 것을 하면 된다. 엄마도 마찬가지다. 조쉬는 그냥 혼자 있고 싶었다. 세상 사람들이 자기한테 더 이상 참견하지 않기를 바랐다. 조쉬는 새끼 곰을 결코 잊을 수 없을 것이다. 절대로, 언제까지나, 영원히.

"가요, 여보."

리비가 샘의 손을 이끌며 조용히 말했다. 두 사람은 함께 조쉬의 뒤로 걸어와 그를 밀고 밖으로 나갔다.

조쉬는 햇빛에 눈이 부셨다. 몇백 명이나 되는 사람들이 잔디밭에 모여 있다가 조쉬를 보자 환호성을 지르고 박수를 치고 휘파람을 불었다. 군중 뒤편에는 커다란 승합차 세 대가 반원을 이루어 서 있었다. 차 지붕 위에 설치된 텔레비전 카메라가 보도 위로 이동하는 조쉬를 따라 움직였다. 이 많은 사람들이 왜 여기 모인 거지? 무슨 일이 있는 거야? 뭐가 그렇게 대단한 일일까?

"조쉬."

리비가 말하면서 조쉬의 어깨를 살짝 두드렸다.

조쉬는 호기심을 감출 수 없었다.

"뭐죠?"

조쉬가 말했다.

"봐, 조쉬. 사람들이 네 걱정을 했다고 말했지? 전국의 텔레비전 방송국과 신문사에서 네 사진을 실었던 걸 알고 있니?"

조쉬는 아무것도 이해되지 않았다. 텔레비전? 신문사? 엄마가 무슨 소릴 하는 거지?

"왜?"

조쉬가 물었다.

"네가 특별한 일을 했기 때문이야."

조쉬는 턱이 떨리는 것을 느꼈다.

"난 아무것도 하지 못했어. 난 포키를 구하려고 했을 뿐이야……. 하지만 소용없었어. 게다가 난 머드플랩도 죽게 만든 것 같아."

조쉬가 말했다.

사람들이 외치는 소리와 환호성 때문에 조쉬의 목소리는 들리지도 않았다. 브루스터 빙엄 보안관 대리가 작은 연단 앞에 서서 마이크를 시험하고 있었다. 마이크는 한동안 소음을 내며 윙윙거리다가 드디어 말을 들었다.

브루스터가 말을 시작했다.

"여러분. 집중해 주십시오. 오늘 오전 5시에 조쉬 맥과이어는 록 강 입구에서 8킬로미터 떨어진 산 위에서 발견되었습니다. 조쉬는 모터사이클 사고로 부상을 입었습니다. 산길 입구로 옮겨졌고 오전 6시에 헬리콥터로 이송되어 이 병원에서 치료를 받고 있습니다. 먼저 레너드 박사님을 소개하겠습니다. 이분이 조쉬의 상태를 전해 줄 것입니다. 저희가 발표를 마칠 때까지 질문을 삼가 주십시오."

누군가 여전히 소리치고 있었다.

"새끼 곰은 어디에 있나요?"

브루스터는 그 질문을 못 들은 체하고 연단에서 물러났다.

깡마른 의사가 마이크 쪽으로 다가섰다. 그가 말했다.

"조쉬는 많은 부상을 입었습니다. 왼팔의 척골과 요골이 부러졌고 오른쪽 다리의 허벅지가 심하게 찢어졌습니다. 이 때문에 상당히 많은 출혈이 있었습니다. 갈비뼈에도 멍이 들었습니다. 게다가 얼굴과 손가락에 동상을 입었고 탈수 증상도 겪었습니다. 하지만 심각한 위험이 될 만한 건 없습니다. 조쉬는 병원에서 이틀 안에 퇴원할 것이고, 곧 건강을 회복할 겁니다."

의사가 마이크에서 물러났고 사람들은 박수를 치며 다시 환호했다. 조쉬는 군중을 가만히 바라보았다. 무엇 때문에 저 사람들이 박수를 치고 환호를 하는 걸까? 포키와 머드플랩이 죽었다는 것을 모르나?

브루스터가 마이크 앞으로 다시 다가왔다.

"보즈먼 탐색구조대원들에게 감사를 전하고 싶습니다. 몇 사람은 아직 잠자러 집에 가지도 못했지요."

브루스터가 손짓하는 곳에는 형편없는 몰골을 한 탐색대원 몇몇이 군중 옆에 조용히 서 있었다. 그들의 옷은 더러웠고 잠을 못 잔 눈들은 푹 꺼졌다. 하지만 모두 활짝 웃는 얼굴이었다. 군중이 박수갈채를 보냈다.

박수 소리가 잦아든 다음 브루스터가 군중 쪽으로 돌아섰다.

"지난주만 해도, 여기 모인 이들 가운데 많은 사람들은 조쉬 맥과이어라는 이름을 들어 보지도 못했을 것입니다. 저도 그중 한 명이었습니다. 하지만 짧은 시간에 그의 용기는 참 많은 사람들을 감동시켰습니다."

브루스터가 조쉬를 건너다보았다.

"조쉬, 하고 싶은 말이 있니?"

사람들은 다시 한 번 열렬한 박수와 환호를 보냈다.

조쉬는 카메라와 그 많은 사람들에게서 달아나고 싶었지만 그럴 수가 없었다. 모두 자기만 쳐다보고 있었다. 사람들은 마치 큰 잔치에 온 듯이 굴고 있었다. 하지만 잔치를 열 때가 아니었다. 그리고 하고 싶은 말이 딱 하나 있기는 했다. 그래서 조쉬는 살짝 고개를 끄덕였다. 브루스터는 연단의 마이크를 가져와 조쉬 앞에 대 주었다. 사람들은 조용해졌고 찰칵거리고 윙윙거리는 카메라 소리만 남았다.

"아저씨들이 포키를 죽였어요! 아저씨들이 포키를 죽였어요!"
조쉬는 쉰 목소리로 내뱉었다.

사람들은 큰 소리로 웅성거렸다. 몇몇 사람들은 화난 음성으로 질문을 퍼부었지만 브루스터는 손을 들어 조용히 시키고 마이크를 계속 조쉬에게 대 주었다. 하지만 조쉬는 더 이상 하고 싶은 말이 없었다.

브루스터는 할 수 없다는 듯 마이크를 가지고 다시 연단으로 향했다. 그는 걸어가면서 마이크에 대고 말했는데 뭔가 꿍꿍이가 있는 목소리였다.

"자, 그럼 그 말이 맞는지 확인해 봅시다."

조쉬는 궁금한 마음에 고개를 들었다. 저 아저씨가 나를 놀리나? 그 덩치 큰 남자가 군중 뒤쪽에 있는 누군가에게 손짓을 하자 곧 사람들이 반으로 갈라졌다. 양복저고리를 걸친 남자가 작은 꾸러미를 들고 앞으로 걸어왔다. 가까이 다가올수록 조쉬는 눈에 힘을 주었다. 그것은 머드플랩이었고 온몸에 붕대를 감고 있긴 했지만 살아 있었다.

그 남자 뒤로 오티스가 걸어왔다. 조쉬는 숨을 들이켰다. 오티스는 포키를 내려오고 있었다. 하지만 포키일 리가 없었다. 포키는 죽었다. 곰 유령은 없다. 있던가? 아니, 유령한테 단추 같은 눈과 짙은 색 코가 있을 리 없다. 토끼 앞발 같은 꼬리와 부삽 모양을 한 복슬복슬한 귀가 있을 리 없다. 저것은 포키다!

갑자기 조쉬는 흥분을 억누를 수 없었다.

"포키! 머드플랩! 포키! 머드플랩!"

조쉬는 휠체어 옆에 선 사람들이 진정시킬 때까지 계속 소리를 질러 댔다.

사람들은 조용해졌다.

먼저 조쉬는 팔을 뻗어서 머드플랩을 만졌다.

"좀 어때? 난 네가 죽는 줄만 알았어."

머드플랩이 눈을 빛내며 고개를 들었다. 그 남자가 더 가까이 데려가자 머드플랩은 꼬리를 쳤다. 조쉬는 머드플랩의 주둥이에 머리를 꼭 맞대었다.

"머드플랩. 다시는 널 다치게 하지 않을게."

남자가 머드플랩을 휠체어 옆의 풀밭에 내려놓자 조쉬는 머드플랩의 털을 쓸며 놓아주었다. 머드플랩은 귀를 쫑긋 세우고 꼬리를 계속 흔들었다.

조쉬는 그 남자를 올려다보았다.

"아저씨는 누구예요?"

조쉬는 미심쩍다는 듯 물었다.

말쑥한 차림을 한 남자는 따뜻한 미소를 지었다.

"얘야, 나는 주지사 세실 하든이란다."

조쉬는 그 남자가 믿을 만한 사람인지 확신이 서질 않았다. 왜 주지사가 머드플랩을 데리고 여기에 왔을까? 알 수 없는 일이었지만 그건 중요하지 않았다. 포키가 기다리고 있었기 때문이다. 조쉬는 주위를 둘러보았다.

오티스는 새끼 곰을 아이처럼 끌어안고 목을 문지르고 있었다. 오티스가 말했다.

"안녕, 조쉬."

조쉬는 오티스를 본체만체했다.

"포키. 아저씨들이 널 쏜 줄 알았지 뭐야."

조쉬가 손을 뻗었다.

새끼 곰은 내려오겠다고 발버둥을 치기 시작했다. 오티스는 그 큰 새끼 곰을 조쉬의 무릎 위에 어색하게 내려놓았다. 그런 다음 밧줄을 놔주었다. 새끼 곰은 꿀꿀거리고 킁킁거리며 조쉬의 냄새를 맡더니 옆구리로 가서 찰싹 달라붙었다. 오티스는 돌아서서 주지사를 따라 연단으로 향했다.

새끼 곰의 무게는 조쉬의 다친 다리에 버거웠지만 그래도 아무렇지 않았다. 포키! 포키가 내 곁에 있다니! 조쉬는 손에 익은 곱슬곱슬하고 부드러운 털 뭉치를 끌어안았다. 새끼 곰은 처음에는 뻣뻣하더니 팔에 안겨 긴장을 풀었다.

브루스터가 연단 옆으로 물러나와 오티스와 주지사에게 조용하게 말했다. 곧 오티스는 휠체어로 되돌아왔다. 조쉬는 그의 오랜 친구를 경계하는 눈빛으로 올려다보았다.

오티스는 몸을 숙이고 새끼 곰의 등을 긁어 주었다.

"좀 어떠니, 조쉬?"

조쉬는 새끼 곰을 빼앗기지 않겠다는 듯 꼭 껴안았다.

"포키는 내가 데리고 있을 거예요!"

오티스가 빙그레 웃었다.

"그렇게 될 거야."

조쉬는 믿을 수 없다는 듯 오티스를 노려보았다.

"무슨 말씀이세요? 아저씨는 내가 포키를 데리고 있지 못할 거라고 말했잖아요? 사람들이 그렇게 놔두지 않을 거라면서요."

"그거야 네가 벌집을 쑤시기 전의 사정이지."

"제가 포키를 데리고 있게 놔둘까요? 정말요?"

오티스는 빙그레 웃으며, 군중에게 다시 말할 준비를 하고 있는 브루스터를 손으로 가리키며 말했다.

"자, 저렇게 하면 네가 믿을 수 있겠지."

사람들은 큰 소리로 질문을 퍼부어 댔고, 브루스터는 다시 한 번 손을 들어 조용히 하라고 요청했다.

"제발, 여러분. 저희가 발표를 한 다음에 질문해 주세요."

그는 한낮의 햇볕이 너무 따가워 눈을 가늘게 뜨고 말했다.

"이제 여러분이 모두 아시는 분을 소개하겠습니다. 세실 하든 주지사님입니다."

빙글빙글 웃고 있는 그 남자는 몸을 흔들며 걸어갔다. 그는 연단에 서서 헛기침을 하면서 얇은 타이를 똑바로 맸다. 마이크를 통해 증폭된 그의 목소리는 한 마디씩 메아리쳤다.

주지사가 말하기 시작했다.

"어젯밤 헬레나에서 잠자리에 들 때는 오늘 아침 이곳 보즈먼에 와서 이렇게 기자회견을 열어 발표를 하리라고는 꿈도 꾸지 않았습니다. 솔직히 말해서 이 어린 소년이 한 일이 한 공직자에게는 너무나 끔찍한 악몽이었다고 말씀드리지 않을 수 없군요. 하지만 이 소년이 한 일은 용기를 불러일으켰습니다. 주 정부의 어업수렵부 장관과 논의한 내용에 따라, 또한 이 새끼 곰이 심각한 정신적 충격을 입었다는 점을 감안하여, 저는 이 새끼 곰을 재활 농장에서 영구적으로 양육하고 보살필 것을 명령하는 바입니다."

"제가 새끼 곰을 데리고 있을 수 있다고 했잖아요!"

조쉬는 화가 난 듯이 오티스에게 낮은 목소리로 쏘아붙였다.

오티스는 손가락을 입술에 갖다 대고 연단을 다시 가리켰다.

하든 주지사는 오티스에게 돌아섰다.

"오티스 싱클레어 씨가 적합한 시설을 갖추고 있기 때문에 저는 새끼 곰을 이분에게 인도하려고 합니다."

이 말과 함께 주지사는 조쉬를 똑바로 쳐다보았다.

"이제부터 싱클레어 씨는 아주 바쁜 사람이 될 것이라고 생각합니다. 그러니까 그 새끼 곰을 돌보고, 먹이를 주고, 다루는 일은 네 책임이 되어야 할 거야, 조쉬. 그래도 괜찮겠니?"

조쉬는 마치 벽돌로 머리를 한 대 얻어맞은 기분이 들어서 할 말을 바로 찾지 못하고 더듬거렸다.

"제가 아, 아…… 왜 진짜…… 농담하시는 거 아니에요? 정말이세요?"

소쉬가 외쳤다.

주지사가 고개를 끄덕였다.

"오늘 아침에 내가 너무 일찍 일어났다는 사실만큼 확실하단다."

사람들 사이에서 박수가 터져 나왔다. 조쉬는 포키를 내려다보았지만 포키는 그 소리에 전혀 방해받은 것 같지 않았다. 새끼 곰은 몸을 더 바싹 웅크리면서 앞발을 주둥이 쪽으로 끌어당기고 있었다. 박수 소리가 아무리 요란해도 포키가 박자에 맞춰 자기 발을 핥는 소리를 들을 수 있었다.

리비가 오티스에게 돌아섰다.

"바쁜 사람이 될 거라니 무슨 뜻이죠?"

오티스는 몸을 꿈틀거리더니 조쉬의 다리를 살짝 두드렸다.

"뭐, 불도 제대로 지필 줄 모르는 꼬맹이가 이렇게 세상을 발칵 뒤집어 놓았으니, 저도 다시 힘을 써 봐야겠다고 생각했소."

"무슨 뜻인지 잘 모르겠어요."

리비가 말했다.

오티스가 목청을 다듬었다.

"난 주 수도에서 환경법을 바꾸려고 활동하는 사람들을 돕기로 했소. 내가 잘 아는 일이고, 어쩌면 나처럼 오래된 인간 화석도 뭔가 좋은 일을 할 수 있을지 모르니까."

오티스가 조쉬에게 돌아섰다.

"그리고 조쉬, 난 벌써 주지사한테 내가 첫 목표로 잡은 것은 곰 사냥을 허용하는 법안이라고 경고해 놨다. 적어도 새끼 곰들이 무방비 상태인 봄철 사냥만이라도 막아 보려고."

"아저씨가 정말 그 법을 바꾸게 할 수 있을까요?"

조쉬는 놀라움에 목이 메었다.

"나 혼자 해서 될 일은 아니야."

오티스가 말하며 고개를 저었다.

"절대 안 되지. 몇몇 유명 인사들의 도움이 필요할 거야. 저 관료들을 바깥으로 끌어내 바싹 말리는 데 너랑 포키도 도움을 줄 수 있으면 좋을 텐데."

갑자기 조쉬는 헤벌쭉 미소를 지었다.

"좋아요. 우리가 그 사람들을 끌어내 바싹 말리자고요."

조쉬는 웃음을 터뜨렸다. 그리고 흥분해서 몸을 돌렸다.

"엄마, 아빠, 저 얘기 들었어? 들었냐고요?"

리비는 눈물을 참느라 눈을 질끈 감으면서 고개를 끄덕이고 활짝 웃었다.

"들었어."

샘은 눈물을 글썽이며 리비의 몸을 팔로 안았다. 그는 희미한 웃음을 띠며 입술을 깨물었다.

갑자기 생각나는 것이 있는지 조쉬가 물었다.

"오티스, 부엉이는 어때요?"

오티스는 생각을 하며 턱을 긁었다.

"글쎄, 네가 도와준다면 다시 날 수 있을지도 모르겠어."

"오, 좋았어."

조쉬가 탄성을 지르면서 주위를 둘러보았다. 갑자기 조쉬는 얼어 버렸다. 무슨 일이지? 사람들은 더 이상 소리를 지르거나 박수를 치지 않았다. 세상에, 이제 사람들은 대부분 훌쩍거리면서 눈가를 닦고 있었다. 심지어 카메라를 든 사람들까지도. 코흘리개 어린애도 아니고 무슨 짓들이람.

조쉬는 새끼 곰을 다시 내려다보고 말했다.

"넌 이제 내 거야, 포키. 넌 내 거야."

오티스가 손을 뻗어서 새끼 곰을 매만지고는 조쉬의 어깨를 살짝 쥐고 말했다.

"조쉬, 아무도 포키를 너한테서 빼앗지 않을 거야. 하지만 한 가지 알아야 할 것이 있어. 포키는 네 것이 아니야."

조쉬는 배신감을 느꼈다.

"그럼 아저씨가 거짓말을 한 거예요. 제가 포키를 데리고 있어도 된다고 했잖아요. 그러니까 포키는 제 거죠."

조쉬는 고집스럽게 말했다.

"조쉬, 넌 야생동물을 소유할 수 없어. 너뿐만 아니라 그 누구도 야생동물을 소유할 수는 없지. 네가 구름이나 바람을 가질 수 없는 것과 마찬가지야. 그것들의 주인은 그들 자신이란다. 네가 최대한 할 수 있는 일은 포키를 돕고 친구가 되는 일이야. 알았니?"

조쉬는 눈물이 나려는 것을 억지로 참으면서 눈을 깜빡거렸다. 바람이 불 때는 꼭 눈물이 난다. 그러나 지금은 바람이 부는 것도 아닌데 그랬다. 경이로운 생명 하나가 그의 옆구리에 바싹 달라붙어 있을 뿐이었다. 조쉬는 웅크리고 있는 그 까만 몸뚱이를 한참 내려다보다가 고개를 끄덕이고는 꼬옥 끌어안았다.

작가 노트

1984년에 몬태나 주는 수렵법을 바꾸어 제3지역에서 봄철 곰 사냥을 금지했다. 이 광대한 지역에는 보즈먼도 포함되어 있었다. 그러나 이 금지 조항은 일시적인 것이었다. 이 소설에 나오는 것처럼 봄철 곰 사냥은 다시 허용되었다.